NUMBERS

AS RUNAS DO PODER

CAROLINA REGINATTO

LIVRO UM

NUMBERS

AS RUNAS DO PODER

LIVROS PRONTOS

DIREÇÃO EDITORIAL
Lilian Vaccaro

PRODUÇÃO EDITORIAL
Marcio Zanini

PRODUÇÃO GRÁFICA
Giovanna Vaccaro

PREPARAÇÃO
Marcio Zanini

REVISÃO
Laryssa Fazolo

CAPA
Henrique Morais

DIAGRAMAÇÃO
Michael Vasconcelos

DADOS INTERNACIONAIS DE CATALOGAÇÃO NA PUBLICAÇÃO (CIP)

Reginatto, Carolina
Numbers, as runas do poder / Carolina Reginatto. – 1ª edição – São Paulo: Coerência, 2021

ISBN: 978-65-87068-67-1

1. Romance 2. Ficção 1. Título

CDD: 869.3

São Paulo
Avenida Paulista, 326,
cj 84 - Bela Vista
São Paulo | SP – 01.310-902
www.editoracoerencia.com.br

AGRADECIMENTOS

Há duas pessoas que são tudo para mim. Minha mãe, que infelizmente não está mais comigo, deixou-me uma grande lição de como devemos viver neste mundo: *com amor*. Ela me ensinou que a magia sempre deve fazer parte de nossas vidas. Que eu nunca pare de sonhar, como você, mãe.

E, ao meu pai, dedico todas as minhas conquistas. Se há alguém que sempre esteve ao meu lado, me amparando e me incentivando, é ele. Me ensinou a ser uma mulher forte e a não desistir de minhas batalhas. Foi graças a ele, sempre com um livro na mão, que tive o meu desejo por escrever aflorado. Então, a vocês dois eu agradeço por tudo.

A minha gratidão a você, Val, minha *mãedrasta*. Se há algo com o que fui agraciada nesta vida, é com a sorte que tenho de ter alguém como você cuidando de mim e me apoiando em todos os momentos.

Agradeço pelas intermitentes risadas e folias, aos meus irmãos Carol, Vito, Rafa e Ju. Nossa família nunca foi normal, tampouco queremos isso. Pois somos assim e eu amo vocês com toda a força do meu coração.

Agradeço ao meu amor, meu primeiro leitor, que me incentivou e vivenciou comigo toda esta experiência maravilhosa que está sendo me tornar escritora.

Agradeço também aos meus amigos, pelos momentos descontraídos e especiais, além, é claro, de ótimas risadas.

Por último, mas não menos importante, o meu agradecimento especial à minha grande amiga, Jana Potye. Numbers não seria o mesmo sem você. É incrível como um livro, escrito a quatro mãos, pode ter uma sinergia tão grande. Somos tão diferentes, mas ao mesmo tempo tão parecidas. Uma gaúcha e uma paulista, separadas por mais de 1300 km de distância, que união perfeita! Você com sua criatividade de outro mundo sempre me encantou, e eu te dedico tudo isto, pois não seria possível sem você. Aquela que me escuta, que me apoia, me incentiva. Juntas, criamos esta história, que eu garanto: irá encantar você, leitor, da mesma forma que nos emocionou ao escrevê-la.

PRÓLOGO

Um estrondo pode ser ouvido ao longe, enquanto vozes exasperadas falando ao mesmo tempo acordaram a jovem menina de cabelos castanhos. Mas antes de despertar totalmente, já sentia a mão de sua mãe em seus braços, agarrando-a em um aperto forte e desesperado para carregá-la para fora do quarto.

Enquanto a levava a passos rápidos para longe do apartamento, a menina estranhou quando viu que a mais velha também carregava uma pequena mochila.

Outro barulho se fez presente, mas, desta vez, mais próximo do prédio em que estavam, fazendo o chão estremecer sob seus pés. O alvoroço era visto entre os corredores, e as expressões apavoradas das pessoas assustavam a pequena garota.

O desespero de sua mãe era palpável, fazendo a menina derramar lágrimas silenciosas por não entender o que acontecia, mas com medo suficiente para indagar a mãe. Logo, viu seu pai no fim do corredor com uma mulher loira de vestimentas escuras e olhar intimidador. Por mais que todos estivessem desesperados, ela parecia impassível a tudo aquilo e alheia ao sofrimento dos demais.

Caminharam até chegar perto do pai, mas a menina conseguia sentir a mão de sua mãe junto a sua, mais trêmula a cada passo que davam.

— Eldar, está pronto? — Ouviu a voz embargada de sua mãe ao seu lado.

— Sim, Indis. Está tudo pronto para a partida delas.

A pequena conseguia sentir a tristeza na voz do pai.

— Ótimo. — Indis se agachou, ficando na altura da filha, dando-lhe um sorriso singelo, deixando um carinho demorado em sua bochecha. — Querida, agora você deve ir com essa moça, ela irá cuidar de você.

— Mamãe, eu não quero ir. — A menina não conteve as lágrimas ao olhar da mãe para a loira a sua frente. — Quero ficar com você e com o papai.

— Querida, não temos tempo. — Eldar também se abaixou. — Você deve ir com sua nova mentora, a Galia.

— Papai, não, por favor. — O desespero começou a tomar conta da garotinha de cinco anos.

— Vamos logo com isso. — Ouviu a voz da loira impaciente atrás de si.

— Nós te amamos, filha. — Indis levantou-se e entregou a mochila a Galia. — Sempre se lembre disso.

◘

— Não... — Helena levantou da cama de sobressalto, seu coração estava disparado e logo ouviu sua mentora bater à porta de seu quarto, perguntando se estava tudo bem.

Olhou em volta por um momento, buscando algum sinal de que seus pais pudessem estar ali com ela, mas sabia que fora apenas um sonho do seu último momento com eles.

— Está tudo bem, desculpe te acordar — respondeu acomodando-se melhor, ao olhar para o despertador ao lado da cama.

Este marcava plenas cinco da manhã, e sabia que era questão de segundos até receber um sermão de sua mentora.

— Droga, Helena! Novamente tendo pesadelos? Você não é mais criança! — diz a mais velha, crispando os lábios. — Controle-se! E só me acorde cedo desse jeito quando estiver realmente em apuros!

— Já pedi desculpas, Galia — sussurra a moça apenas para si, mas alto o suficiente para a mais velha ouvir.

— Alejandra, Helena! Alejandra! Você sabe que agora deve me chamar assim! — A voz exasperada dela podia ser ouvida no cômodo. — Como vamos conseguir viver em meio aos humanos, se não consegue nem me chamar pelo meu novo nome?!

Helena revirou os olhos e voltou a se deitar, desta vez, mais calma.

Entretanto, sabia que tão logo não voltaria a dormir. Pelo menos não sem se lembrar novamente do desespero nos rostos de seus pais, quando fora puxada com violência pela loira e arrastada do alcance dos braços de sua mãe.

Recordava-se perfeitamente do som alto que ouviu e do prédio tremer ainda mais e, com ele, uma onda de calor irradiante que vinha das paredes.

A explosão foi grande e por pouco não foi pega com ela junto de sua mentora. Conseguiram chegar à sala de lançamento de cápsulas a tempo, entretanto, viu seus pais serem consumidos pelas chamas e suas vidas levadas diante de seus olhos.

A morte deles nunca seria a melhor de suas recordações e sabia que estava fadada a se lembrar disso todas as noites.

◘

Sob uma chuva incessante, James correu por entre as árvores o máximo que seus pulmões conseguiram aguentar. As últimas palavras daquele que o criou ecoavam em sua mente: *"Corra, você não pode contra todos eles"*.

Por mais que fazer isso fosse contra seus princípios, por mais que o deixar para trás fosse o mesmo que o condenar à morte, sabia que era preciso. Sabia que sua vida era mais importante que a de Bruce.

Precisava sobreviver para aniquilar o causador de sua morte e vingar seu nome, deixando claro que seu sacrifício não fora em vão.

A chuva não parava e o chão começava a se tornar lamacento, tendo que tomar um cuidado maior para não escorregar. Sabia que estava sendo perseguido e não poderia parar de correr, fugir daquele lugar era a sua única opção. Entretanto, parecia que apesar de seus esforços em se distanciar, não conseguia impedir que seus inimigos se aproximassem.

Precisava pensar em algo o mais rápido possível para escapar antes que suas últimas forças se esvaíssem e fossem capturados.

As folhas das árvores batiam em seu rosto e os galhos arranhavam seus braços, mas logo à frente ouviu algo que poderia se tornar sua salvação. Sabia que naquela floresta existia um grande rio próximo à cabana onde estavam e, por conta da chuva, aumentou o nível, e a correnteza estava forte.

Sua ideia desesperada era perigosa, mas a única que poderia mantê-lo vivo e livrá-lo de seus perseguidores.

Sentiu a presença deles mais próxima, e ao olhar rapidamente para trás, notou que eram muitos, mas esse rápido momento de distração quase lhe ocasionou uma queda ao escorregar e ter que desviar de algo parecido com fogo que lançaram em sua direção. Quase lhe acertaram, mas conseguiu se recuperar e seguir sua corrida até o rio.

Podia sentir seus músculos reclamarem pelo esforço e dos ferimentos do combate minutos atrás. O precipício estava próximo, e seus inimigos não lhe deixavam escolha a não ser pular.

E assim fez.

Ao saltar, pôde sentir uma bola de fogo raspar seu braço e causar uma última queimadura antes de entrar em contato com a água gelada e afundar com o próprio peso. A correnteza era pesada e não conseguia submergir, seu corpo já cansado não conseguia lutar contra, então, apenas se deixou levar pelo rumo que o forte fluxo d'água seguia.

Com seu último esforço, emergiu para mais uma olhada e viu os Zekens nada felizes o encarando, ainda em cima da encosta da montanha.

Exausto por conta de tudo que enfrentou, permitiu-se descansar os olhos enquanto ainda boiava sobre as águas.

"Kylie Collard, alguém que pouco conhecia, mas sabia ter habilidades formidáveis com o controle de mente, recebeu a primeira runa dos herdeiros de Shinden, Cristal, e foi criada junto a seu mentor na Austrália. Eu não a conheci pessoalmente, mas soube há alguns meses que a Número Um fora atacada e perdeu sua vida em meio a uma praia onde residia.

O segundo herdeiro, portador da runa Terra, conhecido como "a Besta" por ter total controle de seus sentidos e habilidades de rastreamento, Dimitri Ivanov, cresceu na Rússia. Anos atrás sua mentora contatou o meu mentor, explicando por onde andaram desde que chegaram a este mundo, mas da última vez que tivemos notícias, elas não foram agradáveis. Os inimigos conseguiram tirar a vida do Número Dois e de sua mentora.

O Número Três, portador da runa Rocha, pelo que sei, ainda não está morto. Mas será apenas questão de tempo para que isso ocorra.

Meu nome é James Crow, eu sou portador da runa Trovão, o Número Quatro.

E sei que meu encontro com o inimigo está próximo."

I

— Não importa o que tenha que fazer ou sobre quem tenha que passar por cima, você precisa sobreviver e aniquilá-los. — Escutou a voz arrastada de Bruce em suas costas.

Ao se virar, não viu mais sinal dele.

— Vamos, James, está lento demais.

— Você ainda não me disse — respondeu no mesmo momento em que segurou um golpe rápido de seu mentor na altura do rosto, para logo em seguida ele tornar a desaparecer. — Não me disse qual o propósito de sermos nove.

— O propósito é justamente esse. — Seu mentor respondeu, lançando-se novamente sobre o garoto em um ataque rápido. — Nem todos sairão vivos, nem todos terão a competência para derrotá-los.

— Então por quê? — perguntou novamente o Número Quatro, após desviar do ataque.

— Deixe as hienas devorarem a carniça, enquanto isso, o leão as pega de surpresa — ele disse com seu tom sombrio e o brilho sádico no olhar. — Em uma guerra, precisamos de distração, James. E eles são exatamente para esse propósito.

O moreno estreitou os olhos na direção de Bruce ainda digerindo as palavras proferidas pelo mais velho.

— Então é por isso que os odeia?

— Você diz o Número Seis e seu mentor Robert? Não os odeio — responde suspirando alto. — Apenas creio que laços são para enfraquecer as pessoas. Você passa a se importar e depois aquele alguém é tirado de você. Mas o inimigo não o mata, é claro que não, isso seria fácil demais. Apenas usam o seu sentimento contra você mesmo, aproveitando-se de seu sofrimento. — Ele finaliza olhando seu pupilo com seriedade.

— Robert acha justamente o contrário. — James contradiz o mentor. — Que são os laços que nos deixarão mais fortes.

— Robert é um bastardo. — Eleva sua voz começando a se alterar. — Lembre-se, James, são esses sentimentos que farão sua ruína. Você se entregará apenas para salvar alguém? Desviará de seu caminho e sua missão apenas por um capricho seu e, por fim, toda nossa existência não passará de lendas pelos outros seres do Universo. Nós, uma raça tão pura e invejada, extinta por puro egoísmo.

— Eu não sou fraco. — O Número Quatro resmunga, voltando a se posicionar para seguir o seu treinamento.

— Eu sei que não — complementa o mentor. — Você é quem dará fim a isso tudo. Vamos continuar.

James acena positivamente, ainda com as palavras de Bruce em sua cabeça.

Entretanto, antes de iniciar sua sequência de ataques, um forte estrondo foi ouvido, fazendo ambos olharem atônitos para o início da clareira onde as árvores descampavam e faziam sombras. Lá podiam ver uma grande quantidade de Zekens os olhando com um suspense aterrador.

Prontos para atacá-los.

— São muitos — James disse com os olhos levemente arregalados. — Como é possível?

— A barreira... Eles a quebraram.

Sentiu os olhos arderem por conta da claridade que fazia e os abriu lentamente, recordando as palavras de seu mentor para si naquela tarde, antes de serem atacados.

Agora, tudo estava claro, a cabana, o ataque dos Zekens, a partida daquele que fora o laço mais próximo de uma família em sua estadia na Terra.

Podia sentir a adrenalina ainda correndo em suas veias mesmo antes de ter submergido naquele rio, no entanto, não sabia o que tinha acontecido após seu pulo. A última coisa que lembrava era as feições enraivecidas de seus inimigos, olhando-o de cima do monte.

Não soube dizer quanto tempo se passou ou quando fora resgatado, mas agradecia o fato de ter a plena certeza de estar deitado sob uma cama macia e de sentir os lençóis quentes.

Olhou para os lados e tentou se acomodar melhor na cama, mas não conseguiu completar sua ação. As dores em seus músculos e em suas costas, devido ao esforço do recente combate e fuga daquele dia, ainda se faziam presentes. Com um resmungo, suspirou irritado pela sensação de impotência, deitando-se novamente.

Sabia muito bem quem o havia resgatado e, entretanto, não se animava nem um pouco por mais uma vez precisar da ajuda deles.

O quarto era bem arejado, embora não parecesse muito grande. Pela forma como os móveis estavam dispostos e bolsas espalhadas, logo deduziu que estava em uma pousada ou algo parecido – até porque, não se lembrava de que seus salvadores costumavam ser organizados.

Escutou um assovio ao seu lado e fechou os olhos já sabendo da zombaria que estava prestes a vir.

– Ah, então finalmente a bela adormecida acordou.

– Cale a boca, idiota – murmura irritado, pressionando as têmporas tentando aliviar a dor de cabeça que já começava a aparecer.

– Nossa! Ele já está recuperado.

Antes mesmo que pudesse retrucar, ambos escutam o ranger da porta anunciando a entrada de Robert no quarto.

– Largue de ser chato, Will, deixe-o descansar, ele passou por maus bocados – disse enquanto caminhava até a cama e afagava os cabelos negros de James. – Não é mesmo, garoto?

– Hum – murmurou tentando afastar a mão do grisalho.

– Besteira! Já está aqui resmungando – retrucou o loiro. – Está é muito bem!

James suspirou sem dizer mais nada, afinal, entrar em discussão com o loiro era um tempo perdido, algo que ele não poderia desperdiçar.

– Me diga, garoto, o que aconteceu naquela cabana? – O mentor do Número Seis indaga enquanto se sentava na beirada da cama, ignorando William que ainda retrucava.

– Fomos pegos de surpresa durante a noite por Zekens – respondeu de maneira direta e com seu timbre frio habitual.

– Mas e a barreira de energia? Esqueceram-se de levantá-la durante a noite, é?

– Claro que não, idiota! – respondeu alterado pela pergunta absurda do loiro, para logo respirar e falar com mais calma. – Isso é o mais estranho, pois eles conseguiram ultrapassar e ainda sem que nós percebêssemos.

Um silêncio momentâneo se instalou naquele quarto. Todos sabiam do perigo que os Zekens representavam e, se conseguiram realizar tal proeza, era porque estavam se aperfeiçoando e se tornando mais vorazes em suas caçadas.

E esse era o maior temor de todos.

Robert suspira cansado após confirmar algo que já vinha tirando seu sono há semanas. Segundo seu contato com a mentora da Número Cinco-Cinco, Galia, os lacaios de Kaguyan estavam cada vez mais conseguindo se adaptar aos meios terrestres e, pelo fato de já terem conseguido matar os Números Um e Dois, juntamente com seus mentores, eles estavam se tonando mais ágeis e mortais nas perseguições e, consequentemente, desenvolvendo técnicas para burlar as barreiras naturais que os mentores criaram para protegê-los.

— E Bruce? — Robert pergunta para o moreno, mesmo já tendo ideia da resposta. Até porque, encontraram apenas o corpo de James agarrado a um tronco podre seguindo o curso da correnteza do rio.

Este imediatamente desvia o olhar, e isso é suficiente para o mentor do Número Seis entender. O pesar no olhar de James significava mais que palavras, porque mesmo sendo o mais frio dos Números, sabia do apresso que o mais novo tinha por seu mentor.

— Então... — William corta o silêncio torcendo o cenho pela revelação muda de seu amigo. — O que fazemos agora?

Sabia o quão difícil podia ser perder alguém que estava ao seu lado desde os seus sete anos, assumindo a postura de seu protetor, principalmente por conta do passado do moreno, que sofrera a perda dos pais quando era muito pequeno.

James, involuntariamente, olha para Robert esperando que a resposta viesse dele, uma vez que, a partir de agora, estava sozinho.

— Vamos nos agrupar com Galia, a mentora da Número Cinco, elas já se reuniram com o Número Três após a morte de seu protetor.

— Isso é sério? Vocês querem colocar os Números Três, Quatro, Cinco e o idiota do Seis todos juntos? — O moreno se exalta ao ouvir tais palavras, totalmente indignado. — Realmente é muito inteligente.

James revira os olhos ao ironizar, recebendo olhares inquisidores por parte de William e Robert.

— E você espera sobreviver sozinho? — O grisalho arqueia as sobrancelhas tornando-se mais sério. — Não terá mais Bruce para dar a vida no lugar da sua.

— Deveríamos treinar sozinhos para depois de fortes nos reunirmos! — fala o moreno em um tom alto, sentindo uma pontada de dor na costela ao se exaltar.

William logo se irrita e se põe de pé em frente ao amigo.

— Tudo isso são bobagens do Bruce. "Treinar para ficar forte e conseguir mais poder." — Imita a voz do mentor do Número Quatro, enquanto revira os olhos. — Deixe disso, precisamos nos reunir quanto antes.

— Muitas pessoas juntas são um alvo fácil. Eles conseguirão capturar todos nós de uma vez!

— E o que tem em mente? — O loiro pergunta cruzando os braços rente ao peito.

— Podemos deixá-los como estão e focar em nos proteger e lutar contra Kaguyan. Eles serão a distração para que possamos agir, afinal, o próximo é o Número Três.

— Espera mesmo que sacrifiquemos os nossos para conseguir alguma coisa?

— Estou dizendo que podemos vencê-la, mas não se eles estiverem atrás de nós! — James se senta na cama e continua a falar, ignorando até mesmo as fisgadas nas costas. — Precisamos disso, admita!

— James, são nossos companheiros, não podemos fazer uma coisa dessas. — O amigo retruca encarando-o.

— Eu não os conheço. — William escuta a voz do moreno se tornar mais áspera e respira fundo. — E você, Will? Diga o nome de um que não seja o meu.

O loiro se cala e deixa seus ombros caírem. James estava certo, não conhecia ninguém além dele, entretanto, não se imaginava fazendo tal atrocidade. Saber que mais e mais números estavam morrendo significava que seu fim também estava cada vez mais próximo.

Não podia deixar isso acontecer.

Não podia simplesmente dar as costas àqueles que lutavam pelo mesmo propósito.

— James, eu e Will iremos encontrar Galia e os outros. — Robert se pronuncia após se manter calado, escutando a briga dos dois. — Se quiser, pode ir conosco. Não agiremos sozinhos.

— Como assim "se ele quiser"? — William caminha até o grisalho, mexendo freneticamente os braços. — Ele vai conosco e acabou! Não comece a fazer drama, James!

— Não é drama, Will, apenas estou vendo que no fim de tudo, todos nós vamos morrer e o sacrifício do nosso povo será em vão.

— Se você vier conosco, James, nada será em vão. — O mais velho fala de maneira calma. — Juntos somos mais fortes e podemos proteger uns aos outros.

— Ou morrer todos juntos, você quer dizer.

Robert balança a cabeça negativamente, suspirando.

— Garoto, Bruce se foi, mas você não está sozinho — disse ele sabendo da guerra interna que se passava pelo Número Quatro.

Por mais que o moreno transparecesse ser uma figura forte e intocável, este tinha um medo muito grande da solidão. Perder seus pais e o irmão mais velho foi como uma facada no peito, ainda mais pela forma traumática que ocorrera. Nem ao menos pôde sentir o prazer de ter uma família, pois tão logo foram tirados de si e, Bruce, este nunca foi alguém amigável ou carinhoso consigo — muito pelo contrário. Entretanto, por mais que tivesse todos os defeitos, ele era o único que conseguia suprir um pouco do vazio que sentia por nunca ter tido alguém ao seu lado.

Ele o treinava e o fazia se esforçar ao seu máximo, ultrapassando seus limites, mas ainda assim se contentava com um simples elogio de sua desenvoltura no treino, e isso já lhe bastava.

— *Tsc.* — Estralou a língua, dando-se por vencido. — Só não me façam perder o meu tempo.

Percebendo que enfim convencera o amigo, William lhe lança um belo sorriso e logo começa a juntar as suas bagunças e a organizar as coisas que levariam para viagem.

Robert também sorri e se retira do quarto, tirando o seu celular para então achar o contato de Galia salvo em sua agenda.

◘

"Perdemos Lhoris, vamos nos reagrupar em breve. Mande-me coordenadas."

— Mas o quê? — reclamou Alejandra quando leu a mensagem recebida. — Esse idiota me avisa só agora!

— Quem? — Escutou a voz ofegante de Helena atrás de si, ela estava suada e suas roupas de treinamento estavam sujas.

— Nada de importante — respondeu a loira, guardando o celular.

— Você nunca usa esse celular se não é algo importante, Galia.

— Lhoris se foi. — A loira resmunga encarando a mais nova.

— O mentor do Número Quatro?

— Sim, neste mundo ele respondia por Bruce. Era um bastardo egoísta. Mas era um de nós — diz Alejandra. — Vamos continuar, mais vontade nesse soco! Você tem uma força sobre-humana e me vem com esse *soquinho*?

— Lá vem você me menosprezando. — A mais nova revirou os olhos para logo retirar suas luvas e se sentar no chão. — Por hoje chega.

Helena sabia que sua mentora sentia pela perda de mais um companheiro.

— Como assim por hoje chega? Mal começamos!

— Alejandra, estamos aqui a mais de cinco horas. — Fez uma careta ao chamar a mentora por tal nome, e deu de ombros, deitando-se, sentindo a grama fresca embaixo de si.

— Hum, te darei esse desconto. — A loira se sentou ao seu lado. — E Lorenzo, onde está aquele ruivo?

— Com certeza enchendo a cara por aí — falou Helena em tom de deboche.

— Maneira inusitada de superar a perda do mentor. — A loira revirou os olhos.

— Ele perdeu mais que um mentor, perdeu o que restava de sua família, seu irmão. — Suspirou a moça. — Dê um tempo a ele.

— Certo, estou sentindo meu coração bondoso hoje. — Levantou-se e começou a recolher os equipamentos que usaram durante o treino. — Os últimos dias foram difíceis.

Helena faz uma careta e inevitavelmente pensa: *"Você tem coração?"* para logo rir sozinha, balançando a cabeça, e levantar-se para ajudar a mentora.

— Lembre-se, Helena, agora mais do que nunca precisamos vigiar e estar sempre atentas... — Seu timbre soa sério fazendo Helena olhar para ela com mais atenção. — Eles estão próximos.

Helena acenou em concordância e voltou a recolher os equipamentos.

"Pelo menos ainda tenho você".

II

Era tarde da noite quando Helena estava deitada em sua cama, já pronta para dormir, seus músculos reclamavam por todo esforço do seu treino e sentia que o sono estava chegando.

Deu-se ao luxo de ler algumas páginas de um livro que havia ganhado de presente de Lorenzo há alguns dias chamado: *Um Porto Seguro*, do escritor Nicholas Sparks.

"*Não tenho certeza de que a vida de qualquer pessoa no mundo aconteça exatamente do jeito que se imagina. O que podemos fazer é tentar sempre agir para que tudo aconteça da melhor maneira possível. Mesmo quando tudo parece impossível*", era o que dizia um dos parágrafos por onde correra seus olhos.

Era realmente interessante que um simples livro, escrito por humanos, pudesse transmitir muito mais que palavras, transmitir sentimentos que nem mesmo ela sabia que podiam ser expressados dessa forma.

Lorenzo já o havia contado como os humanos podiam ser mais acolhedores em relação aos seus sentimentos e como os deixavam explícitos, sem receio de demonstrarem o que sentiam. Ele disse que há muito tempo havia se relacionado com uma humana e que essa fora a experiência mais incrível da sua vida.

Ela, por mais que vivesse ali desde pequena, nunca teve um contato tão claro com eles, ou pelo menos, não sozinha. Alejandra sempre estava junto e normalmente a distanciava.

Não podia culpá-la disso, até porque, quando menor, seus problemas para controlar seus poderes, e mais ainda escondê-los, deram muito trabalho.

Sua mentora era muito ríspida e mais fria que os humanos. Dentre as poucas vezes que conseguira arrancar algo sobre a vida da mais velha antes de fugirem para a Terra, ela dizia que Helena deveria agradecer, porque não duraria uma semana com os professores que ela tivera. Raramente a garota tinha pena da loira, porém, nesse momento foi obrigada a sentir compaixão pela mentora.

Seu planeta natal, Shinden, sofria há anos uma onda de opressões e ataques por parte dos vários inimigos que adquiriu no decorrer dos tempos. Isso porque o planeta era rico em recursos naturais, dentre outras formas de vida próspera, que atraía a cobiça de outros seres e, principalmente de Kaguyan, que liderava grande parte dos ataques a Shinden.

O planeta resistiu por muito tempo, mas traidores sempre eram os que mais davam trabalho nas batalhas por disseminarem informações para a tropa inimiga. Era questão de tempo até o planeta definhar por inteiro, mas não antes do grande líder, Enialis, usar sua última cartada.

Essa que custou a vida de todos que lá estavam por puro orgulho.

Portanto, a disciplina era algo que impunham de forma rigorosa para precaver a iniciação de futuros traidores seduzidos pelas mentiras da Rainha Vermelha, afinal, precisavam de soldados preparados para o que pudesse ocorrer.

— Helena. — Ouviu a voz da mentora na porta.

— Oi, precisa de algo?

— Lorenzo. — Alejandra respondeu, o que fez com que Helena se levantasse e abrisse a porta, já preocupada com o ruivo.

— O que tem ele?

— Ainda não voltou — respondeu a mais velha mal-humorada. — Vá atrás dele, antes que eu perca a minha paciência e mostre a você como as coisas funcionam aqui.

Helena revirou os olhos e fechou a porta para trocar de roupa e sair à procura do amigo.

Sabia exatamente onde encontrá-lo.

Durante todos os anos em que estivera na Terra, em uma pequena cidade do México, basicamente Alejandra e Lorenzo foram sua família, fazendo com que os dois mais novos se apegassem muito um ao outro.

O recente combate que tiveram com os Zekens tirou a vida da última pessoa com quem o Número Três ainda tinha laços de sangue, seu irmão — que ao se mudar para a Terra passou a se chamar Ruan —, que também era seu mentor.

Ela sabia que Lorenzo precisava de tempo para digerir todos os acontecimentos, porque, afinal, ambos sabiam que isso poderia vir a ocorrer e que Ruan não hesitaria em dar a sua vida no lugar do Número Três. Entretanto, isso não amenizava a dor do ruivo nem mesmo a dela — já que Ruan também lhe fora um grande amigo.

Não se demorou muito ao sair, apenas parou para recolher sua bolsa que estava próxima à porta e se foi em meio à noite. Já estava tarde e logicamente que as únicas portas abertas àquela hora seriam as dos bares ali próximos. Mesmo assim não teve dúvidas em qual o ruivo estaria.

Parou de caminhar em frente à grande porta de vidro aberta do bar *Mc'Allen*, onde o irmão do ruivo o levou para tomar seu primeiro "porre". Não apenas ele mas como a ela também.

Ao entrar no recinto mal-iluminado, ouviu a música aleatória que tocava apenas para dar som ao ambiente. Este bar, diferentemente dos outros, era mais acolhedor e familiar, por esse motivo o mentor do ruivo gostava dali e era o único lugar que certamente encontraria Lorenzo.

Caminhou em meio a algumas mesas até encontrá-lo escorado no balcão, sentado de forma desleixada, cabelos bagunçados e vestes amassadas, pronto para cair a qualquer momento. Maneou a cabeça negativamente pela atitude do amigo.

A maneira deplorável como se encontrava, arrasava seu coração, porque ela também sentia a sua dor — em escala menor — mas ainda assim, Ruan também fizera o papel de irmão que ela nunca teve.

Andou até ele lentamente, recuperando sua postura, a fim de não deixar transparecer o que sentia, e cutucou seu ombro. O ruivo apenas a olhou de canto e levantou o dedo chamando pelo garçom para pedir mais uma dose. O atendente do bar prontamente lhe deixou mais um copo cheio do que parecia ser whisky.

— Por hoje chega, não acha? — disse a ele, o impedindo de pegar o copo na mão.

— Não enche — falou de maneira arrastada por conta da bebida, em outros momentos ela até sentiria graça da situação.

— Enzo, vamos embora. — Virou-se para o garçom. — Quanto deu a bebedeira dele?

— Trezentos pesos — respondeu.

Ela revirou os olhos, certamente faria Lorenzo pagar cada centavo. Retirou o valor de sua bolsa, alcançando para o garoto atrás do balcão.

— Vamos. — Segurou o ruivo pelo braço na tentativa de carregá-lo, já perdendo a sua paciência.

— Mas eu ainda não tomei esse copo — censurou-a com seu timbre embriagado apontando para o whisky recém-pedido.

A garota olhou com desdém para o copo, suspirando alto. Logo o alcançou e entornou seu conteúdo batendo o copo no balcão. Uma golada não faria mal para ela também, afinal, precisaria de muito mais que isso para aturar o ruivo falante e irritante ao seu lado.

— Ei, isso era meu.

— Não é mais, agora vamos. — Ralhou já o empurrando em meio às mesas vendo-o cambalear. — Você vai me pagar amanhã — falou mais para si do que para o ruivo que quase caía a sua frente.

— Nossa, mais delicadeza, por favor. — O ruivo brincou rindo de sua própria piada. Vendo que ela não esboçou nem mesmo um repuxar de lábios, virou-se para Helena andando de costas até a saída. — Ruan sempre dizia que você estava ficando azeda que nem a Alejandra.

— Enzo... — sussurrou o nome dele controlando a raiva que começava a assolar o seu corpo. — Sua sorte é que está bêbado, ruivo!

Lorenzo, vendo que conseguira irritar a amiga, sorri de canto fazendo-lhe uma reverência.

— Ah, mas não faço isso sempre.

Antes mesmo que pudesse avisá-lo, o rapaz acabou esbarrando em um grandalhão que acabara de pedir dois copos de cerveja e se dirigia para sua mesa com outro companheiro. No entanto, o esbarrão foi o suficiente para que as bebidas desequilibrassem de suas mãos e fossem ao chão, despertando o ódio do homem.

A garota de cabelos castanhos, vendo a discussão que aquilo iria render, logo se antecipou.

— Peço desculpas, por favor. — Se colocou na frente de Lorenzo e olhou para cima para fitar o rosto do *homenzarrão*. — Quanto foi o prejuízo? Eu pago.

— Meu assunto não é com você, vadia. E sim com o palito de fósforo ali.

Nesse momento Lorenzo não soube dizer o que mais o irritou, ser insultado pelo homem ou ver sua amiga ser menospreza e humilhada por ele.

— O que foi que você disse? — Começou colocando Helena para trás de suas costas e assumindo uma posição atenta. Mesmo que estivesse enxergando três homens altos, ainda assim conseguia se focar no do meio.

Pelo menos era isso que contava.

— Quer que eu repita? — provocou novamente, mas dessa vez de forma mais ameaçadora, aproximando-se do ruivo, que insistia em se concentrar em ficar de pé e encarar o homem ao mesmo tempo.

— Acho que foi isso que eu perguntei, não foi? — Aquilo foi o suficiente para o homem partir para cima de um Lorenzo embriagado, empurrando-o com violência, fazendo-o cair e levar Helena junto com ele ao chão, uma vez que ela se mantinha atrás dele.

— *Tsc*, nem precisou de muita força, Pablo. O moleque já foi ao chão. — O homem gargalhou olhando para o amigo que ria na mesa próxima à pequena confusão.

— Diego, você vai acabar sendo preso se matar o moleque dentro do bar — disse Pablo sorrindo de forma desvairada.

Entretanto, nesse desviar de atenção, ambos não perceberam quando Lorenzo se levantou e se chocou ao seu corpo desferindo um soco em seu queixo, forte o suficiente para ouvir a mandíbula de Diego estralar e ir ao chão devido ao ataque surpresa.

O outro, que até então apenas ria da situação, logo se levantou também indo em direção ao ruivo. Para um rapaz tão franzino aos seus olhos, não podia imaginar que ele poderia dar um soco tão forte a ponto de derrubar seu amigo.

Lorenzo se recompôs, mas não rápido o suficiente para desviar do soco no lado esquerdo do rosto que recebeu de Pablo.

— Enzo! — Ouviu sua amiga gritar seu nome, mas não conseguiu se levantar depois daquele soco. Havia passado a tarde inteira bebendo e estava prestes a entrar em um coma alcóolico. Era isso o que viera fazer afinal, caso Helena não tivesse vindo buscá-lo.

Nesse momento, estava se amaldiçoando por não ter seu corpo correspondendo aos seus comandos prontamente. Estava quase entrando na inconsciência quando ouviu Helena chamá-lo mais uma vez.

— Cala a boca, pirralha, senão a próxima é você.

Sabia que sua amiga era brava e inconsequente o suficiente para responder ao homem que o agrediu, entretanto, estranhou o silêncio que veio dela. Com suas forças quase se esvaindo, usou-as para olhar para cima e ver o porquê de não ouvir mais a voz da garota e, o que viu o deixou possesso.

O tal de Pablo apontava uma pistola para ela que, assustada, ergueu os braços rendida, logo murmúrios e pequenos gritos podiam ser ouvidos no bar devido ao homem armado.

Virou o rosto ainda vendo o corpo de Diego no chão, desacordado. Sabia que havia usado muita força no soco que lhe desferiu, mas precisava acabar com aquilo logo para tirar Helena dali.

Nunca se perdoaria se ela se machucasse por uma idiotice que ele fora o responsável. Entretanto, não esperava que o outro fosse se levantar e assumir as dores do amigo e partir para cima dele, muito menos ameaçar sua amiga e os demais presentes no bar com uma arma.

Aquilo era o cúmulo.

Ele era o responsável.

Bufou alto, ainda no chão, não conseguindo se levantar. Seu corpo estava entorpecido e seus músculos estavam se contraindo involuntariamente.

"Inferno!"

— Se acalme, por favor... — Ouviu a voz de Helena em uma suave gagueira. — Podemos resolver isso de forma pacífica.

— Você acha que o que seu namorado fez com Pablo foi uma forma de solução pacífica? — exclamou, cuspindo as palavras e gesticulando a pistola apontada para ela, deixando-a ainda mais apreensiva. — Por um acaso vocês sabem quem somos?

— Ei! Abaixe a arma e saia do meu bar. — O *barman*, um homem já de meia-idade, que também era o dono do lugar, se sobressaiu deixando o balcão de bebidas e caminhando para perto do homem armado.

Lorenzo podia sentir seu sangue gelar e seu corpo suar frio. Estava com um mau pressentimento e tudo que conseguia pensar era em Helena.

— Se afasta, velho. Senão vai levar bala também.

— Se acalma. — O dono tornou a pedir com as mãos em sinal de rendição, assim como a garota de cabelos castanhos.

—Ei! — Helena chamou-o. — Você tem certeza de que quer se sujar por pouca coisa?

Pablo olhou-a com sarcasmo estampado no rosto. Um sorriso assombroso assolou o rosto do homem de porte atlético tão igual quanto o do companheiro caído, porém um pouco mais baixo em estatura.

Seus olhos tomaram um brilho sádico e passou a apontar a arma para todos os presentes no bar que se mantinham encolhidos.

— Nós já nos sujamos por muito menos. — Voltou a apontar agora na direção da garota. — Eu... Eu já matei por muito menos.

E foi nesse instante que o ruivo inerte no chão sentiu seu corpo endurecer e por um momento uma batida cardíaca falhar.

O estrondo de um tiro dado dentro do bar despertou nele uma onda de adrenalina até então adormecida. Não sabia em quem o homem havia atirado, mas sua mente apenas apitava o nome da amiga como em sinal de alerta.

Outro tiro foi ouvido, e dessa vez levando os estilhaços de uma garrafa ao chão.

Não soube dizer em que momento aconteceu, mas quando deu por si, estava de pé segurando Pablo pelo colarinho da camisa velha, desferindo socos fortes e potentes.

O ódio e o sangue corriam em suas veias de forma tão descontrolada que sua vista escureceu. Queria destruir o rosto daquele desgraçado. Queria acabar com a vida dele.

Passou então a endurecer o punho, deixando-o sólido como pedra, assim como fez antes de socar Diego, mas, dessa vez, socaria o atirador tantas, mas tantas vezes que seu rosto ficaria irreconhecível.

Podia ouvir mais gritos logo atrás de si. A porta do bar batendo e alguém chorando logo ao fundo, mas não queria olhar para trás. Não queria se virar e ver uma Helena caída e ensanguentada.

Alguém precisava pagar por tudo aquilo e esse alguém seria o homem que segurava fortemente pela gola enquanto socava com toda sua força.

O corpo do homem caiu ao chão, e ainda não satisfeito, conferindo que ele ainda respirava, subiu em cima dele não deixando que Pablo o impedisse do ato. Logo começou a esmurrá-lo ainda mais forte e violentamente do que antes. Seu punho que se tornara pedra, desfigurava o rosto do homem e passava a afundar seu nariz e boca.

Já sabia que o homem estava sem vida, mas ainda assim queria reduzir seu crânio a pó. O sangue do morto espirrava em seu rosto e corpo, mas não se importava.

Estava cego.

Entretanto, alguém o puxa com força, jogando-o para trás, mas não de forma muito forte.

Seu sangue ainda fervia e seus punhos pulsavam por mais. E sorriu satisfeito ao ver quem foi que o impedira de continuar a massacrar a cabeça de Pablo.

Diego ainda parecia desnorteado, mas conseguiu se pôr em pé e avançar contra o ruivo, mas ao ver o estado em que deixou seu amigo, suas forças falharam por um momento, e o máximo que conseguiu foi empurrá-lo para longe do corpo desfalecido de Pablo.

Não soube explicar o pânico que tomou conta dele ao ver a quantidade de sangue ali, e ao fitar o ruivo sentado próximo a si, olhando-o com sadismo. Percebeu que aquele era seu fim.

Mesmo sendo maior, e conhecido como *matador* do moto clube da cidade vizinha, não podia negar que estava com medo de um mero rapaz de porte pequeno, mas que carregava no olhar um brilho assassino.

"Aquilo não podia ser real." – Um garoto não poderia fazer o que fez.

A face do morto estava funda como se alguém o tivesse golpeado várias vezes com uma pedra ou um tijolo, entretanto ele viu... Viu que o ruivo esmurrava seu amigo...

"Com os punhos."

– Você devia ter deixado tudo isso para lá. – A voz arrastada de Lorenzo fez o homem entrar em alerta e dar dois passos para trás.

O ruivo se levantou apoiando-se na parede atrás de si.

A essa altura, não sentia seu corpo entorpecido pela bebida, muito pelo contrário, estava enérgico.

E ele queria mais.

Porém, um lapso o fez olhar para o lado na direção do balcão, a fim de procurar sua amiga e, ao vê-la da forma como mais temia, caída desacordada ao lado do corpo do velho, dono do bar, fez com que mais uma onda de ansiedade por sangue invadisse seus olhos.

Diego viu quando Lorenzo lhe sorriu mais uma vez com um olhar tenebroso, como se transmitisse a mensagem de que sua vida acabara ali.

Ele bem sabia sobre isso.

Por mais que quisesse lutar, o pânico tomou seu corpo e o máximo que conseguia era ficar estático no lugar.

O ruivo deu um passo em sua direção e isso já o deixou ainda mais apavorado, era como se o ar a sua volta se tornasse rarefeito.

Não soube dizer quando foi que escutou o barulho de passos sobre cacos de vidro, mas isso com toda certeza não impediria o ruivo de completar o que estava prestes a fazer.

— Você devia ter escutado ela.

Lorenzo estende sua mão direita até próximo do rosto de Diego e este viu quando os punhos do rapaz começaram a estralar e veias grossas envolveram sua pele, e uma tonalidade acinzentada tomou conta de toda a extensão de seu braço completamente sujo de sangue.

Sangue de Pablo e, tão logo, sujo com o seu próprio.

"Aquele garoto não era humano." — Foi a única coisa que conseguiu pensar antes de sentir a mão fria e áspera como uma pedra envolver seu pescoço e sentir como se seu sangue começasse a ficar espesso, quase impossível de correr por suas veias. Em seguida veio a sensação de petrificação dos músculos.

"O que está acontecendo?"

Atônito ele olha para o rosto sério de seu ceifeiro compenetrado em seu trabalho que o matava lentamente de dentro para fora.

Mas algo o fez parar.

Sentiu seu corpo amolecer e perder as forças, caindo em um baque surdo no chão.

— Lorenzo! — A voz feminina tão bem conhecida pelo ruivo o faz parar e soltar o bastardo. — Já chega!

Sabia que Helena estava irritada com toda a situação, já que não era normal escutar a garota chamá-lo pelo nome inteiro.

— Helena... — ele proclama seu nome sentindo como era bom chamar por ela e ela ainda responder. — Me desculpe.

— Está tudo bem — ela diz colocando a mão em seu ombro em forma de amparo. — Precisamos ir.

Ela completa puxando-o para um abraço apertado.

Sabia quanto seu amigo precisava disso. Apenas lamentou por não tê-lo abraçado antes, ao sentir que ele a apertou contra seu corpo e chorou sôfrego em seu ombro.

Ele soluçava e lamuriava palavras desconexas que ela não podia entender. Apenas afagava seus cabelos vermelhos e repetia como um mantra. "Está tudo bem, você vai ficar bem".

— Não — ele diz afastando seu rosto para olhá-la. — Você podia ter morrido hoje.

— Mas não morri e estamos bem.

— Não aguentaria perder você também.

— E você acha que comigo seria diferente? — ela responde sorrindo. — Agora vamos. A polícia logo vai chegar, você destroçou aquele cara, vão desconfiar.

Lorenzo olha para ela e em seguida para o homem ainda desorientado no chão.

— Ele me viu... viu meu poder — disse em um timbre baixo, sabendo quão grave aquilo podia ser.

— Já fizemos muita bagunça por aqui. Uma a mais não vai deixar pior do que já está — ela diz virando-se na direção do homem e caminhando a poucos passos até ele.

Viu o rosto do homem se assombrar e os olhos quase saltarem do rosto dele ao sentir a mão da garota afundar em seu peito e apertar o coração dele em sua palma.

— Sua existência acaba aqui — ela sussurra para ele, falando o nome do morto com desgosto. —, Diego.

◘

Agora, estavam sentados lado a lado no alto de uma colina, lugar que se tornara sagrado para os dois. Era para lá que Helena ia quando Alejandra era muito dura com ela, ou quando sentia saudade de seus pais, ou até mesmo quando queria apenas ficar sozinha.

Ela ficava ali por algumas horas apenas observando a vista, e logo sentia a presença de Lorenzo, que se sentava ao seu lado e apenas se punha a observar a imagem à sua frente junto dela. Ele a conhecia tão bem e sabia exatamente quando era apenas de sua companhia que ela precisava, sem palavras.

O lugar era mais afastado da cidade, o que lhes permitia ver as luzes distantes das casas já acesas por conta da hora, o silêncio transmitia uma sensação de calmaria. Aquelas pessoas tinham uma vida normal, com problemas normais e não sabiam de sua sorte.

— Desculpe... — Começou ele em um tom baixo, e ela sabia que o ruivo estava com vergonha por suas atitudes anteriores. — Por tudo.

— Eu te perdoo. — Sorriu dando um leve *soquinho* no seu ombro. — Desde que não repita isso novamente.

Era incrível o sentimento que ele tinha por ela. A postura que ele assumiu, mesmo bêbado, apenas para protegê-la...

— Aquilo que fez foi inconsequente, você sabe disso, não é? — Começou seu sermão falando com a voz mais doce e terna que conseguira fazer.

— Eu sei. — Suspirou fechando os olhos, aproveitando o vento leve que passava por seus cabelos suados.

— Sei que foi por mim, mas você não pode explodir daquela maneira. — Ela continuou. — Alejandra vai pirar quando descobrir... e acredite, ela vai descobrir.

— Eu me entendo com ela — falou baixo, já sentindo a culpa tomar conta de si e temendo pelo que a mentora de Helena iria falar.

— Você sabe que eu sou a única que consigo lidar com ela. Dou um jeito nisso depois. — Ela suspirou e ficou em silêncio por incontáveis minutos, apenas observando a vista, para depois encarar o Número Três. — Tudo vai mudar, não vai?

— Vai. — Ele acenou com a cabeça. — Não se preocupe, coisa rosa, eu te protejo.

— Se você for agir do mesmo modo de hoje, prefiro que não, cabeça de fósforo! — Gargalhou ao ver a cara de descontentamento do amigo após proferir seu mais novo apelido. — Acredite, eu vou te incomodar com esse apelido para o resto da vida.

Mesmo carrancudo, o garoto cedeu às graças dela e riu baixo.

— Você não presta — ele disse, dando-lhe um beijo na testa.

— Vamos! Alejandra deve estar arrancando os cabelos a essa hora.

III

O tempo parecia não passar enquanto a paisagem corria do lado de fora da janela daquele trem.

Mesmo não gostando muito da ideia de se encontrar com o grupo da tal Alejandra, não tinha muitas escolhas, era isso ou lutar sozinho contra Kaguyan. Por mais que Robert tivesse levantado bons argumentos, e Will, com sua insistência irritante, tivesse conseguido o convencer de ir, ainda assim estava relutante.

Eles não gostavam da forma como Bruce o havia ensinado, entretanto, em seu íntimo, acreditavam que seu mentor estava certo: que no fim, não eram todos que se salvariam e que o sacrifício de uns traria a vitória para outros.

Ir de encontro à Alejandra não seria de todo mal, até porque, poderia estudar mais as habilidades dos outros Números, analisar suas fraquezas e usá-las para futuros ataques contra a Rainha Vermelha.

Era verdade que ainda achava suicídio se reunir com aquele grupo, afinal, todos sabiam que o foco dos Zekens estaria no tal Número Três, que, em teoria, era o próximo Número a ser atacado. E contava com isso para aproveitar a situação e usar os poderes dos demais portadores das Runas, somada a dele para interceptá-la de surpresa, usando-os como distração.

Não estava disposto a salvar ninguém, ao menos se não achasse que precisaria deles no futuro.

Bruce foi pego por um deslize e má percepção da evolução dos inimigos, mas para James havia restado apenas William, que era seu amigo desde que se conhecia por gente, então certamente não cometeria o mesmo erro, e não deixaria nada acontecer ao Número Seis.

Essa era sua única exceção.

Via como a paisagem, antes repleta de árvores e campos, estava sendo substituída por casas, e mais à frente, entrando em pequenos subúrbios de uma cidade.

Ao lado, viu seu amigo loiro dormir completamente torto no banco e a cada balançar que o trem fazia, mais o loiro ia se entortando. Sorriu de canto imaginando-o resmungando de dores quando acordasse, mas claro, de forma alguma iria acordá-lo para alertar de sua má postura.

Voltou novamente seu olhar para a janela tentando imaginar como seriam os Números que encontrariam.

Alejandra, segundo Robert, era uma mentora dura e ríspida, uma vez que era filha de um general em seu planeta natal e havia sofrido milhares de perdas durante a guerra em Shinden. Entretanto, não sabia de nada quanto aos Números Três e Cinco, apenas que ela era a mentora desta última.

Fora incumbida de cuidar da menina por ser treinada, e especialista, em batalhas, diferentemente dos pais da garota, que nada mais eram do que meros cientistas.

Suspirou cansado de passar tanto tempo sentado e ainda não estar nem na metade do caminho.

"Quanto tempo mais aquilo demoraria?"

Não podia negar que estava interessado em saber das habilidades do Número Três, uma vez que este conseguiu sobreviver a um ataque, assim como ele. Talvez suas habilidades fossem semelhantes às dele, já que eram números próximos, ou simplesmente teve uma sorte fodida por conseguir escapar do ataque que matara seu mentor.

Talvez fosse essa última constatação.

Sorriu, imaginando quão tolo este cara poderia ser por acreditar que a vinda deles seria um bom reforço para os combates que seguiriam. No fim, estava apenas se enganando, já que ele era o próximo e não se esforçaria em ajudá-lo, caso o plano estivesse em risco.

Também já ouvira falar, por meio de Robert, que a Número Cinco teve problemas de adaptação quando vieram para a Terra, e que não conseguia chegar perto de humanos, visto que tinha problemas de controlar seus poderes.

Se perguntava: "Que poderes seriam esses?"

Só conseguia pensar no grande problema em que estava se metendo.

Um Número que teve uma sorte danada de estar vivo – e isso era bom para si, porque enquanto o Número Três não fosse morto, os Zekens não viriam atrás – e outra que não tinha nem a capacidade de controlar os seus poderes.

Revirou os olhos ao chegar a essa conclusão.

Foi tirado de seus pensamentos ao ouvir a voz abafada de William à sua frente.

– James, já chegamos?

Fechou os olhos suspirando antes de responder.

– Não, e não estamos nem na metade do caminho.

– Ainda? – Se espanta olhando para os lados em busca de Robert. – Quanto tempo eu dormi?

– Umas três horas.

– E ainda não chegamos?

O moreno apenas balança a cabeça negativamente e cruza os braços umedecendo os lábios.

– Não vou me dar ao trabalho de responder essa pergunta.

– Mas... – Antes que pudesse questionar, viu seu mentor se aproximar em passadas rápidas até eles, olhando para todos os lados em busca de algo ou alguém. – O que houve?

A pergunta fez James abrir os olhos em alerta e fitar o grisalho que agora estava ao seu lado.

– Precisamos ir. – Vendo a confusão nos olhos do moreno, ele continuou. – Eles estão aqui.

James imediatamente levantou e pegou a sua mochila, que Will usava antes como travesseiro, e sua katana ao lado do seu banco. O loiro – também já alerta – copiou o movimento do amigo. Robert já se direcionava ao final do vagão, caminhando rapidamente até o seguinte, sendo seguido pelos dois.

O mais velho sentia a presença dos Zekens já muito próxima e sabia que eles não tardariam a aparecer. Isso seria um problema, visto que não queria que eles fossem expostos nem mesmo que pessoas inocentes se machucassem diante de um combate.

Ao chegar até o fim do segundo vagão, pôde escutar a porta do detrás sendo aberta, e figuras humanas com óculos escuros, chapéus e sobretudos negros adentrando o cômodo, no mesmo momento em que estavam saindo.

James — que estava por último —, segundos antes de fechar a porta, conseguiu ver bem o rosto de um deles, e soube no mesmo instante que estavam em sérios apuros.

Os Zekens estavam lá para um único propósito: conseguir o que não foi possível da última vez.

Estavam em desvantagem, uma vez que aqueles vermes não se importariam de matar algumas pessoas por ali para chegarem até eles e, por conta disso, o moreno alertou Robert da aproximação perigosa deles.

Deixaram de caminhar — que até então o faziam para não chamar a atenção — e passaram a correr por entre os outros vagões sendo seguidos com a mesma velocidade pelos Zekens.

A situação piorou quando uma bola de fogo foi lançada e atingiu uma das paredes do vagão, deixando um rastro e um grande buraco nela, trazendo pânico entre os humanos presentes por ali.

William olhou para trás a tempo de ver um Zeken pegando uma mulher pelo pescoço e quebrando-o apenas pelo fato de ela ter entrado em seu caminho para fugir das chamas que se alastravam perto do assento em que estava sentada. E ela não fora a única, outros humanos estavam sendo mortos por fazerem tumulto, impedindo os Zekens de os alcançarem.

O loiro olhou para seu mentor com uma mensagem explícita em seus olhos. "Temos que os ajudar". Entretanto, viu seu mentor baixar o olhar e seguir em frente sendo acompanhado por James.

— Precisamos fazer algo! — gritou antes de continuar a correr.

— Eles vão atrasar aqueles malditos enquanto escapamos, Will. — James virou rapidamente para pegar o loiro pela gola e empurrá-lo para correr na sua frente. O Número Seis não estava nada feliz com a situação, mas não era como se o moreno lhe desse escolha.

A cada vagão que passavam correndo, mais tumulto iam criando entre as pessoas, que se assustavam, e mais mortes aconteciam por meio dos Zekens.

— ROB!! Não podemos deixar que morram assim!!

— O melhor que podemos fazer por essas pessoas, Will, é sairmos daqui quanto antes! — respondeu o seu mentor, e o seu protegido sabia que ele seria irredutível.

Ele enfim concordou, não muito satisfeito, apenas se calou e continuou a correr ao lado de James.

"Se é assim então..."

Antes que alcançassem mais um vagão, o loiro aproveitou que neste não havia tantas pessoas e quebrou uma grande janela do seu lado direito, lançando seu corpo para fora, subindo no teto do trem. James olhou para Robert com cumplicidade e seguiu o mesmo movimento do amigo, saindo por entre a janela quebrada.

— Esse garoto ainda vai nos matar! — murmura para si mesmo antes de imitar o moreno, que acabara de subir no teto do trem.

Ao chegar junto dos garotos, tenta se equilibrar, enquanto a locomotiva seguia em alta velocidade. Para ele era muito mais difícil, pois não tinha a mesma habilidade dos dois. Olharam para trás e seguiram sua corrida mantendo o máximo de equilíbrio que conseguiam para não caírem em meio aos vãos que separavam cada vagão. Logo viram que os Zekens copiaram o trajeto deles, seguindo-os por entre a janela também e, agora, estavam na mesma situação que eles.

Em uma perseguição que se baseava no equilíbrio e no controle.

— Conseguiu o que queria, não é, Will? — James vocifera correndo ao lado do amigo.

— Precisava tirá-los de lá — responde gritando por conta dos barulhos altos que as rodas de ferro do trem faziam ao correr em cima dos trilhos. — Isso é por nossa causa! Eles não mereciam morrer!

O moreno nada diz, apenas continua a correr da melhor forma que conseguia, mas não esperava que quase fosse atingido por uma bola de fogo lançada em sua direção. Ao desviar, quase perdera o equilíbrio, mas foi puxado por Will, que segurou firmemente seu braço a tempo.

— Prestem atenção! — Os dois escutam Robert gritar. — Mais rápido!

A cada passada, mais os perseguidores se aproximavam. Eles estavam em maior número e em vantagem, lançando bolas de fogo para prejudicar o equilíbrio dos três. Em uma medida desesperada, James salta mais uma fissura que separava dois vagões, girando no ar e lançando na direção dos Zekens uma onda elétrica que atingiu o chão do teto do trem fazendo-os serem eletrocutados e alguns caírem.

— Boa, James! — elogia o amigo, vendo que restava apenas quatro Zekens ainda os perseguindo. Mas antes de se animarem, escutam um estrondo logo atrás e uma onda de calor os empurrar e os lançar para fora do trem.

Os três caem no chão, sentindo um impacto forte e fazendo seus corpos rolarem em meio ao cimento, por conta da velocidade em que se encontrava o trem.

William caíra de mau jeito e os outros dois puderam escutar claramente quando os ossos se quebraram com a força da queda.

O loiro urrou de dor e rolou para longe dos trilhos.

— Droga! — Robert pragueja olhando ofegante para a direção do trem que sumia logo à frente, mas os quatro Zekens saltavam mais adiante para vir ao encontro deles. — Precisamos sair daqui.

Robert não demorou muito para pensar no que deveria fazer a seguir, apenas correu em direção ao seu protegido e o ajudou a levantar, ouvindo resmungos baixos dele, pegando-o no colo para correr até o subúrbio da cidade, seguido de James, que lançava algumas ondas elétricas nos inimigos que, muito atentos, desviavam.

Ao menos foi suficiente para dar o tempo necessário para que Robert levasse William dali.

— Rob, eles não vão parar de nos seguir e não vamos conseguir despistá-los com Will ferido — diz ofegante enquanto corria em meio às ruas vazias daquela vila. — Precisamos lutar.

O grisalho olha para o Número Quatro com os olhos arregalados por tal ideia. Eles estavam em apenas dois com aptidão para lutar, enquanto os Zekens estavam em quatro.

Também o preocupava o fato de que os inimigos sempre vinham em menor número, normalmente para apenas causar alguns danos e aos poucos irem enfraquecendo os sobreviventes de Shinden. Porém, dessa vez, eles estavam em quantidade maior, algo que alertou Robert em seu interior, o que significava que eles estavam ali para dizimar James e William e depois ir atrás dos outros dois Números que se encontravam próximos dali.

Talvez Kaguyan estivesse ficando impaciente.

Conforme corriam, uma fumaça branca começava a bater em seus rostos devido a uma pequena fábrica que havia ali perto. Aquela vila parecia ser industrial, pelo formato das casas, e as ruas e monumentos serem feitos com metais, e muitos deles sujos e encardidos de preto por conta da poluição extrema do lugar.

— James, você está se ouvindo? — pergunta alto.

O moreno morde os lábios virando o rosto para os dois lados em busca de uma salvação.

— Lá! — Ele aponta para um galpão com porta sanfonada de ferro aberta, mas ao que parecia, não havia ninguém ali dentro. Logo Robert avista o lugar que o moreno apontara e suspira aliviado.

Sabia que não poderiam se esconder ali, pois os Zekens já estavam com eles em alvo e jogando bolas de fogo a todo momento, mas talvez pudessem ganhar tempo usando aquilo como abrigo para William e para se recuperarem, enquanto fortificavam as portas para eles não entrarem.

— Vamos! — Deu a ordem e logo os dois correram o mais rápido que podiam para aquela direção.

James foi o primeiro a chegar, mas antes de entrar deu espaço para o grisalho passar com seu amigo desacordado devido a dor latente de seu braço e ombro.

Quando finalmente o mentor e seu protegido entram no galpão, James fecha a porta, mas fica do lado de fora enquanto ouve Robert gritar por seu nome.

— Preciso fazer isso, senão eles nos perseguirão e não teremos paz um só momento.

— Garoto, você vai se matar! Abra essa porta logo e entre!

— Cuide de Will, eu volto logo — disse ele, correndo na direção em que os Zekens viriam, ele sabia que não podia ficar ali, porque chamaria atenção dos inimigos para o galpão.

Sacou sua katana — que até então estava esquecida em seu cinto — e se preparou.

Logo o primeiro Zeken surgiu com um sorriso vitorioso no rosto. A criatura correu em direção ao Número Quatro com algo que se assemelhava a uma espada, mas tinha irregularidades na ponta e seu material parecia enferrujado. Bruce sempre lhe dissera durante os treinos: *"fique de prontidão e aguarde o primeiro ataque de seu inimigo"* e assim ele o fez.

O inimigo investiu pela esquerda, de modo que, se tivesse acertado, James estaria com sérios problemas. Como ele estava atento ao ataque, se esquivou, buscando uma maneira de revidar, porém mais uma das criaturas chegou e lhe lançou uma bola de fogo, fazendo-o correr para não ser atingido.

Não seria tão fácil quanto imaginava.

Já estava exausto e sentia que não aguentaria por muito mais tempo. Nunca desejou tanto que Will estivesse com ele neste momento.

Entretanto, estava ali por causa de seu amigo de infância, não podia deixar que ele – o único com quem se importava – morresse ali.

Tal constatação o fez olhar com mais determinação para os quatro inimigos que assumiram uma posição de ataque e já se punham a correr em sua direção.

Com calma e sem se antecipar, respirou fundo, segurando com mais força o cabo de sua katana e a posicionou na frente do corpo, pronto para receber os ataques. Quando o primeiro Zeken o alcançou, apenas golpeou a garganta do verme, que caiu banhando o chão com seu sangue negro, enquanto os outros investiam em mais ataques contra o moreno.

Todos de uma vez.

"Quando não tiver outra opção, tente se manter o mais calmo possível e atento aos movimentos deles". A cada golpe que defendia, lançava uma cortada no ar com mais força para logo acertá-los com chutes e, outras vezes, com sua outra mão livre, socava sem se importar que estava lidando com três.

"Todos os ataques deles são sincronizados, descubra essa sincronia e a quebre."

Enquanto se defendia dos ataques, notou pelo canto dos olhos que um dos Zekens havia se afastado e se preparava para lhe lançar uma rajada de fogo, entretanto, previu sua intenção e girou pelos calcanhares na direção deste e apontou sua mão livre em sua direção eletrocutando-o logo em seguida.

Os outros dois mantiveram-se ainda mais em alerta, tomando agora certa distância do moreno.

Entretanto, este já estava cansado e não podia perder mais tempo. Precisava saber como William estava.

Com esse pensamento, levantou sua katana para o alto e fechou os olhos com força, concentrando toda sua energia para impulsionar sua espada como um atrativo do céu, receber um raio de cima e explodir a rua.

Duas casas foram atingidas e um fogo controlado tomou conta do local em que estava, mas sorriu ao constatar que os Zekens restantes haviam sido carbonizados pelo calor do raio e tornaram-se pó.

O estrondo alto fez algumas pessoas e outros trabalhadores da fábrica correrem para fora, procurando saber o que acontecia, no entanto, James já havia corrido até a direção do galpão se esgueirando nas sombras dos becos para não chamar atenção.

Logo alcançou o local e entrou antes que algum humano o visse com as roupas pretas pelas leves queimaduras que atingiram seu corpo por conta do raio que clamou.

— Aí está você, garoto! — praticamente berrou o mentor do Número Seis. — Já estava indo atrás de você e eu iria trazê-lo nem que fosse arrastado!

— James. — Ouviu a voz do amigo e se aproximou, acomodando-se em meio a alguns panos velhos que se encontravam ali, já estava sem camiseta e seu braço tinha uma atadura, certamente colocada por Robert. — Você é um idiota.

— Cale a boca, Will. — O moreno revirou os olhos já se sentando no chão do galpão. — Salvei a sua vida, idiota.

— Que barulho foi aquele? — perguntou o mais velho.

— Um detalhe.

— Detalhe? Um detalhe que foi ouvido por toda a vila, James! — vociferou o grisalho — Você sabe como foi inconsequente? Tem noção dos problemas que isso pode nos causar?

— Posso até ter sido, mas salvei nossas vidas — retrucou o moreno. — O idiota ali não sabe nem saltar de um trem que já quebra a patinha, então tive que cuidar da situação. Vocês me parecem muito mal-agradecidos, não acham?

— Tá me chamando de cachorro? — Tentou se levantar, mas desistiu assim que sentiu as dores voltarem — Ai, droga! Espera eu melhorar, James, vou fazer você engolir cada palavra!

— Já chega vocês dois! — Ralhou Robert. Haviam corrido muito risco naquele dia, e sua paciência já se esgotava. — Descansem e calem essas malditas bocas! Amanhã temos muito o que fazer.

Os dois resmungaram coisas inaudíveis e o grisalho apenas ignorou, pegando o seu celular — torcendo que estivesse inteiro — e discou o número da velha amiga. Chamou algumas vezes até que ele ouviu uma voz um tanto rabugenta do outro lado da linha e sorriu.

— Você não passou pelo que eu passei hoje, então nem venha com mau humor para cima de mim — disse ele antes que ela pudesse reclamar de algo.

— *O que houve com você?* — Ouviu a voz dela ficar séria do outro lado da linha.

— Aqueles malditos estão nos achando com mais facilidade, tivemos alguns contratempos e não deu para seguir a viagem de trem... vocês terão que vir ao nosso encontro.

— *Droga, Robert, você só sabe me arrumar problemas!* — Ralhou ela, suspirando logo em seguida. — *Diga-me onde estão, iremos até vocês.*

Robert então se permitiu sorrir pela primeira vez no dia. Alejandra podia ter aquele seu jeito grosso e direto, mas ainda assim era uma das poucas pessoas com quem podia contar. Os dois mantiveram contato ao longo dos anos e, sempre que possível, comunicavam um ao outro sobre seus passos e lugares para onde iam. Era muito diferente de sua relação com Bruce, que mantinha distância dos outros sempre que podia, levando consigo o seu protegido, afastando-o cada vez mais do que restou de seu povo.

— Te mando o endereço por mensagem — disse ele saindo de seus pensamentos ao ouvir uma bufada de impaciência do outro lado. — E Ale... obrigado.

— *Tsc, não fique achando coisas! Preciso sair daqui de qualquer forma.*

— Por que diz isso? Você disse que onde estava era seguro.

— *Não é mais* — responde ela de forma direta.

— Droga, Ale... Achei que teria alguns dias de descanso quando chegasse aí! — Suspirou irritado. — O que houve? Os Zekens estão por aí também?

— *Não, são os humanos.*

— Humanos? Como assim humanos?

— *Minha protegida resolveu ignorar toda boa educação que eu lhe dei. Ela e o Número Três mataram dois humanos* — respondeu ela a contragosto. — *Agora preciso sair daqui para evitar problemas para o meu lado.*

— Está brincando comigo?

— *E você acha que sou de brincadeira? Francamente.*

Após isso, ouviu o telefone sendo desligado em sua cara. Mas não se ofendia, Alejandra sempre foi temperamental.

— O que aconteceu, Robert? — Dessa vez a pergunta veio de James, que parou de braços cruzados ao seu lado.

Com um suspiro pesaroso, guardou o celular no bolso voltando seu olhar para o moreno.

— Não temos abrigo com Alejandra, mas vamos nos encontrar com ela de qualquer forma.

— E por que isso?

— Porque a protegida dela, junto do Número Três, mataram dois humanos — disse tedioso enquanto se encostava na parede. Mas não pôde conter um pequeno sorriso sarcástico ao ver James e seu protegido olhando-o assombrosos pelo que disse.

— Eles mataram dois humanos? — Dessa vez a pergunta veio de William, que engasgou com a própria saliva antes de questionar.

— Parece que os dois números se tornaram mais interessantes agora, não é, garotos? — Robert respondeu a William, mas com seus olhos intencionados a James que ainda se mantinha atônito.

"*Que diabos são eles?*"

IV

Alejandra ouvia o barulho que o motor do carro fazia, bufando de irritação.

Queria que pelo menos uma vez as coisas corressem bem, para que ela pudesse descansar. Mas isso estava longe de ocorrer.

Primeiro foi o ataque sofrido pelos Zekens, que ocasionou a morte de Ruan, ao mesmo tempo em que soube do que ocorrera a Bruce. Não que gostasse daquele verme, de fato não gostava, para ela, as atitudes do mentor do Número Quatro eram inconsequentes e egoístas, mas ainda assim era uma perda que ninguém estava preparado, e ela temia pelo que o garoto Crow faria a partir de agora.

Depois foi a situação no bar, em que Helena e Lorenzo fizeram questão de se envolver em mais problemas. Quando os dois chegaram em casa naquela noite e lhe contaram tudo, logo foi possível ouvir sirenes de polícia por todos os lados.

Em seguida, mais um ataque dos Zekens ao grupo de Robert, situação que poderia ter tido fins trágicos, visto que a quantidade de inimigos era maior do que de costume.

E agora ela teria que se deslocar até eles, com um Lorenzo reclamando o tempo todo e uma Helena impaciente pelo tempo perdido. Suspirou cansada, *seria uma longa viagem.*

Não podiam pegar um avião, muito menos um ônibus até Phoenix, no estado de Arizona – do que menos precisavam era de guardas rodoviários e policiais em seus encalços. A única opção restante era usar seu carro, que já não estava em seus melhores momentos, para irem até o grupo de Robert, no entanto, não fazia ideia de como seguiriam dali em diante – afinal não caberiam todos em um carro de passeio que estava *fumaçando* demais.

Amaldiçoava Helena e Lorenzo a cada pistão alto que o motor fazia quando precisava acelerar.

Olhava para os dois pelo espelho e via ambos escorados um no outro, mas segurando fortemente o apoio de braço que havia na porta.

O que eles esperavam? Que o carro fosse morrer a qualquer momento?

Bom, se fora isso que acharam... estavam certos.

Seguiam viagem há dias e o cansaço já se fazia presente, mas a loira sabia que seu percurso até o outro grupo poderia ser ainda mais desgastante.

Alejandra só faltava soltar fogo pelas ventas de tamanho ódio que sentia daqueles dois.

Agora, com o carro parado no meio da estrada, torcia para que alguma alma viva passasse para ajudar a resolver o problema no motor, no entanto... Esperar por isso era estúpido, uma vez que escolheram a rodovia menos movimentada. Além disso, também eram foragidos e se parassem em uma vistoria como essas, seriam pegos de imediato.

Portanto... Esperar alguém passar por aquela estrada pacata e esquecida por Deus... Seria muita sorte.

— Alejandra... Acho melhor largarmos o carro aqui e seguirmos a pé. — A loira escuta Lorenzo dizer com certo receio na voz.

Sabia que a mentora da amiga estava nervosa, mas não havia mais o que fazer. Precisavam se locomover, pois se ficassem por ali, seriam alvos fáceis caso os Zekens viessem ao encontro deles.

— Nada disso estaria acontecendo se não fosse por vocês — ela vocifera enquanto abre a porta do carro com violência, arrancando suas bolsas dali. — Vamos logo!

Helena olha para seu amigo com olhos compadecidos da ignorância que Alejandra usara contra ele, mas sabia que ele já estava acostumado e que nada podia fazer.

Seguiram viagem caminhando às margens da rodovia e, desde que iniciaram a caminhada, nenhuma alma viva ousou parar para oferecer carona.

— Sabe o que me frustra mais? — A loira começou, fazendo Helena revirar os olhos e Lorenzo bufar já esperando mais reclamações e sermões. — O pior de tudo é que estamos a mais de trezentos quilômetros do ponto de encontro.

— Alejandra... — A garota de cabelos castanhos começa mordendo os lábios para não soltar nenhuma indireta que irritasse mais ainda sua mentora. — Já pedimos desculpas.

— Se desculpas resolvessem, já estaríamos lá — responde secamente, olhando para os lados, vendo que começaram a entrar em uma área mais rural.

A tarde já passava e a noite começava a cair.

Sem mais alternativas, os três se ajeitam no acostamento, logo abaixo de uma árvore ali próxima para dormirem — ou descansarem se possível — o máximo que conseguissem.

Pelas contas da loira, chegariam depois de três dias.

Revirou os olhos ao fazer essa constatação.

O silêncio pairava desde então durante todo esse tempo. Os dois pouco falavam com a loira para não despertar mais ainda a raiva dela, sobretudo após a água acabar e os biscoitos que trouxeram para a viagem se esgotarem.

Agora estavam sem nada, apenas com suas mochilas e bolsas, torcendo para chegarem logo à casa onde encontrariam Robert e, talvez, descansarem decentemente e comer algo melhor que biscoitos de água e sal.

Após três dias e meio de caminhada, finalmente avistaram a casa e aceleraram os passos. Quando enfim alcançaram o terreno, logo notaram que o grupo do mentor do Número Seis já havia chegado, devido à fumaça na chaminé que denunciava movimentação e presenças dentro da casa.

Logo Alejandra subiu os degraus da pequena varanda e adentrou na casa sem ao menos bater. Sabia que os dois atrás estariam da mesma forma, mas se permitiu ser egoísta, já que a culpa para tudo aquilo era deles.

— Ale! Que bom revê-la — falou Robert, caminhando em sua direção com os braços abertos na intenção de abraçá-la.

— Pare com isso — disse ela se esquivando. — Você está ficando velho e carente, Robert. — Cortou-o enquanto caminhava pela cozinha, mexendo nos armários e pegando alguns enlatados.

— Ora, deixe disso! — Ele fingiu falsa indignação, para depois olhar para a garota de cabelos castanhos e cara emburrada atrás da loira. — Pois bem, essa é a sua protegida?

— Sim, essa é Helena Benitez, portadora da Runa Água — respondeu ríspida, virando-se para ela. — Helena, esse é Robert, o mentor do Número Seis. — Apontou-o com o dedo, já procurando uma faca para cortar alguns legumes que encontrou na geladeira.

— Oi — cumprimentou a garota, sentando-se no pequeno sofá que havia ali e respirando fundo ao sentir os músculos relaxarem.

— Prazer, querida! — O grisalho tentava ao máximo ser simpático. — E você é o Número Três, eu presumo. Esses são William Walker, meu protegido e portador da Runa Ar, e James Crow, o Número Quatro e portador da Runa Trovão.

— Prazer, sou Lorenzo Garcia — falou em um tom baixo. — Runa Rocha.

Os garotos acenaram com a cabeça e todos estavam um tanto tímidos e receosos, afinal, eles eram da mesma raça e ainda assim, completamente desconhecidos.

— Minha nossa, Alejandra! Por que tanto desespero para preparar algo para comer?

Robert pergunta com entusiasmo, e a mulher nada lhe responde, apenas o olha com o canto dos olhos expressando a mais pura frieza. Este entende que ela não estava em seu melhor humor e logo se adianta para ajudá-la.

Não demorou muito e uma boa refeição foi posta à mesa.

◘

Já havia passado da metade da tarde quando todos estavam sentados do lado de fora da pequena cabana, depois de Alejandra, Helena e Lorenzo dormirem algumas horas.

Robert achava interessante que os Números começassem a interagir entre si, porque a sintonia entre eles poderia ser a sua salvação nas futuras batalhas que teriam de enfrentar.

— Ale, vamos tomar um café lá dentro, deixe-os se conhecendo — disse Robert caminhando em direção à cabana.

— Já falei para você parar de me chamar assim! — Ralhou a loira, ainda assim, o acompanhando, não antes de olhar para Helena e Lorenzo. — E vocês dois, não me arrumem mais problemas!

Helena estava de pé ao lado de Lorenzo, olhando os dois à sua frente com cautela. O seu olhar era analítico, como se os estudasse, e isso começou a incomodar James, que não gostava nenhum pouco de ser observado.

William — que estava ao lado do amigo — notavelmente tinha a intenção de parecer carismático.

O lugar em que se encontravam era afastado da cidade – Robert havia feito um bom trabalho em achá-lo – para que pudessem se esconder e descansar sem levantar maiores suspeitas.

A cabana era o ponto de encontro para os Números caso ocorresse algo maior e precisassem se reunir ou, simplesmente, um lugar seguro para repousarem – uma vez que nela havia uma proteção similar à que os mentores erguiam todas as noites para protegê-los.

Outras casas como essa existia ao redor do mundo para receberem os Números, todavia, essa era a mais próxima para Robert e Alejandra.

Os Zekens não voltaram a aparecer desde que James acabara com eles cinco dias atrás e, então, aproveitaram essa folga para recuperar suas energias e, claro, treinar enquanto a loira não chegava com sua protegida e o Número Três.

– Então... – começou a falar Will, coçando a nuca, atitude que sempre tinha quando estava nervoso. – Você é a Número Cinco e você é o Três, certo?

Helena arqueou a sobrancelha e apenas continuou observando o loiro, que não havia se dado conta quão óbvia era sua pergunta.

"Aquele idiota é o Número Seis?"

– Sim – Lorenzo respondeu, percebendo que nada sairia da amiga.

– Legal, ele é o Quatro e eu sou o Seis, o mais forte de todos! – diz Will, fazendo sinal de positivo com o polegar e dando um leve sorriso, na tentativa de parecer engraçado. James apenas deu-se ao trabalho de revirar os olhos com a afirmação do amigo.

– Você acha que só porque é o Número mais alto, é o mais forte de nós? – indaga Helena em um tom sério, inclinando o corpo para o lado esquerdo e colocando a mão na cintura de forma preguiçosa. – Para mim, a nossa numeração é como uma sequência que colocam em vacas na hora do abate. Uma ordem para sair de Shinden, receber as Runas e nada mais. Agora cabe a nós saber o que fazer para não morrer.

– Vai começar... – Suspirou Lorenzo, que se calou quando recebeu um olhar irritado da amiga.

– Não é o número que define nossa força. Nós a conquistamos através de treino e dedicação. – Continuou ela olhando diretamente para William. – E pelo que depender de mim, mais nenhum Número morrerá.

Isso era algo que vinha tirando seu sono há semanas, quando soube da morte do Número Dois. Ela ficara muito preocupada, porque sabia que o foco agora seria Lorenzo, e não poderia permitir que isso acontecesse com ele.

— Eu concordo com você, Helena — completa Will, um tanto intimidado pelas palavras da garota. — Por isso eu e o James treinamos bastante.

— Quantas horas você treina? — perguntou ela.

— Deixe-me pensar, na semana eu acho que...

— Não na semana, no dia. — Interrompeu ela. — Quantas horas? Cinco? Oito?

— Bom... eu treino um dia sim, um dia não... Quero dizer, não sei quantas horas isso dá. — Ele tentava consertar o que dizia a cada expressão que a garota de cabelos castanhos fazia.

— É sério isso? — Lorenzo continuou, cruzando os braços. — Alguns dias com Alejandra fariam bem a você.

Helena e Lorenzo realmente estavam em boa forma, seus músculos se mostravam de forma fácil a cada movimento que faziam. James também tinha o porte atlético semelhante ao do Número Três — graças aos longos treinos com Bruce — mas Will era o mais magro de todos.

— É pior do que eu imaginava. — Balançou a cabeça negativamente a Número Cinco.

— Como é? — perguntou William, já ficando irritado pelo desdém dos novos companheiros. — Quer ver quem é o melhor?

— Acho que isso não seria bom para a sua imagem de "mais forte de todos." — Fez sinal de aspas com as mãos.

— Ora, sua... Vamos logo — disse o loiro, caminhando até o meio do campo, já totalmente bravo. — Eu vou te mostrar!

Helena suspirou e deu um sorriso de canto, *"Ele cai em provocações facilmente"* e caminhou lentamente até alcançar o Número Seis, ficando em uma linha reta a ele, mas ainda assim mantendo uma certa distância.

— Então, Alejandra, fale-me mais sobre sua protegida — pede Robert enquanto colocava uma chaleira com água no fogão. — Confesso que estou curioso.

— Helena apenas aparenta fragilidade. Sua força consegue ser maior que a minha.

Robert estreita os olhos em sua direção.

— Explique.

Ela suspira sentando-se diante da mesa enquanto o observava coar o café.

— Ela tem uma força sobre-humana e uma capacidade de regeneração assustadora.

— E quando disse sobre a falta de controle dela... O que quis dizer? — pergunta servindo o café nas xícaras depositadas na mesa.

— Ela não tem mais esse problema, isso foi apenas quando ela era nova, entretanto, quando deixa seus sentimentos a dominarem, é capaz de se perder em sua própria realidade, destruindo tudo o que vê, por isso não permito que ela se afilie aos humanos.

— O que aconteceu com ela para precisar fazer isso?

— Não é óbvio? Quando tinha seis anos, ela matou um colega de escola.

O grisalho olha para ela atônito, com certo receio do que mais aquela menina era capaz de fazer. Ela era sádica, afinal?

— Não é isso que está pensando, Robert.

— Então fale — insiste puxando uma cadeira e se sentando diante da amiga.

— Foi um acidente. Pelo que me lembro, uma responsável pelas crianças no parque havia pedido para ela e um outro colega se abraçarem forte para se desculparem por brigar... — disse bebericando um gole de seu café. — Bom, já deve imaginar o que aconteceu.

— Seus dons já se afloraram naquela idade?

— Sim. Quando isso veio à tona, tive que sair às pressas da cidade com ela.

— E o rapaz ruivo? — pergunta, imitando Alejandra bebendo um gole. — Ele era protegido de Ruan, estou errado?

— Não. Ruan era responsável por ele, além de ser seu irmão. Não sei muito sobre seus dons, já que ele não é minha responsabilidade.

— Deve ter sido difícil para ele.

— Foi, mas ele tem Helena com ele, são bons amigos — ela responde simplesmente. — Mas me fale sobre o seu protegido. Ele parece um idiota como você.

— Tal tio, tal sobrinho, não é o que dizem?

— Ele sabe disso? — ela pergunta arqueando uma das sobrancelhas.

— Não, e prefiro que não saiba — ele pede, fitando os olhos cor de mel da mulher à sua frente. — Seria mais difícil para ele se algo acontecesse comigo.

— Então o rapaz é um molenga?

— Sentimental é a palavra certa para isso — revida cruzando os braços.

— Em Shinden isso se chamava molenga.

— Não estamos em Shinden.

— E também não somos humanos. — Ela o desafia com o olhar, tomando o último gole. — Lembre-se disso, Robert. Ele precisa amadurecer mais.

O outro nada responde, apenas abaixa a cabeça fitando suas próprias mãos em cima do colo.

— Mas e o rapaz moreno? James, você disse. — O grisalho levanta os olhos na direção da mulher que agora se mantinha em pé com as mãos na cintura. — Sei que ele era protegido de Bruce, mas do que ele realmente é capaz depois de ter sido criado por aquela cobra?

Ele, por sua vez, sorri largamente, desafiando a curiosidade da loira.

— Não sei muito sobre seus dons... — Ele começa sarcasticamente. — Já que ele não é de minha responsabilidade.

Sua mentira não passa despercebida pelos olhos atentos da loira, entretanto, esta entendeu a jogada do amigo.

Tudo ao seu tempo, afinal.

James apenas observava tudo e tinha que admitir que estava curioso para ver o que aconteceria no combate entre os dois Números mais altos que ali se encontravam. Sabia que o amigo ainda não estava cem por cento recuperado do ferimento que sofrera no último ataque, dias atrás, mas ainda assim o conhecia bem o suficiente para saber de sua teimosia.

Ouviu Lorenzo remexer-se ao seu lado, chamando sua atenção.

— Seu amigo não deveria ter feito isso — diz após um longo suspiro, sem olhá-lo. — Ela não foge de uma boa luta.

"Isso vai ser interessante" — Pensou o moreno, voltando sua atenção aos dois que ainda estavam apenas se encarando.

— Quais as regras? — se pronunciou o loiro, quebrando o silêncio entre os dois.

— Até você desistir ou não conseguir mais se levantar — respondeu ela com um sorriso sarcástico no rosto.

— Você vai ver só! — ele diz ao correr para trás, ficando ainda mais longe dela.

William respirou fundo e não aguentou mais esperar, ele iria acabar com aquilo o mais rápido possível — *"Quem ela pensava que era?"*

Tomou impulso e ficou em posição, para então lançar dois redemoinhos de vento na garota, que calmamente colocou os seus braços para trás, em posição de sentido, e se esquivou.

Ato que o deixou ainda mais irritado, fazendo com que ele jogasse mais uma sequência de redemoinhos nela. Novamente, ela apenas deu um passo para o lado esquerdo, esquivando-se do primeiro, girou o corpo rapidamente para não ser acertada por mais dois deles, e, para se livrar do último, apenas abriu as pernas e a rajada de ar passou direto.

— Você não tem disciplina — diz ela olhando para ele de maneira séria. — Simplesmente lança seus ataques sem pensar. Deve primeiro analisar o seu inimigo, ver os pontos fracos dele, e não sair atacando e gastando energia.

Aquilo deixou o Número Seis ainda mais fora de si, ela estava tentando ensiná-lo?

"Se meus redemoinhos não funcionam, partimos para a força bruta" — Sabia que ainda não era hora de usar a grande espada que estava presa em suas costas, entretanto, a situação exigia mais do que aquilo.

William — que era muito rápido — correu até a garota que, até então, não havia movido um músculo e começou a desferir vários socos e chutes. Ela, por sua vez, apenas se defendia e esquivava dos seus ataques.

"Hora de acabar com a palhaçada".

Cansada de apenas recuar, ela — que tinha uma força sobre-humana — segura a mão do Número Seis, que se assusta com o movimento e para de fazer suas sequências. Helena continua segurando a mão dele, e com a outra, que estava livre, acerta nele um soco no estômago.

O golpe o jogou alguns passos para trás, fazendo-o rolar na grama com a mão na barriga e uma expressão de dor. No entanto, ela sabia que não poderia usar sua força máxima, porque certamente quebraria os ossos dele.

— Está canalizando sua raiva em mim — disse ela ajeitando a postura. — Não está pensando antes de agir.

Depois da frase proferida pela garota, William se levanta com dificuldade, com o olhar enraivecido. Ele volta a tentar acertá-la com socos, sabendo que era mais rápido e que teria essa vantagem, porém ela usa mais um de seus poderes, seu soco combinado com uma onda verde, fortalecendo ainda mais o seu ataque.

"Ela não usa armas, porque é a própria arma." — Pensa James, ainda como telespectador da batalha dos dois.

Após Will se levantar com dificuldade, entra em alerta, até porque, Robert não havia comentado nada de que a protegida de Alejandra portava tal força. Devido a isso, passa a observá-la e começa a pensar em tudo que ela havia dito a ele.

Talvez ele estivesse despreparado, afinal.

Ela não estava zombando, e sim ensinando a ele, pois seu nível de controle e desempenho em luta eram explicitamente inferiores aos dela. Todavia, não queria transparecer que ela tinha razão.

Robert havia lhe dito que por ser um Número superior, ele era mais forte que seus antecessores, e isso o fez ter confiança demais. O que certamente o prejudicou na luta contra a garota. Mas não deixaria isso barato, passaria a ter calma e a pensar em seus ataques.

Agora ele estava mais atento e recuou alguns passos. Ela também parou de se mexer, e voltou à posição inicial, com os braços para trás, e esperou.

Ele tentou manter a calma e respirou fundo diversas vezes.

"Parece que agora ele aprendeu a ouvir". — Sorriu de canto a Número Cinco.

Agora era seu momento de atacar.

Caminhou lentamente em direção a ele — não havia por que perder energia correndo — e já preparou seus punhos.

Três ataques.

Fora a meta que colocara em sua cabeça, não poderia passar disso.

William já assumia sua posição de defesa e, então, ela investiu a primeira vez.

Com a aproximação dela, o loiro se posiciona em defesa, entretanto, sua mão direita se ergue até o alto de sua cabeça para alcançar o cabo do objeto pendurado em suas costas. A garota se surpreende ao ver o tamanho da espada que o loiro portava e mais ainda o perigo que sua lâmina aparentava ter. Por conta disso, sorriu, imaginando que finalmente veria algo mais desafiador, mas ainda assim não passaria de três ataques.

"Com ela já vi que estou em desvantagem lutando corpo a corpo, devido à sua força e, lançar meus redemoinhos também não adiantou, por causa da sua resistência física e rápidos desvios. Então... se for assim... Ela me força a usar isso."

Helena se lança em direção ao loiro, seu alvo é o canto esquerdo do corpo dele, mas antes que pudesse acertá-lo, percebe William recuar alguns passos, conseguindo escapar de seu golpe.

Ela errou o primeiro ataque, só tinha mais dois.

Rapidamente ela gira o corpo e concentra seu chakra verde preparando sua segunda investida, dando uma rasteira no Número Seis, fazendo-o cair, para em seguida preparar o seu soco.

William rola no chão e consegue desviar do ataque, mas ainda não consegue deixar de ficar deslumbrado com a força da garota, na parte que ela acertou abriu uma grande cratera, fazendo que com que a grama desse lugar à terra que ficava abaixo dela.

Helena também havia falhado no segundo ataque. Só restava um.

Sua paciência já estava se acabando.

Então correu em direção ao garoto de olhos azuis e não lhe deu tempo de, sequer, pensar. Começou uma sequência de socos sobre-humanos, que ele não conseguiu acompanhar.

Por fim, Will foi encurralado entre ela e uma árvore, não conseguindo encontrar escapatória para se defender do que estava por vir. No total, ela lhe desferiu quatro socos – ainda tomando cuidado para não o machucar demais – e sorriu satisfeita ao ver o tal William não se sustentar de pé.

Conseguiu cumprir seu objetivo. Derrotou o Número Seis em três ataques.

– Helena! – Escutou a voz de Alejandra e olhou em direção à pequena casa em que sua mentora se encontrava, para vê-la descendo as escadas e correndo em sua direção. – Você está maluca, menina!

Mas com o que ela não contava era que William ainda tinha forças para se levantar, e percebeu isso quando sentiu algo frio em sua barriga, para então a dor tomar conta de si e ela perceber que o loiro havia cravado sua grande espada em si.

— Helena, eu... Me desculpa. — O garoto olhava assustado para o que havia feito. — Eu achei que você ia desviar... Droga!

— Helena! — Ouviu a voz de Alejandra, que corria em sua direção, sendo seguida por Robert.

James também havia levantado e se assustado com a situação, xingando Will mentalmente por ter se metido nessa confusão. Já Lorenzo, que conhecia muito bem a amiga, continuava parado no mesmo lugar sem nada fazer.

"Você não devia ter feito isso, garoto" — Pensa ela antes de deixar a raiva consumi-la.

Não que aquela dor fosse algo novo, de fato não era. Conviver com a dor fora algo que aprendera com Alejandra anos atrás, mas, ainda assim, não podia negar que ferira o seu orgulho receber um golpe tão bobo como esse, ainda mais em uma distração.

Helena pegou o cabo da espada e retirou lentamente, cravando-a no chão logo em seguida.

Então olhou para o loiro e caminhou até ele.

William, por sua vez, ainda estava espantado com a garota. Por alguns momentos achou que a tinha matado — sem intenção, é claro. Mas tinha que admitir que esse pensamento passou por sua cabeça. Ele imaginou que ela cairia desmaiada no chão e que teria que a ajudar a se erguer. Também já se preparava para os sermões que ouviria de Robert e de Alejandra, e tinha que confessar, tinha muito medo daquela mulher.

Totalmente sem reação, ele continuou no mesmo lugar, sem mexer um músculo. Já Helena simplesmente o alcançou e desferiu um único soco com seu punho verde e ele, como se fosse uma marionete, caiu no chão e não mais se levantou.

Ela então deu uma olhada no Número Seis e percebeu que ele não se levantaria mais. Agora poderia cuidar do machucado que havia começado a doer.

— Qual o problema de vocês? — gritava a loira quando chegou até eles. — Olha o estrago que fizeram!

— Agora não, Galia — disse Helena, dando-lhe as costas e caminhando em direção à casa, já tirando suas luvas.

— Essa menina vai me deixar louca! Não posso deixá-la dez minutos sozinha — gritou a mentora quando viu que a mais nova já não estava mais ali. — Olha o estado deste lugar!

— Vou atrás dela — disse Lorenzo, saindo do lugar pela primeira vez.

— Ah, não vai não, mocinho. Pode vir aqui e me ajudar a arrumar esta bagunça! — ordenou a mais velha, Lorenzo apenas suspirou e obedeceu, sabia que não era a hora de contrariá-la e, de certa maneira, até entendia o sentimento da loira, agora eles teriam que procurar outro lugar para ficar, porque com certeza haviam chamado muita atenção.

— James! — Robert, que até então estava calado, cuidando de Will, se pronunciou chamando o moreno. — Vá ver como ela está.

James suspirou, balançando a cabeça negativamente, e seguiu sem pressa até a casa.

Já Helena estava com muita raiva de si, como ela pôde cair em um golpe ridículo como aquele! Depois de tanto treino e dedicação, ela não poderia passar a vergonha que passou.

Entrou na casa e sem pensar muito caminhou até o banheiro — nem se preocupou em chavear a porta, apenas a encostou, tirou sua blusa e seu sutiã e já seguiu para o chuveiro, precisava fechar aquela ferida quanto antes.

Abriu o registro do chuveiro e sentiu um alívio, relaxando os músculos ao sentir a água quente escorrer pelo corpo. Finalmente conseguiu respirar fundo e, aos poucos, sentiu a onda de dor diminuir.

Nem se deu ao trabalho de retirar a parte inferior da roupa, porque a prioridade era ficar sob a água, a qual lhe trazia componentes curativos e contribuíam para sua rápida regeneração.

Escorou sua cabeça e seus braços na parede fria do banheiro, de modo que apenas suas costas ficassem embaixo d'agua, e ali permaneceu.

James, a contragosto, entrou na casa e correu seus olhos por lá, percebendo que o único barulho que se ouvia era o do chuveiro. Suspirou, não acreditando que teria que entrar no banheiro para ver se a garota estava bem.

Enfim tomou coragem e caminhou lentamente até lá, empurrando a porta com cuidado.

James passou apenas a parte superior do corpo pela porta e ficou totalmente abismado com o que vira.

"Como isso é possível?"

Ela estava com as costas viradas para a porta e ele conseguiu ver perfeitamente o exato momento em que a enorme ferida ia lentamente se fechando e deixando no lugar uma cicatriz do mesmo tamanho.

Mas foi logo após isso que ficou sem palavras, aquela cicatriz era só mais uma que preenchia as costas da Número Cinco. Havia diversas marcas e era impossível contá-las.

Não pôde deixar de reparar no corpo da garota, ela obviamente era magra, mas ainda assim tinha curvas salientes, provindas dos anos de treinamento.

Ela era... *bonita.*

Seus cabelos castanhos já estavam molhados, e ela estava ali, parada, simplesmente sentindo a água correr por seu pequeno corpo.

James estava espantado com a beleza dela, mas não deixava de pensar em como ela havia conseguido todas aquelas cicatrizes.

"Quem é essa garota?"

V

Sabia que aquelas pessoas eram muito mais do que aparentavam ser, entretanto, aquela garota era um mistério ainda maior.

Ela ainda se mantinha de costas, mas decidiu desistir de indagá-la, Uma vez que não seria apropriado chamá-la na atual posição em que ele estava — espionando-a.

Girou pelos calcanhares e se dirigiu para a sala se acomodando no sofá. Ela estava bem, afinal. Não precisariam se preocupar e, depois do que viu, provavelmente aquilo deveria ser natural, mas não podia ir contra um certo pensamento... a tal da Helena continha um poder impressionante.

Encostou-se no estofado enquanto observava o companheiro ruivo dela entrar na casa e passar em um rompante pela sala, indo diretamente para o banheiro onde a garota estava, entretanto, ao parar em frente ao banheiro, estreitou os olhos em sua direção com uma sombra de censura enevoando seus olhos verde-escuros, repreendendo-o talvez.

Mas o que podia fazer?

Lorenzo, por outro lado, entrou no banheiro e fechou a porta — o que deixou o moreno extremamente intrigado.

Que tipo de relação eles tinham, afinal?

Lá dentro, o Número Três se encosta na porta e cruza os braços desaprovando a falta de senso de sua amiga e mais ainda, sua ignorância para com os estrangeiros.

Ambos nunca tiveram problemas em relação à intimidade e nudez, uma vez que a própria Alejandra os alertou de que essas banalidades precisavam ser deixadas de lado.

Segundo a loira e seu irmão Ruan — que confirmava suas alegações —, em uma guerra, onde havia milhares de feridos, a ala hospitalar sempre estava tumultuada e todos eram tratados como iguais. Muitas vezes homens precisavam ter suas roupas rasgadas para que os ferimentos ficassem mais fáceis de serem alcançados e curados para enfim voltarem para a luta.

Para as mulheres não era diferente.

A tensão nos confrontos era grande demais para um prestar atenção no corpo do outro e, mais ainda, haver malícia de ambas as partes.

Sobreviver e voltar a lutar era o mais importante.

Dessa forma, ambos aprenderam a conviver um com o outro e não se importarem com tais futilidades — entretanto, estavam com visitas. Pessoas desconhecidas que, até então, não foram lecionadas com a mesma seriedade de um falecido soldado e de uma general.

— Deveria ser mais atenta quanto a eles, Helena.

A garota massageia o pescoço enquanto a água continuava a cair, relaxando seus músculos e entorpecendo sua ferida.

— Seja mais direto, Lorenzo... — Olhou-o por cima do ombro. — O que fiz desta vez?

— Talvez devesse aprender a fechar a porta antes de ir se banhar, não acha?

— Nem ao menos me despi — diz virando-se para apanhar o sabonete para limpar o sangue ainda em volta da ferida.

O ruivo suspira com a indelicadeza da amiga.

— O fato é que eles não são eu ou Alejandra, Helena. Tenha mais cuidado.

— Não é como se pudessem fazer algo contra mim. — Desdenha, sorrindo em sua direção.

— Preserve-se, Helena. — Sua voz sobe um tom, chamando a atenção dela. — Eles não são como nós. — Pontua colocando as mãos nos bolsos e abaixando os ombros.

— Certo, você tem razão — ela anui dando-lhe as costas mais uma vez. — Desculpe.

— Tudo bem. Vou ver o que descubro sobre eles.

Ela resmunga algo enquanto coloca sua cabeça completamente debaixo da ducha, molhando seus cabelos castanhos.

— Você não confia neles, não é? — ela pergunta retoricamente.

— Até me derem motivo para tal... Devemos ficar de olho. — Ele morde o lábio com certa apreensão. — Estamos todos no mesmo barco, mas ainda assim...

— O Número Quatro não parece estar na mesma sintonia — ela o completa, verificando mais uma vez seu ferimento se fechar.

O ruivo nada responde, apenas dá de ombros segurando a maçaneta da porta, pronto para abri-la.

— Tome cuidado, cabeça de fósforo.

Ela o escuta rir antes de abrir a porta e sair.

Após sentir que sua ferida já havia se fechado, desligou o registro do chuveiro e pegou uma das toalhas dobradas em cima da prateleira que havia ali, se secou e se enrolou nela.

Saiu do banheiro e se pôs a caminhar rapidamente até o quarto que foi destinado a ela e a Alejandra, vendo de relance o garoto moreno, James, sentado no sofá com os braços cruzados e olhos fechados. Continuou seu trajeto e, ao entrar no cômodo, fechou a porta e procurou sua pequena mochila.

Helena suspirou cansada, ainda sentindo dor no corpo ao colocar a blusa por cima do sutiã. Era fato que sua regeneração era extremamente rápida e que o corte logo se fechou, mas sempre que isso ocorria, a dor muscular se fazia presente por vários dias.

Portanto, deitou-se devagar em uma das camas de solteiro dispostas no quarto e tentou relaxar o corpo.

Após alguns minutos de meditação, a garota caiu no sono.

— James, como ela está? — pergunta Robert ao chegar à cabana, um tanto ofegante, seguido de uma Alejandra vermelha de tanta raiva.

— Está bem — respondeu abrindo os olhos. — Está no quarto.

— Essa menina... — Bufou a loira se preparando para caminhar em direção ao cômodo indicado pelo moreno.

— Galia! — Chamou o grisalho de maneira séria, e ela sabia que ele também estava preocupado. — Deixe-a descansar, ela está precisando, não acha? Enquanto isso, precisamos pensar no que faremos a partir de agora.

Ela apenas bufou novamente e se dirigiu à porta que dava acesso à parte de trás da cabana.

— Will está bem? — perguntou o moreno, vendo o mais velho se sentando ao seu lado.

— Ele vai sobreviver — resmungou o mentor. — Aquele idiota... Não pensa nas coisas...

— Ele não sabia da força que a garota tinha.

— Se não sabia, aí sim que não deveria ter se metido! — retruca o mais velho. — Como se já não tivéssemos problemas.

James nada mais disse, apenas assentiu em silêncio, ainda com a visão da garota, a Número Cinco, em sua cabeça. Em algumas horas desde o encontro deles, ela já havia revirado aquele lugar de uma maneira que nem mesmo ele conseguiu acompanhar.

E aquelas cicatrizes... o que ela teve que enfrentar para tê-las? Ele pensava que havia sofrido treinos severos com Bruce, talvez a tal Alejandra fosse ainda mais dura do que ele imaginava. E todo aquele poder... Ela certamente aparentava ser fraca e sensível, mas era apenas uma armadura para esconder a força monstruosa dentro de si.

Permitiu-se sorrir, certamente no futuro ela lhe seria útil.

— Vou fazer a janta. — Escutou o grisalho ao seu lado lhe dizer. — Talvez isso acalme os ânimos.

Logo ele se levantou e caminhou até a cozinha para preparar a comida.

James seguiu até a frente da casa, onde viu Lorenzo e William sentados na grama conversando.

O campo estava cheio de buracos e a cena da luta ainda se tornava presente.

— Foi uma boa luta. — Escutou o Número Três dizer, à medida que se aproximava. — Mas você não devia tê-la desafiado.

— Não imaginei a força que ela tinha — comenta Will passando a mão na nuca, ainda sentindo as dores do recente combate. — Estou com medo dela.

— Você se acostuma — diz Lorenzo dando uma leve risada. — Ela parece ser má e durona, logo você vê que é só aparência, ela sabe ser bondosa e amiga quando precisa, e sempre defende as pessoas próximas a ela, daria a sua vida por mim ou Alejandra. Quando fomos atacados e Ruan foi ferido, ela se atirou na frente de um Zeken para que meu irmão não recebesse mais um ataque, levou uma bela cicatriz em troca. – Conforme ia terminando de falar, ia diminuindo o seu tom de voz, sentindo o peso das palavras.

James chega perto dos dois e se senta ao lado de Will sem nada falar, apenas continua escutando a conversa dos dois.

– Alejandra quase infarta todas as vezes que Helena faz uma dessas, ser atingida para defender qualquer um de nós. – Continua a falar Lorenzo. – Mas ela é assim.

– Espero que ela não fique com raiva de mim pelo machucado. – Fala William em um suspiro. – Cara, aquilo deve ter doído.

Enzo dá de ombros, apenas suspirando e observando a grama uniforme. – Vai passar, não se preocupe com isso.

– Caras, a natureza me chama. – O loiro se levanta em um pulo, virando-se em direção à cabana. – Volto logo!

Ambos os rapazes veem o loiro correr quase tropeçando em um cupinzeiro e xingar algo antes de voltar seu caminho às pressas.

Lorenzo se divertiu com a cena, mas antes de se voltar para o moreno, seu semblante se fechou. O que havia dito à Helena no banheiro era verdade. Queria estar tranquilo para confiar neles ao ponto de não se preocupar com sua amiga. Sabia que sua hora seria inevitável – falar sobre o assunto com Helena era quase impossível –, mas queria ter certeza de que ela ficaria bem... que eles pudessem cuidar dela no seu lugar e, para isso, precisava conhecer aquelas pessoas.

Ou melhor dizendo... conhecer James Crow.

– Você as viu, não é?

Observou o moreno olhá-lo de esguelha e assentir sem proferir uma palavra.

– Todas aquelas feridas são resultado do que passamos... – O ruivo começou analisando o semblante fechado do moreno. – Sei que com vocês não foi diferente, no entanto...

– Nós dois estamos sem nossa guarda. – O moreno o interrompe virando o rosto em sua direção. – Estamos vulneráveis, por isso precisamos nos unir. Lorenzo estreita seu olhar com a indagação de James. Ele era o que mais o preocupava.

Detestava pessoas silenciosas como ele, nunca sabia o que tramavam ou o que esperavam.

– Não parece ser exatamente o que você quer.

O moreno sorri assentindo com algo que já havia pensando há algum tempo desde que viu a forma como o ruivo agia.

— Você é observador.

Dessa vez, quem sorri de canto é Lorenzo, que suspira logo em seguida e se deita na grama com os braços atrás da cabeça olhando para o céu.

— E você é um analista. Você espera algo mais... o que é?

— Não é como se eu fosse falar algo para você.

— Se quiser um aliado, precisa compartilhar.

— Você é um homem morto, como quer ser um aliado meu?

— Pelo que sei... — Lorenzo sorri abertamente virando o rosto na direção do moreno. — Você também é um homem morto, depois de mim, logo vem você.

James estreita os olhos em sua direção e bufa, achando graça de sua disputa com o ruivo. Fazia tempo que não conversava com alguém com uma mentalidade similar à dele — já que Will não se encaixava no perfil.

— Está certo.

— Sei que estou, mas então?

— Estou estudando as formas dos ataques dos Zekens.

— E conseguiu algum progresso?

— Talvez — diz levantando-se e batendo sua calça para retirar a poeira. — Já se perguntou o porquê de os ataques estarem sendo aleatórios e não seguindo o padrão de cada número de nós?

— Sim... De certa forma, era para continuarem atrás de mim e depois de você. No entanto, não terminaram o que começaram.

— Terminaram, sim — James responde olhando para o ruivo, que sustentava sua dúvida. — A ordem de nossas mortes não mudou, visto que conseguiram acabar com os Números Um e Dois.

— Então, por que não me mataram ainda?

— Porque eles estão eliminando nossos mentores primeiro para, eventualmente, nos enfraquecer quebrando nossa ligação com eles.

— Entendo... assim fica mais fácil nos atingir.

— Exatamente. — O moreno confirma, passando a caminhar em direção à cabana, assim como seu amigo loiro, deixando Lorenzo e seus pensamentos sozinhos.

Ainda não confiava no moreno, mas de certo, este seria de grande ajuda. Ele tinha exatamente o que faltava naquele grupo...

◘

Sentiu seu corpo se espreguiçar e um vento correr por ele, e então percebeu que estava com uma camiseta de manga curta e uma bermuda; puxou uma coberta que estava perto da cama. Suspirou, uma hora ela teria que sair daquele quarto e enfrentar a fera — tinha certeza de que Alejandra estaria brava.

Levantou e colocou uma calça e um casaco e viu o mentor do Número Seis na cozinha, tinha que admitir que o cheiro estava muito agradável. Olhou para o lado de fora e estranhou ao ver os três garotos sentados na grama.

O rapaz moreno, o tal Número Quatro, estava calado, com mãos no bolso, apenas observando os outros dois, que conversavam calorosamente. William estava entre os dois e ora discutia com Lorenzo, ora com o James, pelos seus resmungos. Lorenzo dava risadas baixas e balançava a cabeça negativamente.

Decidiu não intervir, então foi à procura de sua mentora.

— Ela está lá atrás. — Escutou o grisalho lhe dizer, ainda virado para o fogão.

Helena caminhou lentamente e passou pela porta que ia da cozinha para a pequena varanda que havia do lado de trás da cabana. Viu a loira em pé olhando para a vista que aquele lugar proporcionava.

— Oi — disse a mais nova, um tanto receosa.

A loira apenas virou um pouco a sua cabeça e a observou de soslaio, para então voltar à sua posição inicial. Helena sabia que ela sentia sua presença desde que saiu da casa, mas ainda assim a mentora era orgulhosa o suficiente para fingir que não sabia que ela estava ali.

— Alejandra... — Começou ela. — Você sabe que eu não sou boa com essas coisas. Eu... me desculpe, por tudo...

A mais velha manteve-se no lugar, apenas escutando as palavras de Helena, que saíam aos tropeços.

— Eu sei que estou dando trabalho... e que aquele golpe foi ridículo...

— Quantos ataques? — Interrompeu a mais velha.

— Três — responde após suspirar. — Mas não consegui, tive que fazer um quarto. Eu sei que foi ridículo.

— Não seja boba, acha que estou chateada por isso?

— Não está? — Subiu o olhar e encarou a outra.

— Claro que não, estou é preocupada com você, sei que tem algo lhe afligindo — disse a loira sem paciência. — Conte-me o que é.

— Você sabe que eles virão atrás do Enzo, não sabe? — respondeu com outra pergunta, sentindo um embrulho no estômago. — Esse garoto, o Número Seis, não está nada preparado para uma guerra, e se a vida do Lorenzo depender disso? Ou se a minha vida estiver na mão dele? E... aparentemente, nem eu estou preparada.

— Você está se culpando pelo golpe que recebeu do garoto, mas não parou para pensar que logo em seguida você estava bem e que ele caiu como uma jaca cai do pé com o seu golpe — completou ela, chegando mais perto de sua protegida. — Droga, Helena, só você para me deixar emotiva...

A Número Cinco reparou bem na mulher à sua frente, e percebeu que seus olhos estavam brilhando.

— Helena... querida, olhe para mim — pediu ela, abraçando-a calmamente, demonstrando o amor e carinho que sentia pela menina. — Eu te criei para ser uma guerreira, com capacidade suficiente para vencer tudo isso... Mas acima de tudo, te criei para ser uma mulher forte, com garra e que luta pelo que é certo, independentemente do quanto isso seja difícil. Você está preparada, sim! Pare de se achar inferior, você acabou com o Número mais alto daqui sem derramar uma gota de suor, não seja dramática.

— Mas eu...

— Mas nada! Onde está a garota segura de si que eu eduquei? — Alejandra se solta do abraço e segura o pequeno corpo dela pelos ombros. — Helena, ter medo é normal, eu também estou com medo, sabia? Medo de perder a única filha que esta vida vai me dar. Mas ainda assim iremos lutar pelo que acreditamos e vencer toda esta merda. Juntas.

— Juntas — repete ela, já sentindo as lágrimas escorrerem por seu rosto e abraçou novamente com força a mentora, ela era tão forte quanto si mesma, então, certamente, não a machucaria.

— Vamos lá, ainda temos que arrumar a bagunça de vocês — diz a mais velha, dando o assunto por encerrado e caminhando para dentro da casa, sendo seguida pela mais nova.

Ambas passaram por Lorenzo e andaram até chegar à parte destruída pelo confronto dos Números Cinco e Seis.

Helena caminhou até a grande cratera que seu soco criou e se agachou, colocando sua mão sobre a terra e Alejandra jogou um pouco de água da garrafa que tinha consigo. Logo as irregularidades do solo começaram a formar a curva retilínea que antes havia ali.

William e James, que estavam dentro da cabana, pararam de conversar ao vê-las passando, observavam a cena atentamente. E até mesmo Robert caminhou até a saída da cabana e se escorou na quina da porta. Para ele, era revigorante ver as duas trabalhando juntas.

"Ambas são tão parecidas, que nem se Helena tivesse saído de Alejandra seriam assim."

Helena repetiu o mesmo processo em todos os lugares onde havia buracos no campo. William olhava tudo admirado e caminhou até Lorenzo, pedindo uma explicação muda para o ruivo.

— Ela tem poderes regenerativos e pode usar isso no próprio ambiente — ele diz simplesmente, ainda sentado e de braços cruzados. Mas mantinha um sorriso discreto, afinal, estava feliz pela amiga ter se reconciliado com a mentora.

— Nossa... — A fala de William se acabou ao ver a terra dando lugar a uma grama novinha em folha.

James tinha que admitir que a garota o intrigava cada vez mais, era de seu conhecimento que ela era apenas um número acima dele, mas ainda assim parecia que seus poderes e capacidades eram superiores a todos ali.

□

— Espero que gostem! — Robert dizia ao olhar de maneira orgulhosa para a panela de comida recém-posta em cima da bancada.

William nem fez cerimônia, apenas se sentou junto à mesa e esperou os demais se aproximarem para a janta; James andou calmamente até o seu assento, e Lorenzo fez o mesmo.

Helena e Alejandra demoraram um pouco mais, mas minutos após o grisalho terminar de preparar o jantar, o grupo já se encontrava jantando.

O silêncio reinava no lugar, e provavelmente cada um estava perdido em seu próprio mundo.

— Estava muito boa, senhor Robert — fala Helena, após terminar de comer.

— Ora, que isso, não sou tão velho assim! — respondeu o grisalho com um sorriso no rosto.

— Helena foi educada, Robert — retrucou Alejandra, e Helena revirou os olhos com a declaração da mentora. — E muito bem educada, diga-se de passagem.

— Tudo bem, tudo bem. — O mentor do Número Seis levantou as mãos em forma de rendimento. — Pois bem, agora que estão todos alimentados, precisamos decidir o que fazer, e rápido, visto que os nossos queridinhos fizeram bastante barulho hoje, não é?

— Devemos seguir viagem e sair daqui o mais rápido possível — diz a loira ao se levantar e colocar seu prato na pia. — Não demorará muito para que este lugar esteja minado de Zekens.

Os mais novos apenas observavam a conversa astuta dos mentores, afinal, a principal função deles — além de criar e treinar os Números — era estar à frente das decisões dos rumos que tomariam. James se levantou e se escorou na parede, permanecendo de braços cruzados, apenas ouvindo a conversa. Helena estava em pé, e Lorenzo e William mantinham-se sentados à mesa.

— Entrei em contato com Erik. — Robert continuou sua conversa. — Ele está com o Número Sete em Omaha, devemos ir até lá.

— O quê? É do outro lado do mundo! — exclamou a loira.

— Não seja dramática, Alejandra.

— Robert, serão vários dias de viagem, isso se formos de carro. — Ela salienta enquanto lava a louça. — E olha que isso é impossível, com seis pessoas.

— O caminho pelo metrô também não é seguro. — Se pronunciou pela primeira vez William, lembrando-se da última experiência.

— Não, pelo metrô chamaremos muita atenção — complementou o seu mentor. — Devemos ir a pé.

— Ficou maluco? — pergunta a loira virando-se para ele e molhando toda cozinha. — Erik é bem grandinho, ele que venha até nós.

— E juntar todos eles aqui? Ficou doida?

— Nos juntaremos lá de qualquer forma, qual o problema?

— Alejandra, você mesma acabou de falar que este lugar logo vai estar minado de Zekens. — Robert também se levantou. — Lá estaremos seguros. Erik não viu nenhum inimigo por lá.

— Eles estão atrás de nós — fala Helena pela primeira vez. — Nos seguirão até lá.

— Podemos acabar com eles no caminho! — fala William, fazendo James revirar os olhos.

— Pelo menos há uma chance de conseguirmos escapar sem chamar atenção — responde Robert. — É nossa melhor opção.

— Não estou certa disso. — A loira fala abandonando a tarefa de lavar a louça.

— Erik não virá até nós — conclui Robert após um longo suspiro, já desistindo de convencer a amiga. — Não arriscará seu protegido.

— Se isso der errado, eu mato você — diz ela por fim. — Partimos amanhã cedo.

◘

A noite sempre fora difícil para Helena, afinal, o mesmo sonho vinha incessantemente atormentá-la quando o sol se punha e a escuridão chegava.

Após um cochilo atormentado e um susto ao acordar, ela desiste de tentar dormir e se levanta devagar para não acordar sua mentora, que estava adormecida do outro lado da cama de casal que as duas dividiam.

Caminha até a porta que dava saída à cabana em busca de um ar puro, e já decidindo que usaria as horas que ainda lhe restavam para fazer o que mais gostava, treinar.

Ao sair, ela vê uma figura escura — apenas iluminada pela claridade que a lua proporcionava — e já se coloca em alerta, relaxando o seu corpo logo após perceber que era James que estava ali.

— Pelo visto não sou a única que não consegue dormir — comenta ela ao se escorar na quina da porta e cruzar os braços, sentindo a brisa passar por seu rosto.

O garoto continuou em pé, ainda virado de costas para ela, com as mãos no bolso, decidindo se deveria responder ou não.

— Era você que estava oscilando? — pergunta após alguns segundos. — Consegui sentir daqui.

— Sim.

— Por quê?

— Digamos que a noite não é minha amiga — responde dando de ombros.

— Tem pesadelos? — após perguntar, se vira para Helena a tempo de vê-la assentir.

— Sempre o mesmo — completa.

Normalmente Helena se calaria e evitaria ao máximo conversar com estranhos, mas com o Número Quatro sentia algo diferente, era como se ele estivesse em uma luta interna sobre se deveria ou não dar ouvidos à garota e isso a intrigava. Era visto que sua chegada — junto de Lorenzo e Alejandra — não agradou o moreno, que a todo instante franzia as sobrancelhas e repuxava o canto da boca.

Não pôde deixar de observar o corpo parado à sua frente, James tinha os cabelos tão pretos quanto seus olhos, seus músculos eram um tanto salientes por baixo da camisa folgada que usava — demonstrando o esforço que ele fazia, provavelmente em treinos, e isso a deixava mais tranquila, já que era bem diferente de William.

— Por que não gosta da nossa presença aqui? — pergunta ela sem se dar conta do que dizia, característica que adquiriu depois de conviver anos com Alejandra.

— Pessoas demais — ele responde simplesmente.

— Não quando elas vêm para ajudar — ela contrapõe-se rapidamente. — Deveria agradecer, se dependesse apenas de William...

— Ele não é tão inútil quanto parece. — Ele a interrompe.

— Sei que não, ele tem muito potencial.

— Então por que agiu como se ele não soubesse lutar? — Cada vez mais as respostas dela o irritavam, parecia que a cada frase sua, um novo enigma era lançado.

— De fato ele não sabe, mas não é um caso perdido. — Helena não o encarou, apenas fechou os olhos e sentiu o vento passar por seu rosto. — Apenas provei que ele não deve se vangloriar por ser o Número mais alto.

— Ele é um idiota, mas ainda assim tem um bom coração — completa o moreno. — Podemos estar em grande perigo e ele não se importa em salvar a vida dos humanos.

— E você não?

— Não se minha vida depender disso, então é melhor que eles sejam as distrações — responde virando-se de costas para Helena.

— Você é igual a ele, pelo visto — suspira a Número Cinco.

— Quem?

— Seu mentor — responde ela devagar. — É uma pena.

— O quê? — Virou para a garota novamente. — Você nem o conheceu! Como ousa?

— Posso não ter vivido com ele, mas nunca me esquecerei do que um dia vi, do que meu sonho me mostra toda noite.

— E o que é? — pergunta ele franzindo a testa.

— Quando Alejandra me levou para a nossa nave, logo após a morte dos meus pais, eu vi um homem de cabelos compridos e pretos e olhos finos segurando um garoto de cabelos iguais aos seus e que chorava, esse mesmo homem que veio a ser o seu mentor ria e gargalhava de uma maneira tão sádica que jamais esquecerei. — Helena falava devagar, dessa vez, medindo as palavras que usava. — Como uma pessoa boa poderia rir em uma situação caótica igual àquela?

— Então tem medo de estar perto de alguém que foi criado por ele? — pergunta James ignorando as palavras sérias da garota.

— Tenho medo de algum dia minha vida depender de alguém que foi criado por Lhoris. Sei que não é sua culpa, mas o cara era um cretino. — Retruca após a pergunta irônica dele, sem cair nas provocações, descruzando os braços e virando seu corpo para dentro da cabana. — Espero que saiba o que faz, Número Quatro.

E seguiu em direção ao quarto, deixando um James pensativo pelas palavras dela.

VI

— Imaginei que estivesse aqui, minha senhora.

A pouca luz da janela mal conseguia iluminar aquele grande salão vazio. Do lado de fora, o sol nascendo já podia ser visto, e com ele, as nuvens se tingiam de laranja e tons avermelhados.

A mulher de longos cabelos vermelhos se mantinha de costas para o visitante enquanto observava o amanhecer daquele dia com as mãos juntas atrás das costas e a postura firme e altiva. Seu semblante se mantinha austero e o brilho alaranjado do sol coloria sua íris em um tom avermelhado assim como seu cabelo.

O homem que acabara de entrar avaliava a postura de sua senhora, e mais ainda, contemplava a beleza daquele ser tão diferente de si, mas tão superior e evoluído. As vestes daquela mulher se resumiam em um vestido na cor branca com o caimento solto.

Embora simples, se destacava em contraste com a pele levemente bronzeada dela. Tal mulher se assimilava perfeitamente a um terreno, entretanto, essa era apenas uma casca que dispunha para se adaptar aos eventos e à natureza daquele planeta.

Mesmo de costas, ele sabia que sua senhora estava séria. Seu silêncio era mais perigoso do que suas explosões verbais.

Logo ela se virou totalmente e correu os olhos avaliando o intruso com o cenho fechado.

— Se me permite dizer, está incrivelmente semelhante a uma belíssima humana, majestade.

Ela soltou a respiração devagar, fechando os olhos e cruzando os braços logo abaixo do busto escondido pelos tecidos brancos. Não estava acostumada com tais proteções, mas pelo que notou, os seres daquele mundo não se expunham e frequentemente se protegiam com as tais "roupas" contra as mudanças constantes de temperatura.

A Terra tinha uma semelhança singular a Shinden e esse foi um dos tantos motivos que a trouxe para este planeta.

– Foi o que requisitei – respondeu secamente, caminhando até o único móvel que havia naquele salão, um trono de aço com detalhes em riscos e inscrições de sua língua.

Quando o alcançou, acariciou levemente o braço do assento sob as escrituras sorrindo minimamente com os dizeres ali. Logo se acomodou, ajeitando seu vestido e voltando a olhá-lo de forma superior.

Digna de uma rainha.

De uma Rainha Vermelha.

– Imaginei que tivesse me assegurado de que o abate aos Números não tardaria. – ela se pronuncia em um timbre forte e sua voz ecoa por todo o salão.

O homem rapidamente se aproxima do trono e se ajoelha diante dos pés descalços da rainha.

– Foi o que disse, majestade, mas não imaginamos que eles estariam acompanhados com antigos soldados de Shinden.

Kaguyan estreita o olha em sua direção e o questiona arqueando suas sobrancelhas finas.

– Explique-se.

– Eles são chamados mentores, minha senhora. Estão treinando os Números para combater nossos Zekens.

A ruiva analisa seu subordinado com atenção em cada detalhe de seu rosto e corpo. Ele, por sua vez, não precisou de uma casca para se proteger – já que habitantes de Shinden também poderiam se acostumar com o clima da Terra por ser tão similar ao seu antigo planeta.

Ela esboça um pequeno sorriso, avaliando até onde conseguiu chegar.

Suas tropas poderiam ter vitória contra o povo de Shinden e, por fim, dominar o planeta. No entanto, os poderes bélicos de seus oponentes a traziam grandes dificuldades vendo seus Zekens caírem um por um. Por isso, conseguiu atentar um dos soldados da inteligência do exército de Shinden e, com ele, adquiriu todas as brechas e pontos fracos que precisava para sair vitoriosa e dominar a todos.

Todavia... não contava que Enialis fosse prepotente o bastante para explodir seu planeta inteiro e entregá-lo a ela.

Seu aliado jurou não saber das intenções de seu antigo líder quanto à destruição, mas ainda assim ele pagou pela sua fúria sendo seu prisioneiro. Isso até descobrir que cápsulas foram lançadas de Shinden minutos antes da explosão e que seguiam para um planeta ao qual poderia acolhê-los para que sobrevivessem a ela e se fortalecessem para derrotarem-na.

Quando um Zeken lhe contou isso, quase não conseguiu parar de rir quanto à petulância daquele povo tão insignificante, mas, de qualquer forma, nem tudo fora perdido. A Terra – ao qual foram designados a pousar – era um planeta perfeito para tomar como seu, no lugar de Shinden, e essa oportunidade não poderia deixar passar.

Logo tomaria tudo aquilo, mas antes precisava aniquilar aquelas crianças, pois eram as únicas que de fato poderiam lhe dar trabalho.

– O que estão fazendo para acabar logo com eles? – perguntou, levando o indicador à boca, passando a morder o canto perto da unha. Hábito que passou a ter depois de sua troca de corpo.

– Sem seus mentores eles enfraquecem e consequentemente são alvos fáceis.

A ruiva estreita os olhos se debruçando ameaçadoramente em direção ao subordinado.

O sol do lado de fora já não se escondia mais atrás das montanhas e sua luz passou a clarear completamente o salão, dando à rainha um vislumbre melhor para as feições temerosas do homem que – embora jovem – já dispunha de uma coloração esbranquiçada nos cabelos. Cabelos estes que eram rebeldes e seus olhos num castanho tão escuro que quase chegava a serem negros.

– Faça o que for necessário, Duran, mas não me desaponte como da última vez. – Ela o ameaçou vendo-o erguer a cabeça para olhá-la com mais atenção. – Não se esqueça do quanto fui benevolente com você. Dentre todos, eu te escolhi.

– Não vou desapontá-la, minha senhora. Sei quanto isso é importante e sou grato por sua generosidade.

Ela assente satisfeita com o dizer de seu servo e logo volta a se acomodar melhor no trono, fechando os olhos para descansar.

– Se não tiver mais nada a dizer... Saia.

Ele se levanta prestando uma rápida reverência para em seguida girar pelos calcanhares seguindo até a porta.

Já sozinha, a Rainha Vermelha se permite sorrir largamente apreciando a luz do sol a entrar pela janela.

— Logo, isso tudo será meu.

Mesmo depois de ter passado a noite pensando nas palavras de Helena, ainda não conseguia assimilar o que ela disse quanto ao seu mentor — Bruce.

Sabia que ele não era alguém amável ou que se compadecia com seus feitos e erros de adolescente, mas ainda assim não conseguia vê-lo se divertindo com a destruição de Shinden como a garota mencionou.

Quis se bater por ter perdido o restante da noite pensando nisso e, como consequência, não ter descansado nada. Agora trataria de arrumar suas coisas para poderem viajar até o tal Número Sete.

Desde sempre não gostava da ideia de se aliar aos demais, mas, de qualquer forma, o que podia fazer por ora?

Por enquanto, continuaria com seus planos e tomaria o máximo de cuidado para não se afeiçoar a ninguém. William já lhe foi uma infelicidade, mas que agora não podia mais voltar atrás.

O loiro acabou fazendo mais parte da vida dele do que poderia imaginar.

Bufou já imaginando que estava se demorando demais naquela cama de colchão fino e se pôs de pé, caminhando até sua mochila e puxando de lá uma muda de roupas, uma toalha e seus calçados.

Saiu do quarto e se dirigiu ao banheiro, mas nesse meio tempo percebeu que a cabana estava silenciosa — sinal de que era o único acordado.

"Melhor assim".

Entrou no banheiro e ajeitou suas roupas nos cabides, mas antes de se despir e abrir o chuveiro, lembrou-se da mulher limpando seus machucados sem pudor algum no dia anterior. Todas aquelas marcas condiziam aos esforços que ela e o ruivo vinham tendo para se protegerem e lutarem contra os Zekens. Pelo que viu na luta dela com William, por mais que ela fosse um número inferior ao loiro, ainda assim ela o venceu e — se não fosse pelo seu descuido — teria feito de forma humilhante.

Bruce sempre o treinou arduamente, mas seus treinos sempre foram mais visados em seus poderes e controle. Ela, pelo que notou, treinava o corpo, já que suas habilidades dispunham do contato físico.

Consequentemente estava explicado o porquê de tanto esforço.

Com esse pensamento, deu um meio sorriso.

"Se for assim, ela não é boa com ataques a longa distância". — William, por mais que tenha jogado seus redemoinhos nela, tem uma péssima mira, e seu elemento sendo o vento, tende a desviar sempre que encontra outra massa de ar, facilitando ainda mais os movimentos dela para se esquivar dos ataques do loiro.

Imaginava como ela se sairia com seus raios.

Sorriu com tal pensamento.

Talvez ela estivesse certa afinal. Os números só foram impostos para nomeá-los na sequência ao qual foram lançados nas cápsulas até a Terra, pois... Se parar para pensar, as habilidades dele poderiam ser até mesmo maiores que as de Will, que era dois números acima dele.

Com isso, terminou de se despir para se banhar. Em outro momento, trataria com Robert sobre isso.

□

— Não aguento mais caminhar — resmungou William que já estava andando atrás dos demais. — Não podemos descansar um pouco?

— Will, você está reclamando desde que saímos — disse Robert, revirando os olhos.

Alejandra e o grisalho seguiam mais à frente, ditando o caminho aos demais. Carregavam mochilas leves, apenas com algumas mudas de roupas e itens essenciais.

Helena andava logo atrás, com Lorenzo ao seu lado, que não se distanciava dela nem por um segundo. Ela já havia pensado em questioná-lo quanto a isso, afinal não havia nenhum perigo até então, mas preferiu não falar nada. Sabia que já era grossa e direta o suficiente, portanto optou por se calar.

James caminhava logo atrás, observando os dois a cada instante, e William praticamente se arrastava.

— Deixe de ser idiota, Will — retrucou James, revirando os olhos. — Ande logo.

O Número Seis resmungou algo que foi impossível de entender, mas acelerou o passo, ficando ao lado do moreno.

Após horas de caminhada, Alejandra optou que parassem para descansar em uma velha pousada que avistaram ao longo da estrada. Seria o lugar perfeito para recuperarem suas energias, porque ela não era muito movimentada. A loira — já um tanto vermelha por conta do calor — solicitou um quarto para si e Helena, Robert e William, e James junto de Lorenzo.

Assim que chegou ao pequeno quarto, um tanto simples, com duas camas de solteiro, lençóis e fronhas já gastas e velhas, torceu o nariz.

"Quando será que ficarei em um lugar que tenha as condições que mereço?" — Pensou a mentora da Número Cinco.

De fato, suas últimas instalações tinham sido precárias, e ela tinha que admitir que as reservas de dinheiro que havia feito foram gastas rapidamente nos últimos meses.

Suspirou derrotada, era isso, afinal, já estava cansada da correria, do perigo e da matança aos quais haviam sido submetidos nos últimos tempos.

Pegou uma toalha, já amarelada por conta do clima arenoso que se fazia presente no lugar, e se dirigiu ao banheiro, precisava urgentemente tirar aquele suor do corpo, para depois dar uma cochilada.

Helena deixou suas coisas no quarto e desceu para a parte de trás da pousada, lá havia um pequeno bosque, em que provavelmente os pais levavam as crianças para brincar e correr.

Seria perfeito para treinar, nem que fosse por poucas horas, afinal, já estava desgasta. Dirigiu-se da por conta do percurso longo de caminhada.

Se dirigiu até o meio do bosque e escolheu a maior árvore para usar como alvo, colocou suas luvas e começou uma sequência de socos e chutes. Aquilo a relaxava e a fazia esquecer, mesmo que por alguns instantes, toda a bagunça que havia sido a sua vida ultimamente.

No decorrer de sua estada na Terra, os antigos habitantes de Shinden conseguiram viver e crescer por vários anos sem chamar atenção dos Zekens, e raramente viam movimentações do exército da Rainha Vermelha. Mas conforme iam crescendo, a frequência dos ataques aumentou e com isso o perigo também.

Mas foi quando soube da morte de Kylie, a Número Um, que sentiu o medo querer tomar conta de si, pois sabia que a guerra de Kaguyan com eles finalmente havia começado. Portanto, não mediu esforços para se tornar a mais capacitada e forte possível enquanto houvesse tempo disponível. Sabia que depois que os Zekens os achassem seu tempo de treinamento seria escasso.

Treinou por cerca de duas horas e mergulhou em pensamentos, deixando apenas a parte mecânica de seu corpo se movimentar, parando quando já sentia seus músculos reclamarem pelo esforço excessivo.

Respirou fundo e sentou-se no chão, molhando seu rosto com a água do cantil.

— Vai ficar me observando por quanto tempo, James? — perguntou ela, que já tinha notado a presença dele há cerca de uma hora, e ele continuava ali, a se esconder.

— *Tsc.* — Sorriu de canto enquanto saía de trás da árvore que estava escondido. Não estava feliz por ser notado, mas ao vê-la saindo da pousada e caminhando em direção ao bosque, não se conteve e a seguiu. De fato, nem viu o tempo passar enquanto observava um pouco mais do estilo de luta da garota de cabelos castanhos. — Como notou minha presença?

— Seu perfume. — Deu de ombros, deitando-se completamente na grama fresca e respirando fundo.

— Me conhece há tão pouco tempo e já reconhece meu perfume, Helena? — disse ele com ironia, mas escondendo bem a surpresa pela resposta dela.

— Está pensando que eu já decorei seu perfume por outro motivo a não ser por analisar você? — pergunta Helena ao levantar preguiçosamente a cabeça, colocando suas mãos abaixo dela, e fazendo uma cara de tédio. — Faça-me rir.

— *Tsc,* eu não estou achando nada, apenas fiz uma observação. — James salienta, acomodando-se melhor ao se escorar em uma árvore próxima dela.

— Observação errônea, por sinal, não tenho tempo a perder com isso — complementou a Número Cinco.

— Não precisa ficar agressiva. — O Número Quatro cruza os braços, mantendo um sorriso irônico de canto.

— Eu, agressiva? — ironizou também, após soltar uma gargalhada, entrando no jogo do garoto Crow.

Helena sabia que ele estava aproveitando esses momentos para colher informações sobre ela e então faria o mesmo.

A garota se senta, cruzando as pernas, se escorando no tronco da árvore que usou como alvo. Assumindo novamente aquela postura analítica que tanto o intrigava e lhe perguntando com aquela voz melodiosa que o fazia se perder em pensamentos.

— Pelo que você luta, James?

— Eu luto para sobreviver — respondeu ele, após pensar por alguns instantes, ainda a encarando.

— Simples assim? — indagou a Número CincoCinco.

— Simples assim.

— Certo. — Ela se espreguiçou e tomou mais alguns goles d'água, observando os poucos pássaros que faziam seus ninhos nos galhos mais altos.

— Não vai dizer nada para tentar me convencer de que estou errado, que devo lutar pelas pessoas inocentes e que ainda há bondade neste mundo? — perguntou ele com uma sobrancelha erguida, não entendendo o porquê de sua pergunta se ela não insistiria mais naquele assunto.

— Se essa é a sua concepção, por que vou discutir com você? — respondeu a ele, com um olhar entediado. — Você deve saber o que faz.

— Você é a primeira. — Pensou alto o Número Quatro.

— Sei o que é um caso perdido quando vejo um — completou Helena.

— Caso perdido? — indagou novamente, já sem paciência por novamente cair nas respostas enigmáticas dela.

— Sim, nada do que eu diga irá mudar o que você pensa, Número Quatro. Não há por que perder tempo com isso. — Cruzou os braços e o encarou. — Se vai começar a acreditar na bondade deste mundo, deve ser por conta própria.

James se levantou e se virou para o caminho que dava à pousada, mas antes parou de costas para ela, olhando-a por cima do ombro. Suspirou cansado, era a segunda vez que conversavam e que ele saía sem conseguir descobrir mais sobre a garota.

— Você é diferente, Número Cinco — proferiu, para logo começar a caminhar novamente, deixando-a sozinha.

"Você também é, James, só não sabe ainda". — Pensou enquanto observava o moreno se distanciar, para logo fechar os olhos e aproveitar o seu tempo livre para meditar.

◘

Após jantarem na pequena e rústica pousada, todos resolveram se recolher para continuar viagem no dia seguinte. Para isso, precisavam ir dormir cedo, o que não agradou a William, que – embora reclamasse o tempo todo de cansaço – era o mais elétrico do grupo.

Todos foram para seus respectivos quartos, mas Lorenzo fora o único a desviar do caminho e seguir para a frente da pousada. Coisa que não passou despercebida por Helena que, ao ver o amigo sair, entrou em um conflito interno entre segui-lo ou apenas deixá-lo sozinho.

Optou pela segunda opção ao ouvir sua mentora chamando-a para se deitar.

Suspirou ressentida e voltou a seguir pelo corredor dos quartos até o seu, mas antes de fechar a porta, pôde ver o moreno parado no batente do seu quarto olhando-a sem pudor.

Segurou a vontade de retrucá-lo, virando o rosto e fechando a porta logo em seguida.

Sabia que Lorenzo havia dito para ela tomar cuidado com James, mas era irritante a forma como ele agia. Sempre na penumbra e nunca dando espaço para contatos mais íntimos sobre a vida desde Shinden. Ele era completamente diferente de seu amigo loiro que, por sinal, havia pedido permissão para treinar junto dela e do Número Três.

Se desencostou da porta, seguiu até sua mochila e apanhou uma muda de roupas. Viu que Alejandra já havia se recolhido e agora estava esparramada na cama. Ela, sim, deveria estar muito cansada e, de certa forma, teve inveja da forma relaxada que a loira se encontrava.

Queria dormir assim como ela, mas sabia que não conseguiria, já que James estava começando a tirar seu sono e, mais ainda, a preocupação com Lorenzo.

Balançou a cabeça tentando afastar tais pensamentos. De certo, amanhã seria um novo dia e, talvez, os problemas se tornassem mais amenos caso alcançassem a cidade mais próxima.

◘

Do lado de fora, Lorenzo observava o céu quase sem estrela alguma. Via apenas uma grande imensidão negra, que demonstrava um vazio assim como em seu interior.

A dor de perder o irmão já havia se tornado mais amena, entretanto, a ansiedade e a paranoia o transtornavam. A todo instante se encontrava ao lado de Helena para protegê-la de qualquer ameaça de ataque – embora não houvesse indícios de que algum aconteceria – não conseguia pensar em outra coisa.

Sabia que isso se devia à perda de seu irmão. Os mentores eram os responsáveis por sentir a presença dos inimigos, e ele, agora sem o seu, se sentia exposto.

Mesmo com Robert e Alejandra ali para dar o alarde, sua mente não parava para relaxar um instante sequer e isso estava o tornando psicótico.

Estava fatigado e seu corpo sempre tenso não permitia que descansasse.

Trincou os dentes se martirizando por ter sido tão fraco. Quando Ruan mais precisou, ele falhou e agora... Estava fadado.

– Deveria entrar. – Ouviu a voz rouca de James logo atrás de si.

– Estou bem aqui. – Respondeu sem se virar, ainda olhando para cima.

Se perguntava como seria a experiência de morrer, para onde ele iria... Como seria? Iria para onde Ruan agora se encontrava?

Mas seus pensamentos foram interrompidos pela voz de James.

– Ela não sabe como está se sentindo, não é?

O ruivo estreitou os olhos virando-se para ver o moreno se escorar na pilastra ao seu lado, para observar o vazio do céu assim como ele.

– Não – respondeu em um sussurro. – Mas imagino que você saiba como é.

– De fato. – Ele assentiu mirando os olhos opacos de Lorenzo. – É angustiante.

– O que você faz para não sentir? – A pergunta escapou de seus lábios sem perceber. Não queria se sentir pequeno, mas tudo aquilo o estava sufocando e, saber que talvez não estivesse ali para proteger a única pessoa com a qual se importava, era aterrorizante.

– Eu continuo sentindo. – O moreno responde cruzando os braços. – Apenas parei de me importar com eles.

— É por isso que você é assim?

— Não. Mas quanto mais você pensa no medo, mais você se afoga nele.

O dizer de James faz Lorenzo pensar por um momento.

— Como me livro do medo?

A pergunta paira no ar por alguns segundos até ele ouvir o moreno suspirar e fitá-lo seriamente.

— Parando de carregá-la nas costas.

Lorenzo estreita os olhos assimilando suas palavras com a menção de sua melhor amiga. Isso o irritou profundamente, mas antes que pudesse responder, James se adianta.

— Ela é forte e espirituosa — ele diz de forma dura. — E você sabe disso. Tire essa preocupação tola da cabeça, você não tem responsabilidades com ela.

— Ela é minha melhor amiga, James. — Suspira o ruivo. — Minha irmã.

— E qual a diferença dela com William para mim? — Tal pergunta faz o Número Três se calar. — Ele é um idiota, no entanto, é mais forte do que parece e eu acredito no potencial dele.

— E eu acredito nela.

— Então pare de se preocupar com ela e foque em você. — As palavras do moreno soam mais fortes. Ele se desencosta da pilastra e estende sua mão para o ruivo. — Mostre sua força.

Lorenzo observa a mão estendida de James e sorri de canto segurando-a e se levantando.

— Então era isso que você queria esse tempo todo? — questiona enquanto desciam os dois degraus da varanda da pousada tomando uma pequena distância.

O outro retribui o pequeno sorriso girando os pulsos, fazendo-os estralarem.

— Não é como se você fosse fácil de influenciar — comenta se posicionando em defesa, vendo o ruivo se aprontar para um ataque. — Você é inteligente.

Lorenzo comprime os lábios apreciando a ideia de extravasar sua ansiedade em uma pequena demonstração de força.

— E você é perigoso, Crow — diz vendo-o alargar o sorriso, tornando-o sombrio. — Como posso confiar em você?

A pergunta ecoa na mente de ambos os rapazes.

"O que era a confiança afinal? Todos já estavam com o mesmo destino traçado... não era natural já confiarem uns nos os outros?"

A resposta era *não*.

Desde pequenos seus mentores os ensinaram a suspeitar de todos, uma vez que Shinden caiu devido a uma traição.

Traição essa que custou o planeta inteiro.

Portanto, nem todos são realmente o que aparentam ser e, para Lorenzo, James era uma grande incógnita.

— Não pode... — James sussurra esticando seu braço direito para o alto, fazendo-o ser completamente tomado por relâmpagos. — Nem deve.

Lorenzo imita o movimento do moreno e torna seus punhos em massa, e, por fim, pedra. Seus dedos quase não tinham articulações e ao desferir seu primeiro ataque em direção ao adversário, sentiu uma onda de prazer correr por suas veias junto da adrenalina ao admirar a esquiva perfeita que James realizou para se proteger de seus punhos.

O moreno arqueou as sobrancelhas espantado com o dom do ruivo. De fato, se fosse pego por qualquer ataque dele, sofreria graves lesões.

— Você falou com ela hoje, não foi? — A pergunta de Lorenzo fez James mudar o peso do corpo e se alertar com seus próximos movimentos.

— Sua amiga é um mistério para mim — diz simplesmente ao correr na direção do ruivo, lançando raios em pontos estratégicos de seu corpo.

Notou que todos eles foram certeiros, mas nenhum produziu dano algum em Lorenzo. Estreitou os olhos e pôder ver que as partes atingidas se tornaram pedra a tempo dos raios o alcançarem. Dessa forma, seus ataques não o feririam, já que seu elemento era anulado pelo dele.

Sorriu, constatando quanto aquilo podia se tornar mais interessante.

— Estamos quites, então. — Ouviu o ruivo dizer antes de correr em sua direção com o punho direito pronto para lhe acertar. — Você é para mim o que ela é para você.

— Justo — respondeu ajeitando a postura e se permitindo receber o ataque pesado do ruivo para testar sua força.

Lorenzo franze a testa se surpreendendo com a forma como James tornou seu braço eletrizado e conseguiu conter seu soco em um baque.

Encarou seus olhos negros e constatou que — assim como ele — o moreno não estava dando tudo de si. Repuxou os lábios com uma ideia absurda que se passou em sua cabeça.

Talvez aquela fosse uma ótima oportunidade para tirar tudo que pudesse do Número Quatro.

— Vamos fazer uma aposta — falou forçando seu punho para frente, a fim de pressionar o moreno em uma guerra de força.

James sustentou o corpo no lugar, mas não pôde impedir de quase se desequilibrar ao ser pressionado.

Sabia que o ruivo queria apostar quem venceria quem, mas a pergunta era... O que apostariam?

— O que deseja? — perguntou ao voltar a se estabilizar e forçar sua perna direita para conter o peso do punho do ruivo que ainda o segurava.

— Se eu ganhar... — ele fala sem pressa, olhando fixamente para o moreno. — Quero saber tudo sobre você. Desde sua história até suas ambições.

James ri baixo ao constatar a petulância daquela rocha.

— Certo. Mas se eu ganhar... — Ele comprimiu os lábios parando de rir e fixou seu olhar em um ponto rubro brilhante no pescoço de Lorenzo. — Eu quero seu rubi de Shinden.

O ruivo arregala levemente os olhos com o pedido de seu oponente.

— Era do meu irmão.

— Não é nada comparado ao que quer de mim — o outro respondeu dando um empurrão forte e se afastando do ruivo.

Lorenzo o analisa meticulosamente, ponderando se aceitava ou não a proposta do Número Quatro.

Aquela pedra era a única coisa que restou de sua família. Era de sua mãe, que passou para o irmão, e depois passou para ele.

Se um dia pensasse em dar para alguém, daria à Helena, sem dúvida alguma, entretanto, dar para alguém que nunca fez parte de seu meio, parecia um absurdo.

Por outro lado, James estava certo quando disse que deveria deixar de ter medo. Deveria deixar de lado tudo que o prendia e o impedia de superar seus limites. Não tinha mais Ruan, mas ainda tinha sua vida e sabia que Helena sofreria ainda mais se ele se fosse também.

Não queria deixar sua amiga desprotegida, mas mais do que isso, não queria deixá-la sozinha.

E não deixaria.

— Tem razão, isso não é nada — respondeu, ficando ereto e estralando o pescoço com um olhar ameaçador. Sabia que James estava o instigando a conseguir o que queria, mas dessa vez faria com que o desfecho fosse outro. — Mas não vou permitir que tire isso de mim.

James estreita os olhos em sua direção, suspeitando da intimação do ruivo. Este, vendo a questão pairar em cima do moreno, continuou. — Este colar pertence a minha família, mas quando chegar a hora, eu o darei à Helena.

— Então vocês realmente têm algo, hum?

O ruivo sorri, tornando seus punhos em rochas, novamente, assim como seus antebraços também dessa vez.

— E se tiver?

O moreno trinca o maxilar se irritando com a presunção do outro e não deixaria isso passar.

Fechou seus punhos fortemente fazendo-os serem consumidos por raios azulados e mais descontroladamente eletrizantes que os do último ataque.

— Então, aposta feita? — perguntou levantando seu punho direito próximo ao rosto, fazendo-o se iluminar e revelar algo que Lorenzo não havia visto desde aquele momento.

Os olhos de James se encontravam com um tom de vermelho vivo. *O que mais aquele Número escondia?*

Vendo que as coisas passariam a ficar sérias, fechou os olhos momentaneamente, concentrando sua energia e fazendo a terra a sua volta começar a se elevar, formando uma camada de poeira e uma pressão digna de uma tempestade de areia como as do deserto.

Fato esse que também impressionou o moreno.

— Aposta feita. — O ruivo consente, partindo para cima do moreno.

— Pode vir.

Na manhã seguinte, o silêncio se instaurou entre os Números, e os únicos que dialogavam na mesa do café da manhã eram Alejandra, que reclamava hora ou outra sobre arrumar algum meio de transporte, pois andar até Erik ia além dos limites, fora a exposição constante deles em meio ao trajeto, e Robert, que respondia o necessário a ela..

Após observar o olhar estranho de Lorenzo para o Número Quatro, Helena suspira, esticando o braço para pegar a geleia de amora próxima ao moreno. Entretanto, estava longe demais para alcançá-la, então arrastou a cadeira pronta para se levantar, mas antes que o fizesse, viu James pegar o pequeno vidro e colocar próximo a ela na mesa.

Seus olhos vagaram para os do moreno, que ainda a fitava.

Ficou desconfortável ao sentir suas bochechas começarem a corar, então rapidamente pegou o vidro, abrindo-o para passar a geleia no pão.

— Obrigada. — murmurou sem olhá-lo, concentrada em lambuzar seu pão com o doce.

Era estranho como James conseguia irritá-la sendo petulante e até mesmo carecendo de alguma gentileza para com ela.

Talvez, preferisse ele sendo arrogante, para que simplesmente o devolvesse com uma boa patada, a ele presenteando-a com essa gentileza. Até porque, não sabia como agir, e uma coisa que odiava era ser desestabilizada por não saber o que fazer.

Nunca fora boa em lidar com elogios e gentilezas e não seria agora que aprenderia.

Após usar a geleia, estava pronta para levar seu pão à boca quando escutou uma movimentação abrupta no corredor dos quartos e logo viu um William correndo e se acomodando à mesa, dispensando qualquer tipo de educação.

— Devagar, Will! — Ouviu a reprimenda de seu mentor, mas não se importou. Estava faminto.

— Bom dia, pessoal. — Recebeu apenas silêncio como resposta. — Nossa, que velório! O que houve? — questionou virando-se para Helena que, assim como ele, não sabia o que acontecia.

— Não sei. Os dois estão estranhos — diz após engolir, apontando para o ruivo e o moreno.

— Ah... Deve ser noite maldormida — comentou se servindo de um pão e procurando na mesa uma faca para passar manteiga. Logo a garota estende uma para ele, que agradeceu com um sorriso. – Ei, James! Que colar legal, cara, nunca o tinha visto.

Helena sente Lorenzo ficar tenso ao seu lado e, preocupada, levanta seu olhar em direção ao moreno logo à sua frente e o que viu a fez arregalar os olhos e virar-se para Lorenzo abismada.

Aquele era o precioso colar de sua mãe e de Ruan. O que fazia com o Número Quatro?

Tal pergunta não rondava apenas sua cabeça como a de Alejandra também que, imediatamente, largou a xícara em que tomava café em cima do pires, fazendo um barulho estridente na mesa e – por pouco – não derrama o líquido quente em cima da toalha.

Ambas olham uma para a outra em um questionamento mudo.

Robert percebe o desconforto dos três e passa a olhar inquisidor para James que, até o momento, se mantinha tranquilo e alheio a todos.

– E então, James? – ele pergunta enquanto limpava o canto da boca com um guardanapo. – Também não me lembro de ter um rubi de Shinden com você.

O moreno suspira e toma mais um gole de seu café amargo antes de levantar seu olhar para o grisalho e, logo em seguida, fitar o ruivo em sua frente.

– E não tinha... – Começou comprimindo um sorriso de canto que insistia em surgir. – Eu ganhei em uma aposta.

Sua resposta alarmou a Número Cinco, que questionou o ruivo ao seu lado com o olhar.

– Foi justo, Helena. – Ele logo respondeu antes que a amiga começasse a querer proclamar uma guerra logo de manhã. – Eu perdi.

– Vocês... Vocês lutaram? – ela perguntou ainda com os olhos arregalados.

– Sim.

– E quando foi isso? – Alejandra tomou a frente.

– Ontem à noite – ele respondia de forma evasiva, queria encerrar aquilo logo.

– Ah! – A loira se exalta batendo as mãos na mesa. – Então ontem a noite foi bem movimentada para vocês, não foi?

– Na verdade... – Todos olham para James, que se remexia na cadeira puxando de seu bolso uma chave de veículo. – Foi bem movimentada sim.

A loira empalidece momentaneamente.

— O que vocês fizeram?

— Fomos até a cidade depois da luta e roubamos uma van. — O moreno responde jogando a chave para Robert, que a apanha no ar.

— Vocês foram imprudentes! — Ele ralha balançando a cabeça negativamente.

— Estavam discutindo até agora há pouco sobre termos que andar a pé em uma viagem de dias. Estamos de partida de qualquer forma, até o dono perceber, já estaremos longe.

— Ei, James! Isso é genial, devia ter me chamado.

— Seríamos descobertos se você fosse junto — comenta bebericando seu café. — Faria barulho demais.

— Ora, seu...

— Já chega. — Alejandra intervém se levantando. — Já que a merda está feita, então vamos levá-la até o fim. — Ela se vira estendendo a mão para o grisalho.

— O que quer, mulher?

— A chave, ora essa! Quem vai dirigir sou eu.

Robert estreita os olhos pronto para retrucar, mas ao ver as feições raivosas da loira, acaba por desistir.

Sem dizer mais nada, todos se levantam ao mesmo tempo para seguir até o corredor dos quartos, no entanto, Helena para seus passos no momento em que Lorenzo cruzava a mesa e se encontrava com James em uma conversa rápida.

— Mude essa cara, nem parece que nos divertimos ontem. — O moreno comenta enquanto empurrava a cadeira rente à mesa.

— Você se divertiu, quis dizer, não é?

— Posso ter ganhado nossa luta, mas a ideia de roubar a van foi sua.

— De fato — responde dando de ombros. — Sem mim, esse grupo não desempaca.

— *Tsc.* Olha quem fala. — O outro ralha seguindo em direção ao corredor.

Lorenzo passa primeiro lançando um sorriso contido para a garota ali parada que, até então, mantinha o semblante confuso.

"Quando foi que se tornaram tão próximos?"

VII

— Mas que diabos acabou de acontecer, Lorenzo? — perguntava uma Helena nada feliz, em pé, e com as mãos na cintura, no quarto.

— Nada, Helena — respondeu ele enquanto colocava calmamente suas roupas na mochila. — Por que está tão nervosa?

— Eu não estou nervosa, garoto — respondeu entre dentes. — Você disse que não confiava nele e agora está aí todo amiguinho do Crow.

— Eu não estou amiguinho dele, coisa rosa! — exclamou Lorenzo enquanto se sentava na beira da cama e suspirava olhando para a garota à sua frente, sem muita vontade de entrar em uma discussão naquele momento.

— Enzo, por que não me conta o que está acontecendo? Se abre comigo, caramba. — Ralhou ela, ignorando o apelido proferido, enquanto caminhava de um lado para outro, parando em seguida e aumentando o tom de voz. — Você deu a ele o colar do seu irmão!

— Foi uma luta justa, Helena, eu perdi, ele ganhou. — Lorenzo já estava perdendo a paciência pelas palavras duras da amiga. — Não há o que falar, simples assim.

— Simples assim? Desde quando você me diz que não há o que falar? Desde quando esconde as coisas de mim?

Depois que ouviu a conversa dos dois, Helena seguiu o amigo até seu quarto, e dessa vez não iria dar a ele o espaço que tanto queria. Já se arrependia do fato de não o ter seguido ontem à noite e hoje faria ele ouvir tudo o que ela tinha a dizer.

— Eu não estou escondendo nada, Helena! — Praticamente gritou o ruivo, se levantando e caminhando pelo quarto. — Para com essa paranoia, é sério!

— Paranoia? É isso que você acha que é? — perguntou incrédula.

Lorenzo se preparava para responder, quando o ranger da porta se abrindo chamou atenção, e James entrou no quarto, olhando para os dois um tanto intrigado. O moreno entrou e começou a dobrar as suas roupas, colocando-as na mochila, vez ou outra olhava de esguio para uma Helena de pé, já vermelha de raiva, com os braços cruzados encarando um Lorenzo também já estressado.

— Essa conversa não acabou, Lorenzo — retruca Helena, apontando--lhe o dedo, para logo fazer o caminho em direção à porta, não sem antes encarar o Número Quatro com uma expressão nada boa.

Sem dizer mais nada, Helena saiu do quarto e fechou a porta com força, causando um grande estrondo.

Logo os dois estavam em pé e prontos para seguirem viagem.

Helena chegou bufando no quarto em que dividiu com Alejandra e teve que se segurar para não quebrar nada, afinal, quando se descontrolava, sabia que perdia o controle. Respirou fundo e optou por tomar um banho para se acalmar, depois ela conversaria com Lorenzo e o faria falar qual era o mal que o afligia.

De banho tomado, pegou sua mochila e seguiu para a frente da pousada, onde viu a van já estacionada.

James e Will estavam em pé do lado de fora do veículo, e Lorenzo já se encontrava sentado no banco da segunda fileira.

A garota caminhou até a van — ignorando o olhar do Número Quatro para ela — e sentou-se no banco atrás de Lorenzo, na terceira fileira. O garoto se virou, encarando-a com um olhar suplicante, como se dissesse apenas com os olhos *"Ei, coisa rosa, vamos ficar bem"*, ela desviou o olhar, encarando a paisagem lá fora, fazendo-o voltar para a posição original, nem um um pouco feliz.

Alejandra sentou-se no banco do motorista com um sorriso debochado, enquanto Robert acomodou-se no carona a contragosto — ao que tudo indicava, a loira havia ganhado a discussão.

— Entrem logo vocês dois, estamos saindo — disse Alejandra.

William pegou suas coisas, mas parou seus movimentos quando notou o fato de Helena não estar ao lado de Lorenzo.

— Vamos logo, William! — gritou uma Alejandra nada paciente.

O loiro se apressou e se acomodou ao lado de Lorenzo, e para James, sobrou o lugar ao lado da garota, que bufou quando o garoto se aproximou.

Ainda não havia engolido a situação do moreno com Lorenzo. Ela sabia, apenas ao olhá-lo, que o amigo estava apreensivo. Mas daí preferir se abrir com James a falar com ela?

O menino Crow estava brincando com fogo, e poderia se queimar a qualquer momento.

Ou se molhar.

Repuxou seus lábios em um belo sorriso com esse pensamento.

□

Seguiram viagem por algumas horas, mas o veículo era velho e não muito econômico, portanto, haviam parado em um posto de gasolina no meio da estrada e isso deixou a mentora da Número Cinco ainda mais estressada.

Helena estava com dor de cabeça e não conseguiu sequer cochilar dentro da van, porque a cada minuto William se virava para falar algo a James, e ele, aparentemente, não havia aprendido o significado da expressão "fale baixo".

Quando não era ele, era Alejandra e Robert discutindo na parte da frente sobre o trajeto que deveriam tomar. "*Você está dirigindo, mas eu sou seu copiloto, sei qual é o melhor caminho*", disse o grisalho e Helena revirou os olhos, "*calado, eu estou no comando aqui*", ralhou a loira.

Agora que estava fora do veículo, para esticar suas pernas e dar um descanso aos seus neurônios, respirou fundo. Sentia o vento bater em seu rosto, estava com o coração apertado e seus pensamentos voltavam a todo momento para Lorenzo.

— Lugar bonito, né? — Escutou a voz de William ao seu lado, e então fitou ao seu redor. Riu sem graça ao perceber que estava tão distraída que sequer havia percebido a beleza daquele lugar. Como eles pegaram uma estrada secundária, para não chamar atenção, ela era de terra e areia, provavelmente não obteve asfalto por conta do pouco tráfego.

O posto ficava à esquerda da estrada e no lado direito havia uma espécie de penhasco, ao olhar para baixo, era possível ver enormes canyons dispostos por toda a extensão. Era um ótimo lugar, de fato. Não havia barulho, exceto pela conversa dos mentores atrás dela.

— É, realmente é lindo — respondeu após alguns instantes.

— Não fique assim, Enzo e James são parecidos, não acha? — ele fala com uma voz gentil e uma expressão leve. — Sempre querendo fazer tudo sozinhos, e, no fim, somos nós que temos que os salvar. — Revirou os olhos.

— São dois idiotas — completou a garota, e Will gargalhou.

— Concordo com você. Mas eles perderam seus mentores e, querendo ou não, estão mais vulneráveis do que nós. Rob e Alejandra dariam suas vidas por mim e você, e Lorenzo e James sabem que não têm mais isso. — William respirou fundo e se espreguiçou. — Helena, eu sei que não gosta de estar com a gente, você é parecida com James nesse ponto, não quer se misturar achando que o resto irá atrapalhar.

Helena não pôde deixar de assentir às palavras dele.

— Mas, sabe, eu acredito que tudo que acontece há um porquê e que nós nos encontramos por um motivo. — William falava com uma calma invejável. — Graças a você, eu entendi que preciso me esforçar mais e que devo ser o melhor pelo meu esforço e não pelo meu número.

Esse garoto era um tanto... curioso, ele admitia seus erros com tranquilidade e emanava uma paz e serenidade que, de certa forma, a acalmavam. Helena o encarou, ainda surpresa pela linha de raciocínio dele, o tal Número Seis apenas aparentava ser um idiota, mas tinha um bom coração.

Talvez estivesse surgindo ali o início de uma bela amizade. O loiro hiperativo, mas tranquilo ao mesmo tempo, e a garota explosiva, mas espirituosa.

— Vamos salvá-los, Helena. Ninguém mais vai morrer. — Ela sorriu com essa afirmação, e William prontamente retribuiu. — É uma promessa.

— Nós vamos — proferiu, por fim, a garota.

— Ei, vocês, querem ficar para trás? — Escutaram Alejandra gritar. — Vamos logo!

— É melhor obedecê-la. Com o humor que está, é capaz de ela nos deixar mesmo. — Brincou, caminhando à frente, e William apenas deu risada e se virou para acompanhar a garota.

Helena ouviu um barulho de movimentação atrás de si, como se algo se aproximasse, e virou-se a tempo de ver uma bola de fogo que vinha em direção ao loiro.

— Will, cuidado! — disse ela ao correr para perto dele, empurrando-o a tempo de que não fosse atingido pelo ataque.

– Helena!

– Droga! – resmungou quando sentiu a dor da queimadura no seu ombro. O ataque pegou de raspão, mas ainda assim rendeu uma bela ferida.

– Você está bem? – perguntou Will, que se agachava ao redor dela. – Que droga!

– Tô bem, vai logo – ordena ela, ainda de joelhos no chão e com uma expressão de dor no rosto, mas incentivando o loiro a deter os Zekens que lançaram o ataque.

Eles haviam chegado de carro, e, por conta dos vidros escuros, nenhum dos antigos habitantes de Shinden percebeu sua aproximação.

"Fomos atacados por puro descuido" – pensa Robert enquanto já saía da van, retirando a arma que tinha consigo, presente de um dos generais de seu planeta natal.

– Helena! – gritou Lorenzo correndo na direção dela. – Você está bem? – indagou, olhando para o ferimento dela.

– Eu tô bem, vai logo, Enzo – gritou no mesmo tom a garota, que já se levantava.

James também saiu da van e olhou para ela, provavelmente já estaria usando seus poderes curativos em si mesma. Correu em direção a William, que já lançava seus redemoinhos cortantes nos inimigos.

Como todos os homens estavam defendendo-os dos ataques, Alejandra correu até sua protegida e lhe levou uma garrafa d'água para acelerar o processo de cura. Helena pegou a garrafa e jogou imediatamente no ferimento. A garota olhou para sua mentora, que entendeu o recado pelo seu olhar.

Helena ficaria bem.

Como foi profunda, a ferida demoraria um pouco para cicatrizar, então ela ignorou a dor e correu para perto de Lorenzo, junto com Alejandra. Ambas sabiam que o foco seria ele, a quantidade de Zekens não era tão pequena e toda ajuda que eles recebessem seria bem-vinda.

Os seguidores de Kaguyan atiravam bolas de fogo e usavam armas que emitiam um laser azul – algo que deixou Robert muito preocupado, porque ainda não tinha presenciado tal armamento.

Era notável que os ataques estavam sendo direcionados ao Número Três, que já tinha transformado seus punhos em rocha sólida e se defendia com certa tranquilidade e, quando era possível, aproveitava-se do solo arenoso para contra-atacar, lançando nas criaturas bombas de areia – que assim que eram jogadas na direção do inimigo, se transformavam em pedra.

Robert conseguiu derrubar um deles acertando-lhe na cabeça, mas não se tranquilizou, pois eles estavam mais rápidos e mais resistentes.

Os Zekens foram criados pela Rainha Vermelha para rastrear e matar os shindenianos. Eles tinham porte físico similar ao dos humanos, porém eram mais fortes e mais rápidos. O tom de pele deles tinha uma cor pálida, quase branca, e seus dentes eram finos e compridos. Certamente aquilo era o mais próximo que Kaguyan conseguiu chegar ao tentar copiar os habitantes de Shinden.

James lançava alguns ataques de raios azulados nas criaturas, atingindo apenas alguns, e William seguia com os redemoinhos.

– Alejandra! – gritou o mentor do Número Seis. – Precisamos tirá-los daqui!

Ela – que também já havia sacado a sua arma – acenou para o companheiro e observou os inimigos com cautela, precisava fazer algo para distraí-los, nem que ficasse para trás.

Lorenzo permanecia ao lado de Helena, ele sabia que ela tinha suas desvantagens em ataques a longa distância, sua amiga era forte o suficiente para jogar qualquer objeto nos inimigos, mas ali, no meio do nada, não dispunha de recursos para isso.

Olhou de esguio para ela e seus punhos já estavam envoltos em uma chama verde, isso significava que ela estava pronta para defendê-los – já que não podia atacar – assim que um dos companheiros não conseguisse sozinho.Tal como Lorenzo, Helena também conhecia seus limites.

O ruivo perdeu tempo demais fazendo suas observações sobre a companheira e não viu um ataque de laser azul vindo em sua direção, mas a garota estava atenta.

Ela correu e parou em frente a ele, com os braços sobre o corpo, recebendo o ataque. Aquilo não machucou seus punhos, apenas a parte dos antebraços que não estavam cobertas pelo chakra verde.

– Enzo, o que está fazendo? – grita ela, com uma expressão de dor no rosto. – Acorda para a luta, caramba!

– Helena... Eu... – Começou a falar, encarando os ferimentos da amiga.

Trincou o maxilar ao perceber, da pior forma, como seu descuido e falta de controle emocional estavam o afetando na luta.

Fechou os punhos já transformando-os em pedra e pronto para levantar uma densa camada de terra seca do chão para cegar os inimigos, entretanto, ao começar a erguer a cortina de areia, sentiu suas forças se esvaírem sem motivo algum.

Logo seus braços ficaram completamente pesados e seu corpo travou no lugar.

Isso tudo por estagnar com a imagem de seu irmão a alguns metros de onde estava, olhando-o fixamente com um pequeno sorriso em seus lábios.

Nesse momento não via mais Zekens ao seu redor nem parecia se encontrar em uma zona de batalha. Estava simplesmente entorpecido com a constatação e euforia de rever Ruan vivo. Uma alegria avassaladora tomou conta de seu coração e indícios de lágrimas começaram a brotar no canto de seus olhos.

— Enzo! Acorda! — Escutou uma voz conhecida gritar por ele. O que queria nesse momento era alcançar seu irmão e se desculpar por não ter conseguido salvá-lo... Por ter sido fraco.

Tão fraco como agora.

— Enzo, por favor! — Mais uma vez ele ouviu, dessa vez mais alto, fazendo seu corpo estremecer com uma angústia e preocupação perturbadoras.

Logo começou a olhar em volta procurando a dona daquele chamado, mas tudo o que via era ele e seu irmão em um campo aberto, sem mais ninguém.

"Não era possível". — Sentiu seu coração acelerar e engoliu em seco, tentando entender o que era tudo aquilo.

— Vai me deixar mais uma vez? — Ouviu a voz de seu irmão soar com certo deboche. — Vai escolher a ela mais uma vez, em vez de mim?

O ruivo sente o chão abaixo de si tremer com o que parecia ser o impacto de algo perto dele, mas ainda assim, não havia nada ali.

Sua respiração começou a descompassar e o seu ritmo cardíaco aumentar ainda mais.

— Vai me deixar morrer de novo? — Ele o ouviu mais uma vez, no entanto, algo naquele jeito de falar não parecia ser seu irmão.

Aquele, de fato, não era Ruan, ele nunca o culparia pelo o que aconteceu, por mais que o próprio Número Três o fizesse.

Com tal constatação, ele abre os olhos e os ergue ameaçadoramente para aquilo que estava à sua frente.

— Você não é o meu irmão — diz com o timbre pesado e quase que instantaneamente ele vê aquilo que havia sido seu irmão, tornar-se a face do seu inimigo mais odiado.

Zeken.

— Enzo, acorda! — Finalmente o cenário ao seu redor muda e pôde ver sua amiga gritar por ele, defendendo-se dos ataques que agora eram direcionados aos dois.

Os Zekens perceberam a sua fragilidade e aproveitaram o momento. Cinco deles se aproximaram da garota de cabelos castanhos e do ruivo, enquanto os dois recuavam. Eles não perceberam que estavam sendo direcionados ao penhasco, mas não havia escolha — os dois estavam encurralados.

— Enzo, preciso de você! — suplica Helena, correndo em direção ao Zeken mais próximo, socando-o onde fosse possível acertar, mas ainda assim olhando a cada segundo para o amigo.

Ela conseguiu desacordar a primeira criatura, jogando-o abismo abaixo. Suas feridas estavam cicatrizando, mas a dor permanecia presente, deixando-a mais lenta.

O ruivo, ao que parecia, ainda estava atônito, com o olhar perdido, completamente alheio à luta, e isso estava dificultando ainda mais as coisas. Ela precisava da sincronia dele para conseguir derrotá-los, mas pelo modo que ele agia, Helena teria que lutar sozinha.

Os outros companheiros também estavam ocupados defendendo-se dos inimigos à sua volta, mas quando James viu o perigo em que os dois se encontravam, parou de lutar contra aqueles que o cercavam e gritou para o Número Seis:

— Deixo esses com você, Will.

O loiro acenou em concordância e continuou atacando e se defendendo ao lado do mentor.

James atacou o Zeken mais próximo, que estava de costas para ele, eletrocutando-o.

Helena já abatia o segundo inimigo quando viu um deles se aproximar de Lorenzo com uma espada na mão. Se ela corresse, poderia se jogar na frente dele e receber o ataque no seu lugar.

Aquela espada iria matá-lo.

Então ela deu um soco no Zeken à sua frente, derrubando-o no chão, e correu. O mais rápido que conseguiu.

Empurrou Lorenzo para o lado, medindo sua força para que o deixasse a uma distância boa do penhasco, e quando olhou à sua frente novamente, sabia que não daria tempo de fazer mais nada.

Estava pronta para receber o ataque no lugar do amigo, então fechou os olhos e esperou, aquilo iria doer.

Mas o ataque não veio.

Abriu os olhos a tempo de ver a criatura cair morta no chão. James estava na frente de Helena e defendeu o ataque com sua katana, cortando fora a cabeça do Zeken.

A garota encarou o Número Quatro, e ele apenas correspondeu ao olhar.

Ela suspirou, afinal, já tinha ferimentos nos braços e ombro, mas nenhum como daquele em que James a salvou, certamente seria doloroso.

Antes que ambos pudessem se mexer, sentiram o chão tremer e ouviram um grito de Will. – Cuidado!

Um dos Zekens aproveitou-se da proximidade usando sua grande espada para quebrar o solo e derrubar a parte em que os dois estavam, que já era na encosta do penhasco.

A parte rochosa cedeu e os dois caíram, deixando o restante dos companheiros atônitos.

Will foi consumido pelo ódio que tomava conta de si naquele momento, seus olhos começaram a ficar amarelos e ao redor deles um tom alaranjado apareceu.

Soltou um grito de raiva e partiu para cima dos inimigos ainda restantes.

Alejandra e Robert seguiram sua deixa e se colocaram a atacar, junto do loiro.

A quantidade de inimigos havia diminuído, mas eles precisavam se livrar dos que restaram para irem atrás dos Números Quatro e Cinco.

Lorenzo continuava a encarar o local onde Helena caiu junto de James.

Sentindo a raiva tomar-lhe conta, se levantou e, com suas mãos já em pedra, levantou uma quantidade grande de areia do solo, fazendo tudo se juntar em uma grande massa de areia. – Vocês irão pagar!

Direcionou o ataque aos Zekens restantes e quando a areia os atingiu, tudo se transformou em rocha sólida, esmagando-os em seguida.

Havia acabado, eles venceram.

Suspirou cansado por conta do esforço, depois de tomar fôlego, correu em direção à encosta do penhasco junto dos demais.

Precisava saber se Helena estava bem.

Ela *precisava* estar bem.

▫

Enquanto caíam alguns metros, Lorenzo viu a garota se debatendo, e ficou tranquilo em perceber que ela parou de cair ao se agarrar nas pedras da encosta da montanha.

James também conseguiu se segurar com uma das mãos em uma parte da superfície rochosa mais abaixo da garota, estava exausto e já sentindo a ardência dos cortes recém-obtidos.

— Tudo bem aí? — Escutou a voz dela e sentiu um pingo de sangue cair sobre seu rosto. Subiu o olhar, estreitando as orbes pretas pela claridade acima de si, percebendo que o líquido vermelho escorria da barriga da Número Cinco, provavelmente provindo de algum corte que já tomava a coloração vermelha na região da camiseta.

— Sim, e você? — perguntou ele ajeitando-se firmemente na rocha.

— Estou bem. Como vamos sub... — A pedra em que se segurava cedeu e um grito de susto foi ouvido por parte dela.

Ela caiu, passando por James, que segurou seu corpo com a mão livre em reflexo.

— Te peguei.

Helena estava com um olhar assustado, afinal, tudo aconteceu muito rápido. Mas respirou fundo quando sentiu a mão de James segurar sua cintura de maneira firme.

— Obrigada, James — disse um tanto envergonhada, ambos estavam muito próximos e era possível sentir a respiração dele em seu rosto. Logo sua feição se transformou em uma expressão de dor. — Droga!

— Está ferida — sussurrou ele.

— Vou ficar bem — respondeu, já sentindo suas bochechas esquentarem por conta da aproximação, e pressionando o ferimento na barriga.

Ela era mesmo interessante, tão explosiva, tão bruta... mas ao mesmo tempo tão singela e delicada.

— Helena! — Ouviram Alejandra gritar lá de cima.

— O que houve? — Escutaram Robert perguntar à loira.

— O James a segurou! — gritou William. E quase foi possível escutar o suspiro de alívio por parte da mentora. — Boa, James!

O moreno revirou os olhos ao ouvir o amigo, mas apesar de se irritar com os modos escandalosos do loiro, estava feliz por saber que ele estava bem. A voz de Lorenzo não foi ouvida, deixando Helena apreensiva.

— Nós vamos puxar vocês — gritou Robert, e Alejandra já se adiantava para buscar uma corda na van.

James já sentia o cansaço nos braços e tinha medo de sua mão começar a suar e escorregar. Felizmente os companheiros não se demoraram e logo estavam jogando a corda.

— Suba primeiro — pediu James.

Acenou em concordância e segurou firme na corda, logo ela estava sendo puxada pelo restante do grupo.

Quando chegou ao topo, deitou-se no chão respirando o ar puro, suas dores ainda estavam presentes, mesmo que aos poucos seu corpo fosse se regenerando.

Logo ela viu James em cima do penhasco também, respirando descompassadamente, exausto.

Tentou proclamar algo ao moreno ou simplesmente agradecer, mas estava tão cansada que não percebeu quando suas pálpebras se fecharam e se entregou à escuridão.

O ruivo se mantinha distante da amiga, mas ainda assim expressava com o olhar quanto estava preocupado. Seu corpo ainda se mantinha trêmulo, a vergonha e sensação de estorvo estavam começando a tirá-lo do sério.

Não sabia dizer o que foi que houve, mas a ideia de algo assim tornar a acontecer o assombrava ainda mais.

Viu quando James, mesmo exausto, conseguiu se levantar e cambalear até ela, que a essa altura já estava sendo supervisionada por Alejandra, e perguntar se ela estava bem, relaxou um pouco os músculos ao conseguir ouvir da loira que ela só precisava descansar.

Logo sentiu uma mão em seu ombro e um olhar compreensivo de William o recepcionar, mas sem nada a dizer. Por mais simples que aquele gesto havia sido, conseguiu enfim tomar conta de seus sentidos e se locomover até a amiga adormecida nos braços de Alejandra, que agora a depositava deitada entre dois bancos da van.

— Posso ficar com ela? — perguntou para a loira sem tirar os olhos da amiga.

Alejandra suspirou pesado, cruzando os braços enraivecida.

— Eu deveria negar isso a você, Lorenzo! Mas sei que quando ela acordar, vai querer vê-lo antes de qualquer um.

O ruivo assente com a cabeça baixa entrando no veículo e se ajeitando para manter a cabeça da amiga em seu colo o restante da viagem, para que ela pudesse descansar melhor.

William sorriu minimamente com a preocupação do ruivo, apesar de tudo. Ninguém entendeu o que aconteceu com o rapaz, mas sabia que algo deveria tê-lo atordoado, pois pelo pouco que conviveu com ele, notara como ele era centrado no que fazia e extremamente inteligente.

James já havia comentado com ele em outro momento a capacidade que Lorenzo tinha de conseguir ler as pessoas e quanto isso intrigou o moreno.

Falando nele, olhou para trás em busca do amigo e o encontrou apoiando-se na parte traseira da van, tomando fôlego para conseguir entrar também. Estreitou os olhos em sua direção e pôde ver o seu ferimento. Um grande corte na parte das costelas, que agora manchava sua camiseta branca.

Aproximou-se dele ainda mirando seu ferimento desajeitadamente estancado por sua mão já banhada com o vermelho de seu sangue.

— Você está bem? — perguntou fazendo uma careta com o olhar reprovador que recebeu do moreno.

— O que você acha?

— Acho que você precisa da Alejandra aqui — disse dando de ombros para o mau humor rotineiro do outro.

— Eu não preciso! — Escutou-o dizer com certa dificuldade ao respirar.

— Claro, claro... — respondeu-o seguindo até a loira cutucando-a.

Esta nem ao menos o questionou, pois logo o loiro apontou para o moreno que ainda se mantinha apoiado na van com uma expressão de dor. Ela, por sua vez, sorriu de lado e marchou até o moreno, que rapidamente tentou se endireitar, mas as feridas não permitiram tal feito, fazendo-o voltar a se curvar levemente e, dessa vez, esboçando uma carranca de dor.

— Não tente se mostrar, garoto, você não é como ela, sim? — comenta se divertindo com a situação do Número Quatro, enquanto emanava a energia verde em sua mão direita e estendia até o abdômen e costelas do rapaz. — Você fez bem a salvando, obrigada.

Satisfeita ao ver que o havia curado completamente, ela pega as chaves do bolso e joga para Robert, que estava logo atrás dela enquanto ela se espreguiçava.

— Você leva o resto — diz entrando na van e se sentando no lado do passageiro, acomodando-se melhor. — Estou exausta.

O grisalho repuxa os lábios em um pequeno sorriso, balançando a cabeça negativamente quanto à folga da amiga e parceira de batalha. A loira sempre fora daquele jeito e, de fato, não havia quem gostasse do gênio forte dela — a não ser ele para aturá-la, é claro.

— Vamos entrar, ainda temos muita estrada pela frente — diz abrindo a porta do motorista e já entrando, tomando cuidado para não bater muito forte e acordar a protegida de Alejandra.

Com isso, William e James entram no veículo tomando o mesmo cuidado e se sentando um ao lado do outro, já que Lorenzo cuidava de acomodar Helena em seu colo e focar no rosto da amiga enquanto acariciava suas madeixas castanhas.

▫

Robert conduziu a van por várias horas e o barulho do motor era o único a ser ouvido dentro do veículo. Já era tarde da noite quando ele deu entrada em uma pequena cidade do interior. Olhou de canto para Alejandra e sorriu levemente ao ver que a loira ressonava calmamente ao seu lado.

Helena ainda dormia, mas estava bem acomodada nos braços do amigo, que não desviou nem por um segundo a sua atenção dela. Ele também estava cansado, nem tanto fisicamente, mas seu emocional ainda estava abalado com os recentes acontecimentos.

William dormia na terceira fileira e, por incrível que pareça, seu sono era calmo e não roncava como de costume. James não conseguiu pregar o olho, ele estava exausto, sentia seus músculos reclamarem por conta do esforço feito durante o dia.

O moreno tinha sua cabeça escorada no vidro dianteiro e observava as poucas luzes ainda acesas pelas ruas onde passavam, até que viu Robert reduzir a velocidade e optar por dobrar em uma rua de estrada de chão, que os conduziu até uma pequena fazenda. Era simples e parecia ser um ambiente familiar, que criava os animais e cultivava todos os seus alimentos ali mesmo.

Observou quando o grisalho estacionou o veículo em frente à grande casa de madeira que se encontrava no meio da fazenda; viu quando ele desceu e caminhou lentamente até o senhor de idade, que vestia um roupão e estava com os poucos fios de cabelos totalmente bagunçados. Ele estava parado na frente da casa encarando-o com um olhar desconfiado.

Robert gesticulava calmamente, e James conseguiu distinguir poucas palavras, fazendo leitura labial, por conta do lugar mal iluminado. O mentor do Número Seis pedia, de modo gentil, ao senhor, que lhes desse abrigo e que poderia ser no pequeno celeiro de sua propriedade.

O grisalho explicava ao senhor que foram assaltados e que conseguiram fugir, em virtude disso estavam sem dinheiro para se hospedar em algum hotel. Ele também alegou que sua sobrinha havia se machucado, e até que ela se recuperasse, precisavam parar a viagem — James revirou os olhos, pensando na criatividade dele em inventar tal história.

O senhor, ainda receoso, acenou com a cabeça, anuindo que ficassem no celeiro, apenas pediu que não fizessem barulho e desejou melhoras à garota. Robert não perdeu mais tempo, apertou a mão do outro e entrou novamente na van, direcionando-a para perto do local onde passariam a noite.

Quando chegou lá, cutucou Alejandra levemente, que resmungou palavras inaudíveis até acordar por completo. Ele explicou que havia conseguido um lugar para ficar e ela acenou saindo do veículo.

— Vamos levá-la para dentro — disse a loira quando abriu a porta do meio e chegou perto de Helena, recebendo um olhar questionador do ruivo.

Com cuidado, Alejandra segurou a parte inferior do corpo da garota e Lorenzo acomodou o tronco dela nos braços, caminharam lentamente até o celeiro e colocaram Helena sobre os vários fenos que se encontravam ali. James cutucou Will e o sacudiu sem muita paciência, logo o loiro estava abrindo os olhos lentamente.

Alejandra retirou da van uma bolsa térmica cheia de sanduíches e algumas bolachas, Robert sorriu satisfeito por pensar em como esses anos de correria e mudanças repentinas de cidade deixaram a loira preparada para todas as situações possíveis.

Logo todos estavam alimentados e já acomodados nos cantos do celeiro.

Helena demorou a acordar, mas minutos após a janta ela mexeu-se devagar e forçou os olhos, observando o lugar que estava. De início ficou apreensiva, mas logo se acalmou quando viu Alejandra deitada ao seu lado lhe olhando calmamente e sustentando o início de um sorriso. Lorenzo estava do outro lado, mas desviava o olhar toda vez que a garota insistia em encará-lo.

Ela ainda sentia dores no corpo, mas os ferimentos já haviam se fechado, então era questão de tempo até que estivesse recuperada. Sua preocupação naquele momento era Lorenzo.

Alejandra lhe serviu algo para comer e nesse meio tempo ela observou os demais, Robert estava escorado em um dos pequenos pilares do celeiro, descansando seus olhos, mas volta e meia os abria novamente, como se inspecionasse se estava tudo no seu devido lugar.

William escorava-se ao lado de James, e este sustentava um olhar fixo em si desde que ela o notou. Queria agradecer-lhe pela ajuda que teve, queria dizer que ele fez um bom trabalho, entretanto, seu orgulho era maior, e naquele momento precisava conversar com o ruivo ao seu lado.

Virou-se para ele esperando um contato visual e assim que o recebeu, sustentou o olhar fixo nele, era de praxe que os dois se comunicassem apenas em uma troca de olhares em várias situações, então seria um bom modo de iniciar aquela conversa delicada.

— Você está bem? — perguntou ela gentilmente.

— Foi você que caiu de um penhasco, coisa rosa, eu que tenho que te fazer essa pergunta — disse ele, ainda em um tom mais baixo que o normal.

Ele tinha o costume de chamá-la daquela maneira, porque quando pequena, ela adorava se vestir com tons rosados. Assim que os treinamentos rigorosos de Alejandra começaram, a garotinha, que se mostrava tão delicada, amadureceu, abandonando definitivamente a cor rosa de suas vestimentas.

O único que não deixava passar tal fato, era o ruivo à sua frente.

— Coisa rosa é a sua vó — falou para ver se o alegrava um pouco, e acreditou ter funcionado quando ele soltou uma risada baixa. Helena aproveitou a deixa e continuou. — O que houve lá, Enzo?

— Você não irá acreditar — disse ele, baixando a cabeça e fechando os olhos.

— Você não sabe no que eu vou acreditar se não tentar me contar. — O incentivou.

— Eu vi Ruan. — Deixou de encarar o chão, recebendo um olhar espantado da amiga, cruzando os braços, totalmente desconfortável por conversar sobre um assunto tão íntimo com todos ali o ouvindo. — Do nada ele estava lá... na minha frente. E todos sumiram, só restou eu e ele, eu não via mais ninguém.

— Ruivo... — Helena o chamou com cautela, medindo cada palavra que usava. — Ruan está morto.

— Não naquele momento, Helena — ele respondeu, lembrando de quando o viu parado em sua frente. — Por alguns instantes parecia que ele estava lá, que era real.

— Por isso você não me ouvia. — Refletiu Helena, e todos os demais estavam atentos à conversa dos dois.

— Eu te ouvia, foi o que me fez perceber que aquilo não era real — completou ele. — Ruan queria que eu escolhesse entre ele e você. Meu verdadeiro irmão jamais faria isso.

— Lorenzo. — Ouviu Alejandra chamá-lo com uma voz mais doce que o normal e isso o preocupou, sabia que ela só usava aquele tom quando estavam com sérios problemas. — Isso é impossível, seu irmão não estava lá.

— Eu sei o que eu vi, Alejandra.

— Não estou dizendo que você não tenha visto. — Continuou ela. — O meu ponto é que você provavelmente estava delirando, já que aconteceu tudo muito rápido.

— Foi um Zeken — disse ele, ignorando a loira.

— O quê? Isso é impossível! — exclamou a mentora da Número Cinco. — Nós sabemos que têm evoluído, mas eles não têm capacidade de nos controlar!

— Foi o que aconteceu! — Repete Lorenzo se exaltando. — Quando percebi que não era Ruan, ele se transformou em um Zeken.

— Você está cansado. — A loira argumentou e voltou a deitar entre os fenos. — Não está pensando direito.

— Chega de discussão — pediu Helena, que estava exausta. — Amanhã continuamos esse assunto, o importante é que todos estamos bem.

Tudo que não queria agora era ter que apartar uma discussão entre os dois, Lorenzo bufou baixo e acomodou seu corpo deitando-se no chão.

— Descanse, Helena — diz ele, fechando os olhos. — Sei que está cansada.

Ela acenou com a cabeça para ele e fechou seus olhos, não tinha mais energia para continuar aquela conversa naquele momento.

O silêncio tornou a se fazer presente, e James — apesar de cansado — não conseguia dormir, tinha muita coisa na cabeça e por isso levantou devagar e se dirigiu à saída do celeiro. Lá fora, um vento leve corria por seu rosto e apenas o barulho dos grilos cantando durante a noite trazia a tranquilidade de que tanto gostava.

Logo percebeu a presença de William ao seu lado, ambos já tinham uma relação de amizade tão próxima que o loiro sabia que algo estava matutando em sua cabeça, mas que em momentos como esse o melhor a se fazer era esperar que o moreno se sentisse confortável para iniciar o diálogo.

Conhecia-o tão bem que, após sentar-se ao seu lado, aguardou alguns minutos olhando o céu completamente negro, sem estrela alguma, para logo ouvi-lo suspirar e baixar a cabeça.

— Você sabe de algo, não é? — O loiro não se conteve, entretanto, sabia que já estava em uma boa hora para indagá-lo.

— Estou com suspeitas.

William olhou-o atentamente e acenou para o outro passando confiança.

— Sabe que pode confiar em mim, se acha que ainda não é hora de nem os mentores saberem... eu nada vou dizer.

James volta seu olhar para o amigo e assente. Uma coisa que sempre soube, era que, mesmo o loiro tendo um temperamento espontâneo e sendo mais extrovertido que o normal, podia confiar nele até seus mais terríveis segredos.

Will sabia sobre sua história, assim como ele sabia a do loiro.

Ambos eram amigos e leais um ao outro, todavia, a única coisa que não confiava a dizer ao loiro era seu plano de não afeição, já que Will era extremamente sentimental quanto aos amigos que conquista por onde passa.

Embora estivesse muito preocupado com o andamento das coisas, estava se tornando quase impossível não se aproximar daqueles dois.

— Sei disso... — Ele morde o canto do lábio inferior tentando organizar seus pensamentos. Já não sabia mais o que fazer dali em diante. — Eu acho que sei como os Zekens estão nos alcançando cada vez mais.

— Sabe? — O loiro se ajeita melhor na direção do moreno. — E como?

Estava ansioso para ouvir a teoria de James, mas logo seus ombros caem ao vê-lo negar com a cabeça.

— Preciso ter certeza, quando a tiver, vou lhe contar. Apenas... — ele começa suspirando pesado antes de virar o rosto para outra direção que não fosse para o amigo. — Precisamos proteger Lorenzo também.

— Por que diz isso? Tem algo a ver com sua saída naquela noite com ele? — O loiro fecha a cara cruzando os braços. — Sou seu amigo, imaginei que fosse me chamar para algo assim também.

O moreno revira os olhos quanto ao drama do loiro.

— É mais do que isso, Will... muito mais — diz, voltando a olhar para o loiro que permanecia com o cenho fechado.

— Então o que houve naquela noite para conseguir o colar dele e ainda roubarem uma van? Ele deveria ter ficado irado com você e não ter se afeiçoado.

James suspira irritado com a insistência do amigo, mas sabia que se não abrisse o jogo com ele, ao menos quanto ao que fizera naquela noite, ele não o deixaria em paz.

— Eu propus uma aposta com ele para medir nossas forças...

Após ouvir a confirmação do ruivo quanto a aceitar a aposta, James avança sobre Lorenzo com seus relâmpagos em uma voltagem mais forte das que costumava usar.

Sabia que seu elemento contra o de Lorenzo não surtiria efeito, mas esta não era sua intenção, o que realmente queria era cegá-lo momentaneamente para realizar um ataque direto.

Sorriu ao perceber que conseguira o feito de atordoar o ruivo com o brilho flamejante de seus raios, entretanto, até se aproximar, foi atingido por uma rocha que vinha em sua direção oposta. Rocha esta que não havia visto chegar, pois não notara o Número Três fazer qualquer movimento para atraí-la.

Ela o pegou em cheio nas costas e o lançou a alguns metros de distância. A dor naquela região começou a latejar e isso o irritou ainda mais — principalmente depois de ver um sorriso sagaz de Lorenzo em sua direção.

"Então é assim que ele quer jogar, hum?"

Estreitou os olhos na direção do ruivo e se colocou em pé mantendo a postura ereta. Logo a dor passaria, mas no momento não permitiria que ele tivesse o gostinho de o ver fraco.

James respirou fundo, repassando seu ataque anterior em sua cabeça, tentando encontrar a brecha que acabou dando para o ruivo conseguir atacá-lo por trás daquela forma e — como num flash — recobrou a consciência de que Lorenzo podia mover as pedras apenas focando nelas.

Ou seja, cegá-lo não era uma ideia que poderia ser descartada, mas precisava tirar do redor dele suas próprias armas de combate.

Entretanto, aquele campo era rodeado por pedras que poderiam ser um risco para ele em potencial, mas isso se o ruivo não tivesse noção de onde estavam.

Com isso, James o aguarda correr em sua direção com três pedras suspensas no ar e voando em sua direção em uma velocidade absurda. Não conseguiria se esquivar da primeira, então, lançou nesta um raio forte e potente o suficiente para estourar a pedra em vários pedaços enquanto corria na direção da segunda e saltava em sua direção, conseguindo se apoiar e saltar para a terceira logo em seguida.

Lorenzo corria logo atrás de suas rochas aéreas, mas teve que parar instintivamente ao ver o corpo de James saltar da última pedra e cair em sua direção com um raio em seu punho.

Estacou no lugar e se posicionou para receber o impacto que, a seu ver, não surtiria muito efeito, mas se enganou ao notar que o moreno não usara o raio para atingi-lo, e sim cegar.

O brilho foi tão intenso que não via nem ao menos suas mãos em frente ao rosto e foi devido a isso que sentiu o primeiro soco de James em seu estômago lhe roubar o ar.

Tentou contra-atacar, mas ainda não conseguia ver nada. O clarão lhe tirara completamente a visão — apenas via a sombra do adversário se movimentando, mas não era hábil o bastante para conter os ataques físicos que recebia deste.

Com um urro de puro ódio, o ruivo salta para trás tentando tomar distância e materializa, então, seu corpo todo em pedra a tempo de receber mais um chute potente do moreno e este quase se desequilibrar ao golpear um corpo completamente sólido.

Com a pausa nos ataques de James, Lorenzo caminha sem pressa até onde o outro estava, levanta seu punho absurdamente pesado e atrai mais pedras até ele, formando um martelo gigante em sua mão levantada e com toda a força que tinha desceu o martelo na direção do moreno que, com dificuldade, consegue desviar, mas com o impacto das pedras no chão, ele estremece e acaba por cair.

Lorenzo sorri diabolicamente ao perceber que sua vista voltava a se normalizar e pôde ver com clareza quando o Número Quatro caíra no chão.

— Parece que vou ganhar essa aposta, afinal. — Ele comenta enquanto erguia mais uma vez seu martelo ameaçadoramente. — Ainda dá tempo de desistir.

O moreno sorri de canto, ainda caído de costas no chão e olhando quão surpreendente o poder e a evolução da técnica que Lorenzo podia alcançar quando subestimado. Mas ainda assim, não era como se já estivesse entregando as contas.

— Ainda não acabamos, não é? — responde levantando sua mão direita em direção ao céu e fazendo-a se tornar luminosa com raios na cor branca dessa vez.

Coisa que chamou a atenção do ruivo, mas ele não queria indagar sobre aquilo agora, e sim finalizar com aquilo de uma vez.

Alargou seu sorriso insano quando terminou de atrair mais pedras para seu punho, fazendo seu martelo ficar o dobro do tamanho de antes.

— É uma pena... — Começou tornando sua face sombria. — Porque talvez você não saia vivo desta.

James arregala levemente os olhos para logo sorrir tão ensandecido quanto o ruivo à sua frente. Aquilo tudo estava excitante.

Sem mais nada a dizer, Lorenzo mais uma vez desce o martelo de pedra na direção do moreno, pronto para esmagá-lo, mas ao mesmo tempo em que descia, uma luz incandescente e perigosamente eletrificada desce dos céus e atinge seu martelo fazendo-o estourar antes de alcançar o corpo de James.

A explosão fez um som oco e estilhaços de vidro se espalharam por toda a parte.

O raio que James invocou teve uma pressão tão grande que conseguiu converter a massa das pedras de Lorenzo em vidro. O ruivo olhou-o assombrado e com decepção aparente. Estava exausto e seu corpo não aguentava mais.

Usara muita energia neste último ataque, uma vez que era novo e nunca o havia testado antes para conseguir controlar a quantidade de energia utilizada nele e, com isso, caiu de joelhos esbaforido e puxando o ar com força na tentativa de descomprimir seu pulmão e poder respirar melhor.

O som oco do estouro do martelo em vidro deixou seus ouvidos zunindo de tal forma, que precisou levar suas mãos até eles e tapá-los.

Entretanto, viu um feixe de luz à sua frente e uma sombra se aproximar de si junto a uma luz dançante e o barulho elétrico de mais um raio nas mãos do Número Quatro.

O ruivo suspirou derrotado e levantou a cabeça vendo James apontar perigosamente aquela espada.

— Ainda dá tempo de desistir. — Escutou-o dizer repetindo suas próprias palavras.

Lorenzo nada disse, apenas abaixou mais uma vez a cabeça e retirou do pescoço o colar que tanto lhe era importante e estendeu para o moreno.

James desfez a espada de raios e apanhou o colar, avaliando-o com certa adoração. Aquela peça era uma das mais belas que já havia visto. Queria-a apenas por capricho, mas também por se lembrar de sua mãe usando uma tão similar a esta que estava em suas mãos. O colar não era delicado para ser feminino, mas tinha sua beleza singular e emanava uma pequena energia que, por alguns instantes, lembrava a energia que o planeta um dia já fora rodeado.

O rubi de Shinden não era uma peça rara de se encontrar no planeta, entretanto, como este fora destruído... Então, sim, a pedra era algo de extremo valor agora.

— Foi uma boa luta — disse, colocando o colar no pescoço e estendendo uma mão para o ruivo cabisbaixo.

— Fale por você. — O outro respondeu de forma amarga, ignorando a mão estendida do moreno e se levantando logo em seguida.

— Não haja como se não tivesse se divertido — diz cruzando os braços. — Quando foi que lutou para valer assim? Tudo ou nada?

Lorenzo suspira pesado assentindo para o que o moreno disse. Essa era uma grande verdade. Sempre treinava com Helena, mas nunca expôs de verdade seu máximo. Entretanto, naquela noite, pôde fazer isso sem receio algum.

— Tem razão — diz simplesmente colocando as mãos nos bolsos. — Sabe, se seguirmos por aquela trilha, podemos chegar à cidade — comenta dando de ombros.

Desde o incidente com Helena e os dois motoqueiros, não bebia algo. Seu corpo estava fatigado, mas ainda podia fazer algo para relaxar e isso com certeza não era dormir.

James, como se lendo seus pensamentos, sorri de canto, anuindo quanto à ideia do ruivo.

— Acha que tem algum bar por lá? Estou precisando beber algo.

Lorenzo sorri cúmplice e logo os dois passam a caminhar na direção da tal trilha.

Não demorou muito para chegarem ao seu fim e alcançarem a pequena cidade. Naquela hora da noite, quase não havia ninguém perambulando pelas ruas e isso deixou-os um tanto decepcionados por talvez não encontrarem um bar para tomar ao menos uma cerveja.

Mas logo se tranquilizaram ao verem mais adiante um bar com as portas ainda abertas e, pelo que parecia, bem movimentado.

Passaram pelo pequeno estacionamento em frente e Lorenzo não pôde deixar de avaliar, sem discrição alguma, uma certa van parando de qualquer forma, ocupando duas vagas, e um homem de porte pequeno, mas gordo, sair do veículo e entrar no bar com certa pressa.

Os dois olharam um para o outro em uma mensagem muda.

Sem pensar muito, entraram no lugar e puxaram uma cadeira junto ao balcão, lá conseguiram localizar o dono da van sentado não muito longe de onde estavam.

O barman prontamente foi até eles para pegar seus pedidos e ambos pediram o mesmo, uma cerveja, algo barato para não ficarem sem fundos durante a viagem.

Logo voltaram a olhar discretamente para o baixinho gordo que se mantinha debruçado na pequena mesa enquanto esperava seu pedido.

— Seria uma boa se seguíssemos viagem de carro, não é mesmo? — Lorenzo comenta jogando o corpo no encosto da cadeira ainda olhando para o homem.

— De van, você quis dizer. — O moreno o corrige com o olhar divertido na mesma direção que o ruivo com um sorriso cúmplice.

— Então foi assim que roubaram a van?

O moreno assente estralando o pescoço. — Sim, Lorenzo já havia feito coisas assim antes da caçada dos Zekens se tornarem frequentes.

— Quem diria... Ele é do tipo rebelde.

James ri anasalado com a constatação do loiro.

— É mais ou menos isso — comenta sorrindo.

Apesar de tudo, não se imaginava tendo que proteger não apenas a si mesmo, como a vida de outros — todavia, acreditava veementemente que fazia isso apenas pela sua sobrevivência, já que a sua dependia da deles também.

Ou pelo menos era isso que dizia a si mesmo.

VIII

A noite fora um tanto desconfortável e o fato de não terem colchões e cobertas também não facilitou muito. Todos se acomodaram da maneira que foi possível sobre os fenos, até mesmo colocando suas roupas para servir de apoio para o chão duro.

Felizmente o cansaço era tanto que não havia tempo para reclamar do lugar ou mesmo para falar lamúrias sob as condições precárias em que se encontravam.

James fora o último a dormir, ainda com os pensamentos a mil, e, apesar de sentir seus músculos reclamarem, não conseguia descansar a sua mente.

Depois da conversa com William, os dois voltaram para dentro do celeiro e se acomodaram para descansar as poucas horas que tinham, e logo o loiro ressonava levemente ao seu lado.

O Número Quatro já estava quase pegando no sono quando sentiu uma oscilação por parte de Helena, que tremia sobre o feno em que estava deitada. Logo ela se acorda no susto e olha ao redor, tentando se localizar, suavizando sua feição quando vê Alejandra deitada ao seu lado. James inevitavelmente se pergunta como as duas podem ser tão próximas e parecidas.

A sincronia delas durante o último ataque foi surpreendente.

James sabia que Helena o impressionaria no decorrer dos dias, e no penhasco não fora diferente. Mesmo não ajudando diretamente na morte dos inimigos, o modo como se colocou à frente de William e Lorenzo para salvá-los mostrava muito da personalidade forte dela.

A garota aperta os olhos, como se quisesse espantar o pesadelo que provavelmente estava a assombrando, enquanto corre o olhar pelo celeiro, parando nele ao ver que este ainda estava acordando e a observando.

— James, obrigada — disse ela, encarando-o com uma expressão séria e umedecendo os lábios. Ele apenas acena com a cabeça e ela volta a se deitar, para em seguida cair no sono.

Certamente ela nem se lembraria disso no dia seguinte.

◘

A viagem seguia cansativa.

Hora ou outra Robert trocava a direção com a loira para que eles pudessem descansar. As paradas no meio da estrada estavam ficando cada vez mais breves e mais uma vez precisaram parar para abastecer.

Helena escuta, enquanto esticava as pernas, Alejandra confidenciando ao grisalho que estava quase sem reservas de dinheiro e que estava começando a ficar preocupada se conseguiriam chegar até o seu destino.

Robert assente, concordando com a preocupação da outra, e lhe diz que tinha algum dinheiro guardado antes das perseguições iniciarem e que talvez conseguissem chegar até lá. Entretanto, a próxima preocupação seria o que fazer depois dali — até porque, teriam de se manter lá também. Procurar alguma maneira de conseguirem dinheiro e ao mesmo tempo nunca pararem de fugir dos inimigos, não era uma tarefa fácil.

A viagem continuou e a garota perdera as contas de quantas vezes havia cochilado naquele banco. Seu pescoço doía e sabia que os demais estavam da mesma forma.

A janela tinha uma fresta aberta e assim entravam algumas lufadas de ar para dentro da van, já que o ar-condicionado estava quebrado.

Helena observa por alguns instantes todos os presentes no veículo, até parar no Número Quatro. Estreitou os olhos ao perceber as feições dele enrijecerem e seu olhar se tornar preocupado. Com isso ela volta a se sentar direito no banco e olha para Alejandra e Robert, assombrando-se ao ver um camburão de viaturas rodoviárias parado metros à frente, averiguando veículo por veículo dos carros que se aproximavam.

Robert para o carro na fila e olha preocupado para a companheira.

— O que vamos fazer, Ale?

A loira nada responde, apenas olha no retrovisor do seu lado verificando a possibilidade de dar a volta, mas logo pragueja baixo ao ver outro veículo parando bem atrás deles.

Estavam encurralados.

— Vamos agir naturalmente — diz enquanto voltava a olhar para frente e não deixar transparecer o pânico que começava a assolá-la.

— Como vamos fazer isso se não temos os documentos da van nem uma historinha comovente para convencê-los?

— Rob — ela o chama olhando-o pelo canto do olho, alertando que o policial se aproximava.

O grisalho respira fundo antes de baixar o vidro da porta para poder falar melhor com o policial, no entanto, notou que mais um se aproximava de forma séria e parava ao lado do primeiro.

Ambos estavam fardados, mas o segundo que acabara de chegar era o único que usava óculos escuros.

— Boa tarde — começou o policial. — Documentos do carro, por favor.

Robert se remexeu nervoso e abriu o porta-luvas fingindo procurar algo que não existia. Comprimiu os lábios e voltou-se para o policial com sua melhor cara de ator.

— Ah, senhor, me desculpe. — Viu o policial arquear uma sobrancelha. — Estávamos saindo com pressa e acabei esquecendo de trazer.

— Está sem os documentos? — perguntou retoricamente vendo o grisalho anuir. — Desçam todos do carro, por favor.

E assim como foi pedido, Robert e Alejandra foram os primeiros a sair, já que Helena e James tiveram de acordar William e Lorenzo.

William olhava a sua volta com as feições preguiçosas, mas quando finalmente pousou seu olhar nos policiais à sua frente, seu sangue gelou. Sabia que estavam com tudo para serem presos, mas o maior medo que teve foi ao ver Lorenzo apertar suas mãos em punho e ver suas veias saltarem e começarem a se tornar pedra.

Rapidamente cutucou Helena que estava alheia ao amigo ruivo. Quando a moça se virou para Will, ele apenas fez um sinal com os olhos para que a ela notasse o perigo que Lorenzo poderia representar.

Ela se assustou e voltou-se disfarçadamente para o ruivo.

— Enzo, relaxa.

O ruivo ainda se mantinha com as feições sérias e os punhos já preparados, mas ficou em silêncio enquanto Helena sussurrava para ele não fazer uma besteira.

— Está me ouvindo, Lorenzo? — Ela bate levemente em seu ombro enquanto ele mantinha seus olhos fixos em um único ponto.

— Não estou preocupado com o policial — ele diz, por fim, percebendo o silêncio que se instalou entre os quatro números.

Robert voltou para a van apanhando a bolsa de Alejandra, visto que ela havia pedido enquanto os dois policiais cruzavam os braços impacientes.

— O que quer dizer? — Dessa vez foi James que sussurrou para Lorenzo mantendo seu olhar no mesmo ponto que o ruivo.

— Por que eles não estão percebendo? — Tal pergunta fez o moreno olhar com mais atenção e perceber que o policial com óculos não era realmente um humano.

Seus músculos enrijeceram e trincou a mandíbula ao finalmente perceber que estavam diante de um Zeken que, aparentemente, não estava fazendo nada contra eles.

— O que acha que está acontecendo? — Novamente Lorenzo pergunta.

Helena olha aturdida para frente, tentando entender, mas William dá um passo em sua direção e sussurra em seu ouvido.

— Um Zeken.

Ela arregala os olhos e volta-se para William.

— Como é possível? — Questiona vendo o tal Zeken se aproximar do primeiro policial e sussurrar algo para ele.

Este apenas anui e volta-se para Robert, que coçava a cabeça nervoso.

— Esperem aqui, por favor. — Foi tudo o que ele disse antes de dar as costas e começar a se afastar com o outro. Entretanto, foi só tomarem uma distância considerável que Alejandra olha para trás com brusquidão e faz um sinal exagerado com as mãos para que eles voltassem para a van.

Sem mais questionar, todos saltam para dentro sem se preocupar em se acomodar direito, mas batendo a porta ao mesmo tempo em que Robert dava a partida e passava a marcha para a ré, fazendo a van andar para trás, arrastando o outro carro que estava parado atrás deles.

O barulho dos veículos se chocando chama a atenção dos demais policiais que abordavam os outros carros e — sem sincronia alguma — todos correm para seus veículos enquanto Robert já acelerava para tomar o rumo da estrada que acabaram de sair.

— Robert, precisamos seguir em frente. — Alejandra fala olhando a todo momento para o retrovisor vendo as viaturas começarem a segui-los.

— Não dá para passar por cima deles, Alejandra. Quer que eu faça o quê?

— Desse jeito vamos gastar mais gasolina. — Tal comentário abrupto dela faz o grisalho gargalhar como um louco.

— Estamos sendo perseguidos por humanos e você está preocupada com a gasolina? — Dessa vez ele grita tentando conter a raiva. — Precisamos nos preocupar em como vamos despistá-los, já que estamos em uma estrada aberta. Nada vai funcionar!

A loira morde o canto dos lábios com certa força.

Estava desesperada, e quanto mais olhava para o retrovisor, mais via as viaturas se aproximarem. Em um determinado momento, uma viatura chegou mais perto do veículo e viu um dos humanos que estava no passageiro carregar uma arma e apontar para a van.

— Robert!

— Eu sei.

Ele diz ao mesmo tempo em que afunda o pé no breque da van fazendo-a jogar, momentaneamente, os corpos de todos para frente junto à inércia, mas rápido o suficiente para a viatura passar por eles e o tiro, que acertaria Alejandra, acertar a lanterna direita.

— Aquele maldito! — Robert começou enquanto voltava a acelerar. — Não nos fez nada sabendo que não machucaríamos um humano... — Trincou o maxilar enquanto apertava as mãos firmes no volante. — Eles sabem, Ale. Agora vão usar eles contra nós também.

Os olhos cor de mel da loira divagaram ao escutar o companheiro.

Aqueles vermes usariam todas as armas que tinham.

— Robert — ela o chama com um pesar em sua voz. Ainda olhava o retrovisor e via as viaturas praticamente coladas na van, já que esta não tinha potência o suficiente para uma perseguição.

— Não, Alejandra! — ele fala em um timbre alto e, pela primeira vez, a loira fecha os olhos com força, receosa do que estava prestes a dizer.

— É nossa única chance. Eles estão nos encurralando! Precisamos mostrar que não nos importamos para que não usem isso contra nós de novo.

— Se fizermos isso, eles não vão se importar em matar sem parar. Vamos facilitar isso a eles? — Ele a questiona voltando seu olhar rapidamente para ela. — Vamos agir como eles?

— Essa é a nossa única chance — ela diz sem olhá-lo, mas com suas feições contorcidas.

— Não somos monstros, Galia! — E mais uma vez ele vocifera o nome dela.

Ela suspira em resposta vendo que finalmente estavam próximos ao rio que outrora haviam passado.

— Não somos monstros, nem deuses... — Alejandra volta seu olhar para ele com determinação. — Mas somos sobreviventes.

Helena, que a todo momento ouvia a discussão dos dois, logo entende o que sua mentora queria dizer e, mesmo que relutante, concordava com ela.

Voltou sua atenção para o rio ao seu lado da janela e mordeu os lábios, pedindo desculpas internamente para o que estava prestes a fazer.

— Helena. — Ela escuta sua mentora. — Faça.

E com esta ordem dada, a garota acata, abrindo a janela da van e estendendo seu braço para fora, enquanto forçava-se a se concentrar.

Lorenzo, vendo o que a amiga faria, apenas abaixa o olhar e lamenta.

Segundos depois, uma onda gigante do rio às margens da rodovia se ergue majestosamente, trazendo espanto ao grisalho que dirigia e também para William e James.

"Ela pode controlar a água também?"

No segundo depois, a grande onda decai sobre a rodovia, alagando-a e fazendo as viaturas derraparem, mas esta não era a verdadeira intenção.

Precisava matar o Zeken ali dentro.

Com esse pensamento, Helena faz as viaturas se agruparem em um único ponto da estrada onde a água se concentrava mais.

Robert parou a van e saiu batendo a porta com força, querendo de alguma forma fazer algo, mesmo que soubesse que nada mais adiantaria.

Helena não se movia dentro da van, apenas fechou os olhos imaginando uma esfera de água afogando os policiais dentro de seus veículos, sem escapatória alguma. E, tal como imaginava em sua mente, acontecia do lado de fora.

Alejandra se manteve no carro na mesma posição que sua protegida, mas William e James não aguentaram e saíram junto do grisalho e, assim como ele, se espantaram ao ver uma gigante esfera de água girar em torno dos veículos não deixando que os humanos saíssem e quanto mais tempo se passava ali, mais podiam ver o desespero deles tentando sair de seus carros, mas logo desistiam e sufocavam seus pulmões se afogando na pressão que a água fazia.

Logo, viram o tal Zeken dentro da esfera com as feições contorcidas em desespero, para em seguida ficar imóvel sem ter como respirar.

Estava feito.

Robert aperta as mãos em punho contendo sua raiva. Estava com o peito pegando fogo de tanto ódio que sentia pelas escolhas abusivas que Alejandra muitas vezes tomava. Sabia que a garota não tinha culpa, mas a mais velha precisava entender que não podia repetir as atrocidades que ocorriam na época em que era uma general.

Suspirou descompassado ao ver a esfera se desfazendo aos poucos e a água escorrendo de volta para o rio, mas não antes de os corpos dos policiais caírem em um baque surdo no asfalto daquela rodovia.

Suas peles estavam levemente azuladas e as expressões de desespero estampadas em seus rostos eram perturbadoras.

Ao pensar isso, olhou rapidamente para seu protegido e o viu completamente petrificado, ainda observando o que a Número Cinco fez com aqueles humanos. William sabia que fora sua mentora que deu a ordem, mas ela deveria ter recusado! Ela não podia simplesmente obedecer a todas as ordens sem questioná-las.

— Você ficou maluca? — William escutou o mentor voltar-se para Alejandra, que agora saía lentamente do veículo e observava a cena. — Quem você pensa que é? Não pode escolher matar quem bem entender!

— Cale-se, Robert — ela disse calmamente, mas também estava sentindo toda a tensão do que acabara de fazer. E, pior, sabia que Helena iria se odiar e remoer isso por um bom tempo.

James continuava a observar os corpos caídos e, ainda sentindo um misto de espanto com admiração, virou-se para a garota — que era a única que ainda permanecia na van.

O moreno viu quando lágrimas grossas começaram a escorrer pelo rosto dela, que ainda mantinha os olhos fechados. Era visível que ela tentava se conter para não chorar, mas, pelo visto, as emoções pelo que acabara de fazer estavam aflorando sobre si. Helena mantinha uma expressão de puro pavor e desespero, enquanto chorava silenciosamente. O Número Quatro não deixou de perceber como ela fez isso com maestria, provavelmente cresceu escondendo o choro de sua mentora ou de Lorenzo.

O corpo dela tremia levemente e ela mantinha as mãos fechadas sobre as pernas, como se fosse uma medida desesperada de se acalmar. Suspirou, contendo a vontade de caminhar até ela e dizer-lhe que não era sua culpa, no entanto, nada podia fazer quanto àquilo. Ela precisava daquele tempo sozinha.

Já Helena — dentro do veículo — tentava manter a calma e respirar fundo. Naquele momento ela se sentia um monstro, uma aberração. Ela se lembrava de Alejandra contar-lhe, quando era mais nova, que em Shinden, a maioria das pessoas eram íntegras e sabiam a diferença do que é certo ou errado. Sua mentora sempre lhe dizia que essa era a diferença entre eles e o exército de Kaguyan: eles não matavam humanos, eles não causavam o mal às pessoas que viviam na Terra.

Bom, agora não havia mais essa diferença entre eles. Isso significava que ela era tão ruim quanto os Zekens?

Então, qual era o ponto? Viver aquela correria, sempre com o risco de morrer ou perder quem era importante para si, sabendo que, no fundo, ela estava perdendo sua essência?

Sabia que a culpa daquilo era sua, mas demoraria a perdoar Alejandra por obrigá-la a fazer tal atrocidade.

Todas essas perguntas assolavam sua mente e ela já sentia o cansaço querer tomar conta si, pelo esforço recente.

Olhou de canto para os demais e logo os viu caminhando novamente até a van, então tratou de secar as lágrimas e esconder todo o seu sofrimento.

Quando os outros se acomodaram, ela se escorou na janela e não encarou mais nenhum deles. Certamente ela não conseguiria falar com ninguém por um bom tempo.

▫

O clima na van não pareceu se dissipar e, por mais que William falasse vez ou outra com alguém, a resposta era sempre monossilábica, fazendo-o desistir de tentar um diálogo.

Todos estavam sob tensão.

Lorenzo, a todo o momento, olhava para a amiga, que se mantinha quieta e encolhida; já James estava com a nuca escorada no encosto do banco, com os olhos fechados, entretanto, estava acordado.

Internamente se remoía com a intensidade que foi presenciar o poder daquela garota. Ela, mais do que qualquer um, o impressionava.

Seus dons de reconstrução e força já eram grandes habilidades que haviam despertado sua curiosidade, mas agora, com esta demonstração de poder, lhe mostrava que de fato ela... não era qualquer uma.

A tristeza de Helena pelo que fizera era aparente e deveras sabia como ela estava se sentindo, mas não podia deixar de constatar quanto ela era poderosa.

Suspirou ainda com os olhos fechados contando, internamente, os minutos em que finalmente chegariam à próxima cidade. Já estava cansado da estrada e mais ainda de estar em lugares tão isolados.

O fim de tarde começara a dar sinais e assim como previu, logo avistou a chegada a mais uma cidade pequena, já que sempre estariam rodando por estradas secundárias.

O lugar parecia mais jeitoso e organizado do que a última cidade que visitou na noite em que roubou a van, junto de Lorenzo.

Não demorou muito até sentir o veículo desacelerar e finalmente parar em frente a um pequeno prédio.

— Vamos ficar por aqui esta noite, amanhã continuaremos — Robert pronunciou ainda com seu tom seco. Coisa que Alejandra não demonstrou se importar, mas sua protegida sabia que, no fundo, a loira se chateava pelo afastamento do amigo.

O grisalho desligou o motor do veículo e saiu sem nada mais dizer.

Sem demora, foi seguido pelos demais, mas antes de entrarem na humilde recepção do prédio, Alejandra olha para trás de forma abrupta, estreitando os olhos para uma viela próxima de onde estavam, numa posição em que as sombras do início de noite dificultavam a sua visão.

— O que foi? — Lorenzo pergunta olhando para a mesma viela que a loira.

— Eu achei que tinha visto... — Ela para a frase no meio, tentando forçar seus olhos para verem através daquela escuridão.

O Número Seis deixa os ombros caírem ao ver seu melhor amigo, com seus olhos avermelhados, fechar o cenho já constatando o que poderia haver ali.

— O que tem ali? — O loiro perguntou torcendo para não ser o que imaginava.

— Um único Zeken — ele responde olhando para a mentora da Número Cinco. — Vestido de policial assim como o daquela vez.

Ela olha o moreno, compreendendo sua preocupação.

— Eles estão se infiltrando em meio aos humanos. — Ela dá de ombros fechando os olhos com força, enquanto cruzava os braços em uma clara expressão de ódio. — Será apenas questão de tempo até conseguirem nos tornar foragidos aos olhos dos homens.

O moreno assente para ela, mas vendo a figura de Robert se aproximar com a cara não muito boa.

— O que estão fazendo aqui ainda? Já peguei os quartos.

Alejandra apenas olha para ele e gesticula, indicando o outro lado da rua onde estava a viela com o inimigo escondido.

O grisalho arregala os olhos e logo depois os estreita olhando para Alejandra interrogativo. — Por que apenas um?

— Ele deveria estar junto com aquele que matamos. Mas preferiu não se mostrar para não correr perigo de ser pego — ela diz cuspindo as palavras. — Ele está sozinho.

— Então vamos pegar ele logo de uma vez. — William dá um passo à frente. — O que estamos esperando?

— Espere, Will — Helena fala pela primeira vez depois de ter usado seus poderes. Todos olham para ela dando uma atenção até mesmo desnecessária, mas logo dá de ombros e continua fitando o loiro. — Talvez pudéssemos capturá-lo vivo.

Lorenzo sorri de canto, apoiando o braço nos ombros da garota de forma despojada. — Boa ideia, coisa rosa. Talvez a gente descubra mais sobre esses idiotas.

Ela sorri minimamente em resposta, mas antes que pudesse agradecer, sua fala é cortada pelo Número Quatro, que se adianta voltando-se para Robert.

— Eu posso entrar na cabeça dele.

O grisalho o olha com certa preocupação. — Tem certeza? Sei quanto isso força seu físico.

— Não se preocupe, posso fazer isso — ele diz voltando seu olhar para o beco. — Ele está em nítida desvantagem, por isso se esconde ao invés de nos intimidar.

— Certo, pode deixar que eu vou lá. — Lorenzo se habilita enquanto estralava os dedos em ansiedade.

— Eu vou com você — o loiro fala, já entregando sua bolsa para Robert, que por sua vez já estava carregando as dele. — Alguém precisa te segurar para não transformar aquele Zeken em papel.

O ruivo ri anasalado e segue com o loiro logo atrás, pronto para nocautear o espião de Kaguyan.

Coisa que, assim como Lorenzo havia dito, não foi difícil — embora tivesse que realmente ser segurado por William para não se empolgar.

A parte mais complicada foi passar pela pequena recepção e subir as escadas daquele prédio carregando aquele ser.

— Dizer que esse bosta era meu primo bêbado foi muita sacanagem, seu ruivo desgraçado! — William vocifera assim que entra em um dos quartos e joga o Zeken desacordado no chão.

— Por quê? Quase não tem diferença na feiura. — Ele cutuca sorrindo sarcástico.

William forma uma carranca em sua face e já se preparava para partir para cima do ruivo. — Ora, seu...

— Já chega. — Helena se impõe entre os dois, olhando de um para o outro. — Vocês estão parecendo crianças!

— Helena tem razão. — Alejandra caminha até o Zeken desfalecido e começa a amarrá-lo com a mesma corda que havia trazido e salvado James e Helena de caírem do penhasco. Assim que terminou, bateu as mãos como se as limpasse e olhou para James com uma sobrancelha arqueada. — Como vai conseguir tirar as coisas dele, garoto?

James, que até então se mantinha silencioso no canto do pequeno quarto, suspirou e se aproximou dela e do verme, mas assim que ficou de frente para a loira, olhou para ela e piscou uma única vez, tornando a cor de seus olhos em um vermelho-sangue.

Alejandra abriu levemente a boca ao perceber a anomalia do Número Quatro.

— Com esses olhos posso ver tudo. — Ele desvia seu olhar da loira e se aproxima do corpo inerte do Zeken.

Se abaixa e abre com os dedos as pálpebras do capturado, dando o vislumbre a todos daqueles olhos opacos de réptil.

Logo, ele fixa o olhar na íris daquele ser e instantaneamente sente seu corpo mais leve, como se flutuasse.

Mas assim como foi rápido se sentir entorpecer, em seguida se viu caindo em uma fenda nebulosa, para finalmente... Se ver diante dela.

Nunca a tinha visto tão de perto, apenas ouvia histórias de Bruce quando questionava sobre a aparência dela.

Kaguyan era um ser esteticamente horrendo, já que não se encaixava nos padrões de corpos humanoides.

Sua fisionomia se resumia a um grande corpo magro com uma pele avermelhada e longos braços que se estendiam em seu enorme trono soberano. Seus cabelos eram acinzentados e seus olhos em um dourado animalesco.

Era mais do que nítida a forma assustadora que a Rainha Vermelha assumia. Suas expressões sempre se mantinham austeras e sua voz era estranhamente grossa. Ela dava as ordens para seus lacaios ao mesmo tempo que acariciava o braço da poltrona na qual se sentava.

Logo as imagens mudaram e ele se viu em uma grande sala – aparentemente clara apenas por conta das enormes janelas que irradiavam a luz do sol no seu entardecer. O lugar não continha móvel algum, apenas aquele mesmo trono da visão anterior, mas, dessa vez, uma mulher humana o ocupava – fazendo o trono ser bem maior do que seu pequeno corpo frágil. Entretanto, engoliu em seco ao constatar que aquela delicada mulher não era o que parecia.

Aquela era Kaguyan em um corpo humano. Provavelmente para se habituar ao clima e às mudanças na atmosfera do planeta Terra.

Ele, por si só, sentiu seu corpo enrijecer e seu sangue gelar ao ver aquela ruiva olhar diretamente para ele, como se soubesse que ele estava ali. Aqueles olhos tão expressivos o fitavam intensamente e suas feições começavam a se contorcer em puro ódio.

Deu um passo para trás assim que a viu se levantar e caminhar em sua direção, mas quando ela o alcançou, ele fechou os olhos esperando que ela o apunhalasse ou fizesse algo pior, mas... nada lhe aconteceu.

Abriu os olhos devagar e viu que a Rainha havia passado diretamente por ele e dava um tapa estalado no rosto de um homem jovem que, embora parecesse mais novo, tinha os cabelos grisalhos.

Mordeu o canto do lábio com certa ansiedade. O tapa estalou pela sala toda fazendo um grande eco, mas ela não proferiu nenhuma palavra. Ao contrário do que imaginou, ela não gritou, apenas olhava para o homem à sua frente com o olhar rude, mas logo suas feições se suavizaram e ela passou a acariciar seu rosto no lugar onde havia batido.

— Desculpe, querido. Mas seus resultados estão tardando demais. — Ele ouviu finalmente a voz dela e quase não acreditou que aquela criatura horrenda pudesse falar com um timbre tão dócil como agora. — Onde eles estão?

Ouviu-a perguntar e viu o homem olhar mais uma vez para sua direção. James prendeu a respiração mais uma vez, mas logo a soltou ao notar que do seu lado, havia um Zeken. Justamente a criatura da qual invadia a cabeça.

O verme se aproximou e olhou diretamente para sua Rainha, fazendo um breve cumprimento.

— Estão em movimento, minha senhora. — Ele disse com sua voz arrastada, quase que em um sussurro. — Não estão mais instalados em um único local... Parece que querem se agrupar.

— Por que diz isso? — a mulher perguntou, voltando toda sua atenção para seu servo.

— Atualmente, os Números Quatro e Seis se juntaram com a mentora da Número Cinco e o Três. Estão se ajudando.

O grisalho olhou para o Zeken com as feições irritadas e os punhos fechados. — Eles descobriram algo?

— Não, senhora. — Ele negou veemente e voltou-se mais uma vez para a ruiva. — Estamos usando os instintos do Número Dois para localizarmos, estamos tendo sucesso com as habilidades daquele garoto.

A ruiva sorri minimamente e volta seu olhar para o homem que James ainda não sabia o nome, mas parecia descontente com as observações do Zeken.

— E as habilidades da Número Um? — ela pergunta com um brilho presunçoso. — É ela quem porta aquele dom?

— Não, senhora, mas estamos continuando a busca incessante — o homem responde torcendo o cenho. — Logo trarei notícias boas sobre sua busca, mas posso adiantar que testamos pela primeira vez as habilidades daquela garota e posso dizer que foram bem-sucedidas.

— Foram? Conseguiram matar mais um?

— Não. — Ele baixa o olhar. — Mas o Número Três foi facilmente manipulado pela ilusão da Número Um. Essas habilidades estão nos ajudando muito nas buscas. Não irá demorar até encontrarmos o dom que procura, minha senhora.

A ruiva fecha os olhos respirando fundo, como se buscasse a pouca paciência de que ainda dispunha. — Não quero suposições, Duran, quero resultados! Encontre-os logo e os aniquile se não forem quem eu busco.

— Sim, senhora. — Ele acena confirmando sua ordem e logo volta seu olhar terroso para o Zeken que se manteve calado. — Venha. Está na hora de colocá-los contra a parede.

E assim que diz isso, o tal Duran lhe dá as costas e caminha para fora daquela grandiosa sala, sendo seguido pelo Zeken, mas não antes de olhar para trás e ver a Rainha se acomodando novamente em seu grande trono.

Após saírem da sala, segue por um corredor extenso.

Mas logo todo o meio em que James se encontrava começou a ficar enevoado e seus olhos arderam como brasa.

Sabia que estava na hora de partir, mas ainda precisava saber onde aqueles desgraçados estavam se escondendo, para arquitetarem um futuro ataque, mas as dores começaram a enfraquecê-lo.

Quando deu por si, estava puxando o ar desesperadamente, como se estivesse se afogando. Sentiu seu corpo ser puxado com força e, em fração de segundos, estava novamente naquele pequeno quarto rodeado de rostos contorcidos em preocupação.

— James! Você demorou demais! — William tomava o cuidado de falar baixo, pois sabia como o amigo ficava depois de voltar, mas pareceu que aquilo não lhe foi o suficiente. Uma forte dor de cabeça assolou-o e inconscientemente levou uma mão à sua têmpora, apertando-a com força.

— Garoto, você precisa descansar. — Escuta ao fundo Robert dizer, mas as palavras estavam desconexas demais para conseguir assimilar.

— Mas ele não vai nos dizer o que viu? — Lorenzo pergunta enquanto ajudava William a levantar o moreno do chão e acomodá-lo na cama de solteiro.

— Essa invasão de mente que James faz requer muito dele — William responde olhando para o moreno, que agora respirava de forma rápida, como se nunca tivesse sentido o ar entrar nos seus pulmões antes. — Ele vai dormir e só quando acordar vamos conseguir algo, isso se ele não desmaiar de novo.

— Mas que vale um dom que apenas o enfraquece dessa forma? — Alejandra pergunta se aproximando do moreno deitado. — Por que ele não o desenvolveu mais?

— Bruce não quis. — Robert responde. — O motivo não sei dizer, mas ele quem quis assim.

— Mas que grande ideia a dele, hum? — ela retruca voltando-se para uma Helena que se mantinha encolhida longe demais da cama que agora o moreno deitara. — Vamos para nosso quarto, Helena, temos que descansar para amanhã.

A garota nada respondeu, simplesmente porque nada escutou. Ainda permanecia ali, abraçando o próprio corpo enquanto seus olhos se mantinham fixos no Número Quatro, que agora passara a transpirar e seus olhos mexerem de forma rápida por baixo das pálpebras fechadas. Parecia que ele estava preso em sua própria mente.

— Helena! Você me ouviu? — Mais uma vez a loira a indagou e só assim que ela desperta e volta seu olhar para sua mentora, acenando com a cabeça.

Passou, então, a caminhar até Alejandra, mas antes de alcançar o batente da porta, voltou-se novamente para William e Robert com as feições preocupadas.

— Ele não parece bem, tem certeza de que ele vai acordar?

O loiro sorri de forma terna para ela e anui positivamente. — Não se preocupe, é assustador ver ele assim, mas ele vai ficar bem. — Ele comenta alargando o sorriso. — Na verdade, só vai acordar mais rabugento do que já é.

Ela sorri minimamente em resposta, voltando-se para sua mentora, que a esperava no corredor.

Assim que as mulheres saem do quarto, Lorenzo olha para Robert com cara de poucos amigos.

— Vocês dois ainda estão de cara virada um com o outro? — indaga cruzando os braços.

William olha de um para o outro. Sabia que seu mentor estava irritado com a loira, mas não imaginava que durasse muito mais, pois viu, nas feições dele, quanto ficou feliz e bem mais humorado ao ter a loira carrancuda junto deles. Pareciam se conhecer há tempos.

Balançou a cabeça com certa diversão enquanto ouvia Lorenzo defender a loira de seu mentor irritado. Aquilo não iria durar.

Logo ele e Alejandra voltariam ao normal. Passaram tempo demais afastados, desde que o planeta deles sucumbiu, para se detestarem por algo assim.

— Ela poderia ter esperado um pouco mais, eu pensaria em algo! — O mais velho esbravejou. — Que fizesse aquilo como último recurso.

— E você queria que ela esperasse até quando? Aquela van não aguentava acelerar mais! — Lorenzo bufa, passando a mão nervosamente em seus fios ruivos. — Iam nos parar e de qualquer forma seríamos obrigados a lutar contra eles! Veriam nossos poderes de qualquer forma e, no fim de tudo... — ele suspira resignado. — Teríamos que os matar de qualquer forma. Você não está irritado com ela por causa disso! Tem algo mais.

O grisalho baixa os olhos com tristeza e se senta na beirada da cama onde James repousa.

Não queria que as coisas tivessem chegado àquele ponto. Matar humanos não era uma opção. Sempre que podia, desviava desse meio de solução. Entretanto, era difícil assumir que o ruivo estava certo. E mais ainda era ter testemunhado o poder no auge de Helena.

Por mais sentida que ela houvesse ficado quanto ao seu feito insano... ela ainda assim fez sem pensar duas vezes.

Alejandra a criou para lutar e sobreviver. Ela a ensinou a ser um soldado.

A frieza em suas ações demonstrava isso de forma explícita. Entretanto, pensava em quando derrotassem Kaguyan.

Sim, ele acreditava que conseguiriam vencer as forças da Rainha Vermelha e finalmente viveriam sem medo a cada instante. Mas como aquela garota se adaptaria aos costumes dos humanos se tudo que ela aprendeu foi por meio de treinamentos de elite?

Talvez sua raiva não fosse apenas pela morte dos humanos, mas sim pela forma como ela criou sua protegida.

— Você está certo — ele disse levantando sua cabeça para fitar o rapaz, percebendo que havia conversado tão pouco desde que o conhecia, mas que ele era muito maduro.

Lorenzo relaxa a postura e estende a mão para o grisalho.

— Estou faminto, ao menos esse lugar serve janta, não é mesmo? — Pergunta sorrindo de canto.

— Sim, estava escrito isso na ficha que preenchi. — Ele responde aceitando a mão amiga do Número Três.

— Mesmo? Então vamos comer. — William rapidamente se antecipa até a porta. — James só vai acordar amanhã?

— Provavelmente — seu mentor responde indo até a porta seguido de Lorenzo. — Vamos deixar ele descansar.

Disse, por fim, lançando um último olhar para o protegido do falecido Bruce que, embora descansasse o corpo, sabia que sua mente ainda se mantinha em cem por cento de atividade.

Não gostou da ideia de James se oferecer para invadir a cabeça daquele Zeken exatamente por isso. Tinha o conhecimento do quanto seu corpo e mente sofriam após o feito. Todavia, era a única forma que dispunham para estar à frente daqueles vermes.

Só esperava que aqueles efeitos colaterais, os quais sentia, não fossem em vão.

◻

Não estava com fome nem ao menos com vontade de dormir.

Estava irritada consigo mesma por não parar de pensar no quanto a perturbou ver o Número Quatro se contorcer dolorosamente após entrar na cabeça daquele Zeken.

Ela não era próxima a ele nem nada do tipo, mas ainda assim sentiu por ele.

Por todo o momento, ela o viu como uma pessoa fria e arrogante para com todos, mas após notar seu bom entrosamento com Lorenzo e salvá-la de cair naquele penhasco, passou a acreditar que ele não fosse uma pessoa tão ruim assim.

Com esse pensamento, torceu o cenho e se sentou na cama cansada de tanto pensar e nada fazer.

Ouviu de Alejandra, antes de ela dormir, que Robert havia saído com William e Lorenzo para levarem o corpo do Zeken e se livrarem dele em algum lugar distante de onde estavam. Eles haviam saído com a van e planejavam lançar em algum rio ou córrego.

Ainda não era tarde da noite – olhou no relógio no centro da parede de seu quarto e este marcava dez horas. Se quisesse fazer aquilo que estava pensando, era melhor ser rápida, antes que os três voltassem e a visse no quarto deles.

Sim, ela iria até lá e tentaria, nem que fosse apenas um pouco, acalentar as dores que o moreno sentia. Mesmo que não funcionasse, ao menos estaria com sua bendita consciência tranquila.

Ao menos teria tentado.

Sem mais se demorar, abriu a porta do quarto tomando cuidado para que as dobradiças velhas não rangessem e acordassem uma Alejandra esparramada na cama.

Conseguiu passar pela porta, também tomando cuidado para que a luz do corredor não alcançasse o rosto da loira, já que a cama dela estava bem diante da porta. Sorriu satisfeita ao conseguir realizar sua proeza e passou a seguir até o quarto onde ele se encontrava.

Em seguida, ela abriu a porta sem se preocupar em bater – já que ele estaria dormindo – e entrou analisando o corpo ainda trêmulo dele e sua respiração descompassada.

Notou que seus olhos continuavam a se mover freneticamente por baixo das pálpebras e isso só lhe deu mais forças para ir em frente e concretizar o que havia ido fazer ali.

Sentou-se com cuidado na beirada da cama, mas de maneira que pudesse ficar próxima a ele, para facilitar seu trabalho. Respirou fundo, concentrando sua energia na palma das mãos e as levou até o rosto do moreno, segurando-o delicadamente de cada lado.

Com esse simples toque, percebeu que James começava a ficar febril, por isso, fechou os olhos mordendo os lábios, deixando sua mente limpa, para conseguir aliviar as dores que o moreno sentia.

Durante alguns minutos, manteve suas energias fluindo contra a cabeça do moreno e percebeu que ele parou de tremer.

Internamente, ficou satisfeita com seu feito, mas ainda não havia acabado. Precisava relaxar o corpo rígido dele para que pudesse descansar melhor.

E assim fez, entretanto... não soube explicar o que aconteceu para sentir sua cabeça pesar e sua visão ficar nébula de uma hora para outra.

Quando abriu os olhos, notou estar em um plano completamente brando.

Sentiu o chão aos seus pés mudando e logo se viu em lugar completamente diferente, olhando para os lados, viu algumas pessoas correndo desesperadas, com pequenas mochilas em uma mão e, na medida que fosse possível, seguravam as crianças pelas mãos, suas feições eram de puro pavor.

Era noite e foi inevitável se remeter ao último momento em que viu os seus pais com vida.

Caminhou alguns metros e viu um homem e uma mulher de joelhos e cabeças baixas. A mulher tremia levemente e lágrimas grossas desciam por seu rosto, já o homem mantinha-se firme, observando com raiva os dois homens de estatura média que estavam em pé à sua frente, segurando suas armas rente ao corpo.

O homem pegou a mão da mulher e fez um carinho singelo ali, ato este que a fez se acalmar e respirar de modo mais uniforme. Ela levantou o rosto encarando-o, e Helena conseguiu ver um pequeno sorriso brotar em seus lábios.

— Por eles — diz a mulher, e depois, tudo o que Helena conseguiu ouvir foi o momento em que os dois corpos receberam um tiro, pois fechou os olhos. Quando os abriu novamente, viu o casal desfalecido no chão.

Os dois militares seguiram seu caminho logo após o feito, sem ao menos olhar para trás.

Isso a chocou, afinal foi uma execução a sangue frio. Em meio a todo aquele caos de fogo em alguns lugares, barulho de tiro em cada canto, eles ainda se preocupavam em executar as pessoas, enquanto deveriam salvá-las!

Helena caminhou até eles e logo viu um garotinho — de cerca de cinco anos — e um outro mais velho correndo em direção aos corpos já sem vida do casal.

— Mamãe! — gritou o pequeno enquanto se jogava em cima dela, já chorando demais e falando coisas das quais fora impossível de entender.

— Aeron, precisamos sair daqui — fala o garoto mais velho, um tanto parecido com o menor.

E então Helena entendeu.

Fora assim que James — ou o que parecia ser o seu nome shindeniano, Aeron — perdera os seus pais, ele assistiu a própria execução deles e aquilo era algo terrível demais para qualquer criança suportar.

— Por que eles fizeram isso com o papai e com a mamãe, mano? — Continuou chorando o pequeno. — Por quê?

— Aeron, eles deram suas vidas para nos salvar, não podemos deixar que a morte deles seja em vão — disse o irmão mais velho do Número Quatro. — Precisamos sair daqui.

Seu irmão o levantou e o colocou de pé, mas Aeron continuava a chorar e a gritar.

Ele chorou alto demais e em questão de segundos os militares que mataram seus pais já retornavam para, desta vez, eliminá-los.

O mais velho pegou o menor no colo e correu o máximo que seus pulmões conseguiam aguentar. Ele fora treinado por seu pai e tinha um bom condicionamento físico, o que ajudou a se distanciar dos soldados e logo conseguiu despistá-los.

Seguiu com James no colo até um corredor em meio às casas, contavam apenas com a pouca iluminação da lua e dos poucos postes de luz que ainda estavam funcionando.

Havia uma grande lata de lixo ao lado de algumas caixas de papelão naquele corredor, e o irmão de James sabia que precisava protegê-lo e que logo os militares de Shinden estariam ali, então ele se virou para o mais novo e observou com cuidado o pequeno que ainda soluçava e tinha o rosto marcado pelas lágrimas que já haviam secado.

Helena seguiu os dois e parou um pouco mais afastada — já havia constatado que aquelas eram as lembranças do moreno, então, de certo modo, sentia que estava invadindo a sua privacidade.

Ao presenciar a cena, sentiu seu coração apertar ao ver James tão vulnerável.

— Eu vou despistar os homens malvados que estão nos perseguindo — começou falando calmamente para o pequeno. — Mas preciso que você fique aqui completamente escondido, você pode fazer isso por mim, irmãozinho?

— Por que você tem que ir? — perguntou James. — Tem lugar para nós dois nos escondermos, aqui ó.

Ele se encolheu mais para o lado e deu leves batidinhas no lugar que ficara vago, mas quando subiu o olhar novamente, viu lágrimas saindo do rosto do irmão mais velho.

E até mesmo a garota de cabelos castanhos que assistia à cena a alguns metros dali, não conteve o choro ao ver a inocência de James explícita daquela maneira. Ele era um garoto adorável.

— Aeron, eu preciso despistá-los para salvar você, tudo bem? — disse ele enxugando as lágrimas e puxando o pequeno para um abraço apertado. — Voltarei

para te buscar e, se eu não vier, uma pessoa de confiança virá. Mas você precisa me prometer que não sairá daqui por nada neste mundo. Você promete?

— Mano, eu...

— Aeron, você promete? — perguntou novamente, sendo mais firme dessa vez.

— Eu prometo, Ita — responde o pequeno baixando a cabeça e fazendo um pequeno beiço.

Logo subiu o olhar, seu irmão lhe olhava com admiração e sorria levemente. Os olhos do mais velho brilhavam, quase como se lacrimejassem novamente.

Ele se levantou e lhe disse mais uma vez.

— Lembre-se, irmãozinho, não se mostre para ninguém que não seja eu, e, se não for eu, uma pessoa de confiança o achará.

Antes que pudesse dizer mais alguma coisa, seu irmão saiu correndo em direção à saída daquele corredor e James se encolheu mais ainda, já sentindo o desespero tomar-lhe conta quando os dois soldados já faziam o mesmo caminho que seu irmão fez segundos atrás.

Helena se aproximou mais e também se desesperou ao ver o irmão mais velho de James ser alcançado pelos militares e agora também já cercado pelo que entendeu serem generais, e logo todos começaram a lhe dar chutes e pontapés até que ele ficasse desacordado. E o pior, James observava tudo com os olhos arregalados e com expressão de puro pavor.

Ela sabia que a vontade dele era sair correndo para ajudar seu irmão — agora o que restara de sua família — mas também sabia, pelo pouco que conhecia dele, que ele cumpriria a promessa feita ao mais velho.

Depois de o desacordarem, os soldados o carregaram, seguindo dali com o corpo desmaiado do irmão mais velho do Número Quatro.

Ela observou o garotinho chorar por incontáveis minutos, e já estava sufocando com o sofrimento dele, até que um homem de cabelos pretos e lisos se aproximou.

Bruce.

James ainda chorava, mas havia se acalmado quando viu que seu irmão realmente estava certo, alguém viera buscá-lo. Mas se era assim, onde estava ele?

— Venha, criança, vamos tirar você daqui — disse o homem que veio a ser seu mentor.

James se levantou e caminhou ao lado dele, e quando Helena se preparava para segui-los, sentiu novamente aquela sensação de estar mudando de lugar, e sua cabeça pesou.

Quando se deu por conta, estava de volta ao quarto em que James descansava, e tinha os olhos extremamente pretos dele sobre ela, enquanto ele segurava as mãos dela de maneira firme.

— O que pensa que está fazendo? — perguntou ele com dificuldade, era visível que ele ainda estava fraco.

— Cuidando de você — responde ela se livrando do aperto de suas mãos e se levantando. — Achei que meus poderes curativos poderiam ajudar em sua recuperação, não pensei que aconteceria... Isso.

— Eu agradeço, mas você poderia me deixar sozinho? — disse ele após um longo suspiro. À exceção de William e Bruce, ninguém mais sabia do que acontecera à sua família, e ele não estava nada satisfeito de a garota também saber.

— James... — começou olhando-o, ainda lembrando das recentes imagens que presenciara. — Eu... sinto muito.

Após terminar de dizer, saiu do quarto sem nem olhar para ele novamente. Precisava dar a ele o espaço que ele pedia.

Talvez ir até lá para ajudá-lo não tenha sido uma boa ideia.

IX

— Então é isso? — Lorenzo questiona enquanto limpava suas mãos nas calças. — Os humanos vão acabar encontrando-o. Não seria melhor enterrar?

Robert, que suspirava com dificuldade depois de ter carregado, junto com os Número Três e Seis, o corpo desfalecido do verme de Kaguyan, olha para o ruivo e sorri fracamente.

— Acredite, os humanos ficarão mais interessados em querer estudar o corpo dele do que jogar na mídia a notícia de terem encontrado um corpo no córrego.

Tanto o ruivo quanto o loiro assentem concordando.

De fato, os Zekens assumiam formas humanoides, mas não se tornavam perfeitamente humanos. A aparência deles continuava pálida, e os olhos em um singular tom amarelado como os dos répteis.

— Se é assim, então vamos voltar. — William se adianta, desencostando da mureta da ponte pela qual jogaram o Zeken, e começa a caminhar em direção à trilha que cruzaram para chegar até aquele bosque isolado da cidade.

Seu mentor e o Número Três o seguem em completo silêncio, tomando o cuidado para não serem vistos por ninguém. Não demorou muito até alcançarem a van estacionada no acostamento e entrarem para seguir viagem, retornando ao prédio em que estavam se hospedando.

Lorenzo percebe que o grisalho franze o cenho com o barulho que o motor da van estava fazendo e olha para William que também estava atento ao mesmo ruído.

— O que está acontecendo? — o loiro pergunta se curvando mais para frente para ver as feições de Robert.

Ele bufa irritado.

— Estamos com problemas, a van não vai aguentar por muito tempo. — Ele responde olhando de soslaio para seu protegido, que estava sentado ao seu lado, enquanto Lorenzo se acomodava folgadamente nos bancos vagos de trás. — Antes de partirmos amanhã, vou dar uma olhada para ver se consigo resolver algo.

— Você entende de carros, Robert? — o ruivo pergunta se deitando nos bancos e cruza os braços atrás da cabeça. — Essa é nova.

O grisalho ri com o comentário do outro e balança a cabeça negativamente. — Não entendo nada na verdade, eu era um soldado de elite e agente pacifista em Shinden, a única coisa que sei é calibrar as armas que os humanos costumam usar aqui.

— Então como pretende resolver algo no motor, se nada sabe? — Lorenzo torna a questionar com um sorriso faceiro.

— Espero, verdadeiramente, que encontre alguém que me veja mexendo no motor e se disponha a ajudar — responde e logo depois escuta uma risada alta no banco de trás e, com isso, fecha a cara. — Ei, garoto! Pode acreditar, existem humanos solidários por aqui.

— Concordo plenamente. No entanto, a grande maioria espera um pagamento em troca.

O grisalho torce o nariz enquanto faz uma curva fechada para entrar na rua do prédio. — Espero que alguém da minoria ajude, então.

◘

Foi incrível a forma como não demorou nem um pouco para o mentor do Número Seis adormecer. Certamente — depois de tantas frustrações que passou naquele dia — estava mesmo cansado.

Lorenzo se levanta de sua cama primeiro, seguindo até o banheiro.

Will caminha na ponta dos pés até sua mochila, mas, antes disso, dá uma olhada no seu amigo que dormia na outra cama de solteiro e não deixa de notar que ele não estava mais com as feições perturbadas e doloridas. Ele havia parado de tremer e não suava mais, além de sua respiração parecer mais controlada.

Com essa constatação, sorriu satisfeito.

Odiava quando James usava seu poder ocular, porque sempre tinha a impressão de que um dia... Ele não retornaria.

Voltou sua atenção para o que estava fazendo e separou uma muda de roupas que achou adequada para um roubo.

Pelo menos era o que via nos filmes.

Satisfeito com sua escolha, ele olha para frente e vê Lorenzo saindo do banheiro e passa por ele sussurrando "*Dez minutos*".

Sem mais demora, o loiro caminhou até o banheiro para se preparar.

Não podia conter sua empolgação. Por mais que James fosse seu melhor amigo, nunca se afeiçoou a outras pessoas, tampouco teve outros amigos.

Lorenzo e Helena estavam se tornando não apenas seus companheiros, mas sim... amigos. Agora, além de James, ele tinha outras pessoas para interagir e isso o alegrava muito.

Não via a hora de acabar com toda essa perseguição e, finalmente, viver uma vida comum, sem precisar fugir o tempo todo.

Esse era seu maior sonho.

Todavia, por ora estava satisfeito com os novos laços criados e mais ainda, com a cumplicidade que estava conquistando com a garota e com o ruivo. E sabia que, por mais que James negasse, ele também estava se afeiçoando aos novos companheiros.

Agora só precisava esperar mais alguns minutos, no entanto, estranhou por não ver mais o corpo do Número Quatro repousando sobre a cama e a porta do quarto com uma fresta aberta.

◘

Ao contrário do que havia imaginado, Lorenzo acabou esbarrando com Helena no corredor dos quartos e ela o fitou com o semblante desconfiado. Ela, mais do que ninguém, conhecia o ruivo o suficiente para saber que ele iria aprontar.

Por esse motivo, cruzou os braços barrando a passagem do amigo que, a seu ver, parecia nervoso com sua aparição repentina.

— Coisa rosa! — Ele a cumprimenta sem jeito. — O que faz fora da cama? Sabia que já passou da hora de crianças irem dormir?

— Então o que faz ainda acordado? — Helena rebate, fechando ainda mais o semblante. — Enzo, o que está planejando?

— Nada de mais. — ele responde colocando as mãos nos bolsos, virando o rosto para não a encarar.

— Lorenzo... — Insiste, aumentando o tom de voz, coisa que fez o ruivo se desesperar e dar um passo largo em sua direção, tampando a boca da amiga.

— *Shhh*!! — Ele olha para a porta atrás dela com os olhos arregalados. Sentia que Alejandra poderia abrir aquela porta a qualquer momento. — Facilita, não banca a dedo-duro!

— Então desembucha! — resmunga ela, depois de empurrar o ruivo e tirar a mão dele de sua boca. — O que está planejando? Não vai nos arrumar mais problemas!

— Caramba! Você fala como se eu só fizesse besteira. — Ele ralha controlando o tom de voz.

— E não faz? — Ela devolve indignada. — O que foi mesmo que fizemos naquele bar?

Com a resposta dela, Lorenzo deixa seus ombros caírem. Já não tinha mais argumentos quanto a isso. No entanto, não era como se ele fosse um descuidado. Apenas fazia o que era necessário, mesmo que, às vezes, não fosse da forma respeitosamente ortodoxa a qual os humanos seguiam.

— Certo, então. — Ele respira fundo e a olha com determinação. — Você ouviu Alejandra e Robert conversando sobre a falta de fundos e, quando fomos nos livrar do corpo do Zeken, a van começou a dar sinais de desgastes. Logo, logo vamos estar andando novamente pela estrada para chegar até o tal Número Sete.

Helena morde o lábio inferior entendendo as intenções do amigo.

— Entendo — ela anui, abraçando o próprio corpo. — Você vai sozinho?

— Não, William vai comigo dessa vez.

— William? Por que não me chamou? — Helena questiona com as sobrancelhas arqueadas em indignação. — Está me trocando agora? Primeiro James, e agora William? Acha que não sou capaz?

O ruivo, por sua vez, ri baixo quanto ao ciúme da amiga. — Não estou te trocando, coisa rosa, apenas não posso arriscar Alejandra sentir sua falta durante a noite e fazer um estardalhaço.

Antes que pudesse retrucar o ruivo, ambos escutam passos pelo corredor e logo avistam uma figura toda vestida de preto, encapuzada e com... Óculos escuros.

Lorenzo arregala os olhos com o que viu, e Helena, bom... ela levou uma mão à boca para tentar conter o riso que insistia em querer escapar devido à situação.

— Will! Que merda você está vestindo? — Lorenzo não consegue conter a irritação e alcança o loiro segurando-o pela gola do casaco. — Que parte do "não chamar a atenção" você não entendeu?

— Mas você disse para me preparar. — Ele sussurra apreensivo. — Eu vi nos filmes que...

— Filmes? — ele indaga, cortando o loiro e voltando sua atenção para a garota com um olhar desesperado. — Mudei de ideia! Vamos lá, Helena.

Ela já não conseguiu se conter e acabou rindo.

As expressões de descontentamento de Lorenzo e o olhar aturdido de William só a faziam rir mais da situação.

— O.k., o.k.! — William se solta do aperto e retira os óculos, guardando-os no bolso do casaco. — Melhorou? — pergunta, abrindo os braços.

Lorenzo respira fundo, contando até dez mentalmente. O loiro era ingênuo demais e isso o perturbou.

— Melhorou, Will — ele responde, por fim, fitando-o sério. — Apenas não aja como nos filmes, entendeu? Você não é nenhum James Bond.

— Tudo bem. Pode deixar.

Helena sorri após parar de rir dos dois e balança a cabeça negativamente. Apenas esperava que ambos não se metessem em encrenca.

Enquanto os dois discutiam, ela se aproximou e colocou uma mão em cada ombro dos meninos e sorriu ternamente para eles. — Apenas... tomem cuidado.

Como em um passe de mágica, ambos se acalmaram e balançaram a cabeça em confirmação.

— Teremos, coisa rosa.

— Pode deixar, Helena!

Esta noite, em particular, Helena poderia dizer que não estava descansando nada, mas o que podia fazer? Sua cabeça estava a mil e, depois de invadir as lembranças do moreno, uma memória tão particular, tão sensível...

Tentar dormir naquele momento era impossível, precisava de um ar fresco e algo que a fizesse esquecer o dia de hoje.

Suspirou, sabia que precisava descansar e suas forças ainda não haviam sido recuperadas. O dia foi desgastante e exigiu muito esforço, o poder que utilizou contra os policiais e o Zeken não era muito treinado por ela e sua mentora, justamente por sua potência.

Ao chegar no térreo, Helena respira fundo quando sente o vento gélido passar por seu rosto, dando movimento a seus cabelos castanhos. Caminha mais alguns passos e toda calma e serenidade que o silêncio daquele lugar trazia, foi substituído por uma bufada e um franzir de sobrancelhas.

James estava lá, sentado em cima de uma caixa de cimento, com as mãos no bolso, observando a lua que se fazia presente.

Ele notou a sua presença, olhando-a por cima do ombro, mas logo voltou sua atenção para a lua novamente.

— Devo presumir que está me seguindo? — perguntou ela, cruzando os braços, ainda se mantendo de pé atrás dele.

— Não, afinal eu cheguei aqui antes de você — James fala, sem se virar para ela, e Helena não conteve uma bufada. — Mas você pode ficar, se quiser.

Ela se deteve pensando por alguns segundos, era isso ou voltar para o quarto.

Sentou-se no canto contrário ao qual ele estava, virada para outro lado.

Voltou sua visão novamente ao céu, e tinha que admitir que aquele silêncio era reconfortante, e por alguma razão ela sabia que James sentia o mesmo.

— Helena. — Escutou a voz rouca dele, mas não se virou, apenas esperou que ele continuasse a falar. — Obrigado por antes, por... aliviar a minha dor. Só estou acordado porque seu poder ajudou com a minha recuperação. E depois não consegui mais ficar naquele quarto.

— Não foi nada — responde ela devagar. — Na verdade, é o mínimo que eu podia fazer. Você... Bem, você me salvou no penhasco também.

— Também não foi nada.

— Nós quase morremos por um descuido meu, então não pode dizer que não foi nada — resmungou, enquanto passava as mãos entre os braços para espantar o frio. — James?

— Hum?

— Me desculpe por ter...

— Não foi sua culpa, aquilo ocorreu porque eu estava inconsciente — James comentou distraído, fechando os olhos e se concentrando na voz da garota perto dele. — Todos temos os nossos demônios, Helena.

— Sim, de fato.

Sabia que ela estava inquieta, talvez pelo que viu quando estava em sua mente ou pelo que houve na perseguição com os policiais.

— Você não dorme à noite — afirmou ele, e ela sabia que ele estava se referindo às noites maldormidas, as quais ele presenciou.

— Não.

— Nos seus sonhos você vê o Lorenzo morrendo? — perguntou, ainda observando as estrelas, e era engraçado como os dois conseguiam conversar de forma mais tranquila quando não havia todo um cenário de luta e guerra, ou mesmo quando não estavam tentando se agredir.

— Também. — Sua voz soava como um sussurro. — Ele está lá, em meus piores pesadelos, morrendo diante dos meus olhos e eu não consigo fazer nada para impedir.

— Mas não é só com ele que você sonha.

As deduções estavam estranhamente corretas, e Helena apenas anui com a cabeça.

— Também vi eles morrerem. Os meus pais — ela diz, lembrando-se do dia em que conheceu sua mentora. — Não do modo que você viu, mas... Quando eles me entregaram para Alejandra, o lugar em que eles estavam explodiu e eu vi suas feições de desespero quando o prédio caiu sobre os dois.

— Sinto muito.

— Não consigo nem me lembrar das partes boas de quando estávamos juntos, momentos bons, sabe? Não há nada lá, nas minhas memórias, somente a hora da morte deles. — Continuou ela, sentindo-se estranhamente confortável perto dele. — Além disso, digamos que minha força não é algo fácil de se entender quando se é uma criança.

— Por quê?

— Aquilo que me viu fazer hoje se torna bem pior quando se faz em um coleguinha de seis anos de idade. — Ela abaixa o olhar e encara suas mãos trêmulas acomodadas sobre seu colo. — Meus poderes deveriam servir para ser algo bom, não algo cruel.

— Não deveria se sentir assim. — Ele sentiu a necessidade de dizer. — Seus poderes são incríveis.

— Incríveis? James, eu sou uma aberração. Que só sabe destruir.

— Não te acho uma aberração.

— Gentil de sua parte, mas não precisa tentar me consolar. — Helena percebeu que havia falado demais e que deveria cortar aquela conversa. — Estou bem.

— Helena, eu posso tirar de você — James fala e ela franziu o cenho, não entendendo aonde ele queria chegar. — Com o meu poder, eu posso tirar as memórias que te atormentam.

— Isso faz parte de quem eu sou. Não posso simplesmente me esquecer dos meus pais e de como eles se sacrificaram por mim.

— Posso diminuir a intensidade de suas memórias então, se quiser — completou ele, e pela primeira vez desde que se sentou ali, ela se virou para ele, como se quisesse desvendar se era uma brincadeira ou não.

— Mas e suas dores? Sei que são muito fortes e que exigem muito de você, James — indaga ela, ainda olhando para ele. — Você passou por isso algumas horas atrás, não posso te deixar fazer isso de novo.

— Você pode me curar. — Helena franze mais ainda o cenho e umedece os lábios com tal sugestão, e então ele se vira e a encara.

James ainda tinha uma fisionomia cansada, mas em todo caso, era ele que estava oferecendo-se para fazer aquela maluquice.

— Por que quer fazer isso? — Helena não se conteve.

— Está escrito em seu rosto quanto sofre — disse James, olhando-a diretamente em suas íris esmeraldinas, e Helena percebeu quão viciada poderia ficar na imensidão daquelas esferas extremamente pretas.

Ele se levantou e desceu seu corpo até se sentar no chão, de modo que ficasse escorado na caixa em que antes estava sentado, mas nunca quebrando o contato visual com Helena.

Ela o encarou por alguns instantes e logo se levantou, contornou o bloco e sentou-se ao lado dele, também acomodando suas costas na superfície gelada do cimento.

Eles estavam próximos e então ela acenou com a cabeça, dando permissão para que ele seguisse em frente. Helena encara James e logo se vê dentro de sua própria cabeça.

Aos poucos ele foi desenhando novamente as memórias que via na mente da garota e lá ele conseguia sentir todas as suas emoções que, por tanto tempo, ela tratou de esconder.

Helena não mais era um enigma para si, agora ela passava a ser uma pessoa marcada pelo seu próprio passado. Alguém que havia usado a dor para fortalecer os laços de amizade e amor.

Algo que ele nunca fora capaz de fazer.

Se permitiu perder um tempo a mais observando as memórias dela com Lorenzo, e sorriu ao perceber que nada além de uma amizade forte e um laço de irmãos existia entre os dois.

Reviveu junto dela as imagens de seu sofrimento ao presenciar a morte dos pais, e então tratou de enfraquecer aquela memória. Ele manteve a informação de que eles morreram durante um ataque a Shinden, quando este sucumbia, porém eliminou o fato de ela ter visto a cena.

Logo se viu durante os treinamentos duros de Alejandra, momentos em que a garota – quando mais nova – já não aguentava mais, sentia-se sem forças após todo o esforço, já tinha suas mãos ensanguentadas pelos fortes socos contra a madeira dura que sua mentora lhe obrigara a dar. E nesses, não se sentiu no direito de mexer. Como ela mesma havia dito, isso fazia parte de seu ser. Pulou até a memória que ela descreveu, o momento em que ela mata uma coleguinha de escola quando tinha seis anos. Era realmente algo horrendo de se ver, mas sabia que não era sua culpa, afinal, a menininha a chamou de aberração e as duas discutiram, então a professora exigiu que se dessem um abraço forte como reconciliação. Helena realmente deu um abraço forte na garota. Forte demais. Essa memória decidiu que iria apagar completamente, não acrescentaria nada lembrar aquilo.

James estava exausto, já sentindo dores fortes na cabeça, e então se viu novamente em frente à garota com que ainda mantinha o contato visual e tinha uma expressão vazia.

Helena, por sua vez, piscou algumas vezes e pensou em tudo que lhe acontecera até hoje, inevitavelmente remetendo-se às suas memórias mais felizes com seus pais.

Sentou-se no banco do parque, próximo à casa em que morava com os pais, e ambos sorriam, ao seu lado. Helena sentia-se preenchida de tanta felicidade e a sensação era que seu peito iria explodir após o dia de diversão que tivera com os pais.

Lembrava-se do momento em que sua mãe a entregava a Alejandra, sabia que ela estava apreensiva e triste por deixá-la, mas sua expressão era calma e tranquila. Ela segurou na mão de sua mentora e seguiu até a cabine que posteriormente a enviaria à Terra.

Sempre tinha recordações de seus pais, sabia de seus grandes feitos, contudo, sabia do grande sacrifício que eles fizeram para salvá-la. Alejandra nunca lhe dissera o modo como eles morreram, sempre dizia que era irrelevante, e ela também não insistiu. Para Helena, bastava saber o fato de que eles a amavam e quanto ela tinha sorte.

Voltou à sua realidade quando ouviu James gemer de dor, sabia que seu esforço havia sido grande e que ele ainda não estava cem por cento recuperado de seus esforços de hoje à tarde.

Sentiu-se grata pelo que ele fez e não conteve um sorriso.

Ela levantou as mãos em direção à cabeça dele, que mantinha uma feição de dor, e manteve uma em cada lado do seu rosto, logo suas mãos emanavam a habitual luz verde.

Aquilo exigia muito de James, sentiu seu corpo – e principalmente a sua cabeça – relaxar ao receber tais cuidados. Não contendo as sensações que perpassavam por seu corpo, deitou sua cabeça no colo de Helena, acomodando-se ali, sentindo as mãos dela no mesmo lugar.

– Obrigado. – sussurrou ele, minutos após se deitar, ainda recebendo o poder de cura da Número Cinco.

– Obrigada você, James – disse ela, mantendo suas mãos ali, mesmo quando terminou de emanar a luz curativa. Apenas deixou ali um carinho singelo com o polegar.

Mal podia perceber que estavam tão próximos, tampouco acreditava no quanto sentia-se confortável ali, e se ele não se afastasse, ela não o faria.

– Eu julguei você – James fala em um tom baixo. – Quando te conheci, eu julguei você da maneira errada.

E ela solta uma risada anasalada, e James – que tinha os olhos fechados – sorri de canto ao ouvi-la tão leve.

– Então estamos quites – responde ela. – Eu te achei um idiota quando te conheci.

– Eu não disse isso – ele fala, para logo bocejar. – Apenas disse que acho que estou mudando o meu conceito sobre você.

— Isso é bom? — pergunta ela, percebendo que todo o frio que sentiu antes havia sumido completamente e agora sentia um calor em seu rosto.

James não respondeu, e ela se aproximou um pouco mais para vê-lo ressonar levemente. Ele havia dormido, e então presumiu que o cansaço havia vencido.

Sabe-se lá quanto tempo ele estava sem descansar.

Sorriu serenamente e se permitiu observar o rosto dele sem aquelas feições de tédio e carranca que ele sempre fez questão de mostrar. Agora ele tinha uma expressão tranquila e leve, simples assim.

Escorou sua cabeça no cimento e se permitiu adormecer observando o rosto sereno de James deitado sobre seu colo.

◘

Ambos seguiam pelas ruas com o destino de chegada já traçado.

O ruivo logo avista o local da festa a qual havia visto enquanto voltavam com a van depois de jogar o corpo do Zeken no córrego.

O lugar parecia ser um restaurante, e muitas pessoas estavam lá dentro aproveitando o jantar e a música animada.

Enquanto isso, do lado de fora, Lorenzo viu um funcionário receber a chave dos carros dos clientes assim que eles estacionavam no subsolo do restaurante. O lugar era muito bem iluminado e a concentração de pessoas aumentava a cada instante.

Os dois se mantinham parados na esquina do outro lado, analisando quem entrava e quem saía.

— Veja. — Ele ouviu o ruivo chamá-lo. — Preste atenção naquele homem de terno preto e gravata borboleta.

William voltou sua atenção para o homem o qual o ruivo lhe indicara. Era um homem magro que se encontrava na porta do estacionamento e, a todo o momento, recebia as chaves dos automóveis dos convidados da festa.

— Acho que já sei o que vamos fazer — William diz virando-se para o ruivo com o olhar divertido. Ele vê o ruivo anuir e sorrir também.

William assente confiante. — Quem vai se disfarçar?

O ruivo olha para ele e tira uma moeda do bolso. — Vamos tirar na sorte. Cara: você se veste; coroa: sou eu, tudo bem?

— Sim. — Ele se vira na direção do evento do outro lado da rua. — Quando você quiser.

Com isso, Lorenzo joga a moeda e em seguida a pega no ar e confere o resultado.

— E então?

O ruivo alarga o sorriso e mostra para o outro o resultado da moeda.

— Ah, cara! Está de brincadeira!

— Parece que não sou eu quem vai bancar o engomadinho.

William bufa irritado, abaixando o capuz, e bagunça os cabelos já rebeldes. — Vamos logo com isso.

Em seguida, ambos atravessam a rua e caminham até o funcionário que se mantinha em sua postura austera.

Assim que se aproximam, Lorenzo olha para os lados constatando que ninguém dava atenção a eles e para abruptamente em frente ao homem, desferindo um soco no estômago dele, enquanto William o segura por trás e tampa sua boca, puxando-o para dentro do estacionamento.

Sem demora, o loiro golpeia a cabeça do funcionário fazendo-o desmaiar na hora.

Com um pouco de dificuldade, os dois conseguem despir o homem e escondê-lo atrás do pequeno balcão, junto às chaves. William torce o nariz enquanto se vestia com o terno daquele homem e por fim se prontifica em frente ao estacionamento da mesma forma que ele fazia.

Enquanto isso, Lorenzo vê um casal sair de um carro esportivo e se dirigir até William, que já estendia o braço para apanhar as chaves.

— Cuida bem dele, meu amigo. — O homem de meia idade cumprimenta de forma esnobe, jogando as chaves para o loiro.

— Pode deixar — ele responde a contragosto e forçando o sorriso para manter as aparências.

— Will. — O loiro escuta Lorenzo chamá-lo e se volta para este já lhe jogando as chaves.

Lorenzo apanha e sorri de canto, logo ele seguiu até o esportivo recém--chegado, começando a vasculhar até encontrar uma documentação de hipoteca.

Finalmente.

— Consegui — ele diz enquanto caminha até o armarinho, procurando uma chave em especial. — Podemos ir agora, vamos.

William assente e corre junto de Lorenzo até a caminhonete. Sem se demorarem, eles destravam o carro e entram, arrancando-o de dentro do estacionamento.

Eles vão pelas ruas pouco movimentadas e seguem até o endereço descrito no documento. William comemora ao verem o tipo de casa na qual aquele idiota residia.

Não chegava a ser uma mansão, mas era uma casa grande.

Do lado de fora, tudo estava apagado e nenhuma movimentação nas ruas. Isso os encorajara ainda mais.

— Vamos ser educados ou vândalos? — William pergunta, descendo da caminhonete e atravessando a rua.

— O que você prefere? — o ruivo pergunta com um sorriso de canto.

O loiro nada responde, apenas volta seu olhar para uma pedra no jardim e a apanha, para depois se dirigir até a janela lateral da casa. Mas antes que pudesse jogar a pedra, Lorenzo o impede, segurando seu braço.

— Assim você vai fazer muito barulho.

— Então como fazemos? — ele questiona, largando a pedra no chão.

— Veja. — O ruivo caminha até a porta e endurece seu punho, quando chega diante dela, ele segura a maçaneta tornando-a pedra e, com um empurrão, a maçaneta se parte e a porta se abre. Ele olha sugestivo para o loiro e entra na casa. — Vasculhe tudo e vê se encontra um cofre.

— Cofre?

— Sim, com a casa que esse cara tem, ele com certeza não guarda dinheiro apenas no banco.

A todo momento, olhavam para as janelas para ver se alguém aparecia, mesmo que tudo estivesse tranquilo, não se permitiram relaxar.

Continuaram procurando até Lorenzo encontrar um fundo falso em uma gaveta de madeira.

Logo ele pediu a ajuda de William e, quando conseguiram tirar a gaveta do lugar, abriram o tampão e encontraram um cofre de metal ali.

A senha era numérica e os botões eram em teclas de vidro.

— Conseguimos, cara! — William comenta orgulhoso.

— Quer fazer as honras? — Lorenzo pergunta, levantando o cofre e o depositando em cima da mesa do escritório do homem.

William sorri em resposta e puxa de seu cinto uma faca de metal brilhoso, metal esse que não era comum. Era um metal de Shinden que, assim como sua espada, podia cortar qualquer coisa.

Ele posicionou a faca nas beiradas do cofre e o abriu horizontalmente, como se fosse uma lata de sardinha. Quando enfim terminou a volta toda, eles abriram a tampa e deslumbraram vários maços de dinheiro.

— Essa noite foi proveitosa, hum? — o loiro comenta fechando a tampa de metal e levantando o cofre, para finalmente saírem da casa.

O loiro lança ao ruivo um sorriso presunçoso, fazendo-o olhar na direção para a qual ele olhava e, ao constatar o que era, sorri achando graça, pega dos braços do loiro o cofre e caminha para a caminhonete.

— Fique à vontade, mas não demore. Eu vi algumas chaves em cima da mesa de centro da sala. — Lorenzo chega até o carro e o destrava, guardado o cofre no banco de trás. — Deve estar lá.

Sem mais demora, o loiro corre para dentro da casa enquanto Lorenzo já entrava no carro e dava partida. Em menos de dois minutos, William surge correndo até uma grande moto na cor alaranjada e monta sobre ela, ligando sua respectiva chave na ignição e dando partida.

Logo, a caminhonete preta e a moto alaranjada seguem pelas ruas da cidade até o prédio em que se hospedaram e, ao chegar, tomam o cuidado de as guardarem no estacionamento do prédio, mas bem no fundo, onde quase não havia automóveis.

Não queriam chamar atenção, mas uma coisa era certa... Aquela noite, indiscutivelmente, havia sido muito proveitosa.

O sol começava a nascer no horizonte e seus raios surgiam em meio às montanhas ao longe, trazendo a claridade em volta da pequena cidade. O calor suave alcançou as maçãs do rosto de Helena e a brisa balançou levemente seus cabelos castanhos, mas ainda assim ela não despertou.

James, por sua vez, abre os olhos lentamente com a claridade, sentindo seu corpo completamente relaxado. Se viu deitado no chão do térreo e com sua cabeça ainda repousando no colo da Número Cinco.

Já amanhecia e logo Alejandra e os outros acordariam, então não poderiam se demorar.

A cutucou lentamente e a viu despertar, para logo colocar a mão sobre seus olhos, protegendo-os do sol. James permaneceu encarando-a, dando o tempo necessário para que acordasse de vez, e então ela voltou-se para ele com o cenho franzido.

— Caramba, dormimos aqui? — perguntou ela ainda forçando os olhos.

— Sim, logo temos que ir, os outros já devem estar acordando. — Disse ele, ainda sentado ao seu lado. — Desculpe.

— Pelo quê?

— Eu não... devia ter dormido — respondeu James, sentindo-se verdadeiramente arrependido e envergonhado.

— Você estava exausto, aposto que não dormia direito há dias, James — comentou ela se espreguiçando. — Não tem que se desculpar.

Ele nada respondeu, apenas continuou a observar a garota à sua frente, que também correspondeu o olhar.

— Nossa, não consigo virar meu pescoço — disse a garota, enquanto se levantava e apertava a região dos ombros.

— Desculpe por isso — ele fala novamente, e para ela, que sempre o via tão marrento, era até engraçado vê-lo envergonhado.

— James, relaxa.

Ao longe, Lorenzo — que havia saído à procura da amiga assim que foi até seu quarto e Alejandra já estava furiosa por não a encontrar lá — subiu até o terraço e observava os dois curiosamente muito próximos, sentados um ao lado do outro. Era inevitável não se sentir deslocado, porque, afinal, ela era sua melhor amiga e ele não sabia da proximidade dos dois.

O Número Quatro seguiu no ritmo da garota, que caminhava devagar, apertando os ombros e pescoço, enquanto dava leves batidinhas para tirar a sujeira da roupa.

Logo viram Lorenzo parado em frente à porta que dava acesso ao terraço de braços cruzados e uma expressão carrancuda.

— Oi, Enzo! Nossa, você está péssimo — comenta a garota sorrindo ternamente para ele enquanto caminhava em sua direção, acompanhada de James.

— Temos que ir — diz ele, ignorando o bom humor com o qual a garota se encontrava. — Rápido.

Ela acena em concordância ficando mais séria, quando percebe que o amigo não estava para brincadeira e olha cúmplice para James, que também não entendeu o porquê de o ruivo estar assim. No entanto, esperam ele se virar para a saída e o seguem sem nada mais dizer.

X

Uma música calma tocava ao fundo do pequeno café familiar na beira de estrada. Os donos eram um casal já de idade que os receberam sorrindo docemente. Tudo naquele pequeno estabelecimento era extremamente aconchegante. Mesmo sendo de uma característica rústica, o lugar agradou bastante aos olhos.

Assim que chegaram, dirigiram-se às confortáveis poltronas e se acomodaram logo, recebendo o pequeno cardápio das mãos de uma das moças que também trabalhava ali. Parecia ser a neta do casal, uma vez que Helena a escutara chamar a senhora por "*avó*".

Ela olha de esguelha para o moreno que sentara ao seu lado e sorri discretamente, embora não se lembrasse do que foi que ele a livrou, sabia que ela só estava mais leve e até mesmo mais bem humorada graças a ele.

— Eu quero um café puro, sem açúcar, e algumas panquecas. — Helena o escuta pedir para a garçonete e logo olha para a moça arqueando uma sobrancelha por esta o encarar analítica.

— Ah... eu quero... — Logo ela se vê acanhada e volta seu olhar para o cardápio em suas mãos, que mal havia lido, para saber do que a cafeteria dispunha. Entretanto, para não se demorar mais, escolheu a primeira coisa que viu. — Eu quero um café com leite e torradas com mel.

A moça de cabelos castanhos sorri, anotando o pedido e apanha o cardápio das mãos de Helena e James para logo se retirar.

— E então, James, não imaginei que iria se recuperar tão rápido assim. Lembro que você chegou a ficar dias desacordado — Robert comenta, cruzando os braços enquanto avaliava o moreno do outro lado da mesa.

Helena abaixa seus olhos e une ambas as mãos embaixo da mesa. Não sabia o porquê de se sentir tímida com a pergunta de Robert, sendo que nem havia sido direcionada para ela.

O moreno olha rapidamente com o canto dos olhos para ela e volta a fitar o grisalho. – Não é como se você me conhecesse tanto, Robert, eu andei treinando meu poder.

A garota solta o ar que nem ao menos havia notado que segurava. Talvez não gostasse que Alejandra soubesse que ela havia ido visitar o Número Quatro durante a noite, ou muito menos Lorenzo, com sua crise de ciúmes, imaginasse saber sobre como que ela fez as dores do garoto Crow passar... ou pior, da aproximação que ele teve para com ela para tirar suas memórias ruins de sua mente.

Robert assente concordando e volta a se encostar no estofado. – Então, o que viu na cabeça daquele verme?

O Número Quatro sente todos os olhares voltarem-se para ele em curiosidade, o que o faz suspirar frustrado. Detestava ser o centro das atenções.

– Eles estão chegando cada vez mais próximos de nós porque a cada número que eles matam, podem retirar o dom dele e usar contra nós.

A surpresa se estampou no rosto de todos na mesa.

Lorenzo, que estava sentado ao lado de Helena, morde o lábio inferior e baixa os olhos com uma certa preocupação. Aquilo realmente era um problema.

Na verdade... Era um grande problema.

– Está dizendo que... – Alejandra começa depois de um longo suspiro. – Eles conseguem nos encontrar graças ao...

– Poder do Número Dois – James completa fechando os olhos e cruzando os braços.

– Mas quem era o Número Dois? – William pergunta arqueando as sobrancelhas. – E qual o poder dele?

– Ele se chamava Dimitri, sua mentora passou a se chamar Natasha quando caíram na Rússia – Robert responde com certo pesar. – Ele era portador da runa Terra, e tinha os instintos mais apurados que o normal. Era um exímio rastreador.

Compreensão passa pelos olhos do loiro, que se afunda ainda mais na poltrona.

O ruivo, que ainda mantinha os olhos baixos, logo arregala-os com o pensamento absurdo que havia lhe passado pela cabeça, mas antes que pudesse responder, a mesma jovem garçonete volta com alguns dos pedidos.

— Só um instante que já trago o resto — ela diz melodiosamente, depositando os pratos de Robert, Alejandra e William que se sentavam na mesma fileira da poltrona, e logo voltou para a cozinha.

Lorenzo se remexe na cadeira segurando a pergunta que a todo momento queria escapar de sua boca, mas precisava se segurar, pois a garçonete já estava voltando com seu prato, o de James e o de Helena.

Assim que ela sumiu entre as portas da cozinha novamente para buscar os pedidos de uma outra mesa, o ruivo se voltou para o lado, curvando um pouco seu corpo para ver as feições de James, já que Helena estava sentada no meio dos dois.

— A Número Um, Kylie... Qual era o dom dela? — Sua voz saiu em um sussurro nervoso. Sentia seu coração começar a bater mais forte.

— O que conversamos aquela noite não foi apenas uma hipótese ou dedução. Estávamos certos — James responde fitando os olhos verde-escuros de Lorenzo. — Você não estava enlouquecendo.

— Estão falando sobre o ataque no penhasco? — Helena pergunta olhando de um para o outro. — Então... Eles invadiram sua cabeça, ruivo?

— Não, eles me prenderam em uma alucinação. Por isso não conseguia separar o real do irreal.

De certa forma, estava mais tranquilo que havia uma explicação real e não apenas suposições, até porque, diversas vezes havia recordado sobre tudo que aconteceu naquele penhasco. A forma como se sentiu impotente, e mais ainda... Não pôde fazer nada para ajudar seus companheiros.

Em seu estado normal, nunca permitiria que algo assim acontecesse. Por isso, estava aliviado.

— Então é só isso? — Alejandra voltou a perguntar depois de bebericar seu café. — Tanto charme e desmaio só para ter essa informação?

James estreita os olhos para ela com certa irritação.

— Eu vi a verdadeira face de Kaguyan e como ela está agora: assumiu um corpo de uma mulher humana e posso reconhecê-la.

— Você a viu? — William pergunta surpreso. — Ela é tão horrenda como dizem?

— Sim, mas precisou se adaptar aos climas terrenos, ela não é como nós, afinal... nem ela nem os seus soldados Zekens.

— Faz sentido — Robert comenta coçando o queixo.

— Tem mais uma coisa, algo que achei suspeito.

— E o que seria? — O grisalho volta a perguntar.

— Havia um homem lá, diferente dos Zekens, seu corpo e rosto eram perfeitos. Não parecia ser um soldado transformado... parecia ser um terráqueo ou um... Shindeniano.

Alejandra, que levava seu pão com centeio até a boca, olha estagnada para o moreno à sua frente. — Está dizendo que você viu o traidor?

— É apenas uma suposição.

— Até agora você acertou em suas suposições, James — Lorenzo afirma ainda olhando o moreno, assim como a garota de cabelos castanhos.

— Mas isso é diferente. Não dá para saber, ela pode estar estudando os humanos através dele ou ele de fato pode ser o traidor de Shinden. — James responde franzindo o cenho, de fato não poderia afirmar algo de que não tinha certeza.

— E como ele era? Você se lembra? — Robert pergunta tomando a atenção.

James anui confirmando.

— Ele é um homem que julgo ter uns trinta, quase quarenta anos, talvez não chegue a isso, mas seus cabelos são esbranquiçados, olhos castanho-escuros, pele branca e tem porte físico de quem treina.

Alejandra comprime os lábios e olha para Robert sugestiva. O grisalho assente para ela e volta a olhar o Número Quatro com os olhos um tanto entristecidos.

— Você se lembra se ele... — o grisalho suspira alto. — Se ele tinha uma cicatriz no olho esquerdo?

James arqueia uma sobrancelha para a pergunta do mentor de William. De fato não havia notado, mas fechando os olhos e voltando para as memórias que ele viu...

— Sim — ele responde vendo ambos os mentores se entreolharem. — É familiar para vocês?

Alejandra assente e volta a tomar seu café, mas nada mais diz. Ao que parecia, ela se abateu com a suposta pessoa que poderia ser o tal traidor. Já Robert apenas foge o olhar dos adolescentes e se foca em terminar de comer.

Tal coisa não passou despercebido pelos Números, muito menos por William, que estranhou o comportamento evasivo de seu mentor.

— Não podemos nos demorar muito aqui, ou vamos ter problemas com os humanos — o loiro comenta, fugindo um pouco daquele clima tenso que ficou entre os mentores, olha para a janela vendo alguns humanos passando e olhando para a caminhonete parada.

— Will tem razão — Lorenzo concorda, enfiando seu último pedaço de torrada na boca, e se levanta um tanto apressado.

— Calma, por que tanta pressa? — Robert pergunta olhando com estranhamento. — Não estou sentindo nenhuma aproximação de Zekens.

— Sim, mas a caminhonete é roubada e os humanos logo vão começar a suspeitar. — Ele responde já se ajeitando e dando a mão para Helena também se levantar.

— Ah, cara, nem terminei de comer! — William resmunga emburrado.

— Então engole — o ruivo vocifera para o loiro sendo o único ainda sentado.

— Eu vou pagar a conta e já volto — Alejandra avisa, caminhando até o caixa do café.

— Vamos indo — o grisalho diz, já saindo com o restante do café.

Não demorou muito e Alejandra entra na caminhonete resmungando por não ser ela a dirigir.

— Você não disse que na próxima parada eu ia dirigir e depois você? Estou apenas cumprindo com o combinado.

— Certo, então quando pararmos o carro de novo, eu quem dirijo. — Ela diz, olhando com o canto do olho para Lorenzo, que sorri para ela anuindo com a cabeça. — Estamos combinados?

— Estamos — Rob responde dando partida. — Para onde vamos, Enzo? — Pergunta manobrando o carro para fora do pequeno estacionamento.

— Para uma tinturaria a vinte minutos daqui, numa vila que acabamos de passar. — O ruivo responde aumentando o sorriso.

— VINTE MINUTOS? — ele indaga irritado, voltando a olhar para Alejandra que ria alto de sua explosão. — Sua megera! Nem vou dirigir direito!

— Foi o combinado, *oras*!

O grisalho volta seu olhar para o retrovisor vendo novamente as feições debochadas de Lorenzo. — Vocês estão contra mim, só pode.

— Não foi você quem detestou a ideia do roubo? Então não merece desfrutar e se agraciar com os benefícios dele — o ruivo responde batendo sua mão com a de Alejandra em cumplicidade.

— Vocês dois vão se ver comigo — o grisalho ainda resmunga, voltando para a pequena vila que passaram antes de chegarem ao café.

Ao fundo, Helena não pode segurar um pequeno riso com a discussão e entrosamento que seu amigo teve com sua mentora. Eles nunca foram próximos para fazerem tal coisa, mas estavam passando a se dar melhor depois de tanto tempo.

Robert bufa quando estaciona o veículo, e desce ativando o alarme da caminhonete. Assim que entra na tinturaria, é recebido por um homem de meia-idade, com os cabelos castanhos, mas já com fios brancos ressaltando e o olhar levemente cansado.

— Bom dia, quanto custa a tintura de veículos?

O senhor assente e abana a mão em direção a caminhonete. — Traga ela para dentro, por favor.

Robert prontamente volta para a caminhonete e a liga, entrando com ela na garagem improvisada para a pintura de carros. Ao sair, ele pôde ver que o lugar não era deveras espaçoso, mas coube perfeitamente o seu veículo e mais um outro carro, o qual estava parado no outro canto.

— Que cor vão querer? — o senhor perguntou já preparado os jornais e fitas-crepes para prender nos vidros do carro, para que não os manchassem.

— Laranja — William responde prontamente. O senhor olha para o loiro com espanto.

— Laranja? — A pergunta sai um tanto indignada.

— Ele quis dizer... — Helena interrompe, parando atrás de William, assim como Alejandra havia feito com Robert. — Hum... Vermelho.

— Ah, sim! Vermelho vai ficar uma maravilha. — O senhor assente, voltando a prender os jornais.

O loiro, por sua vez, olha para a garota, que se apoiava em suas costas, interrogativo.

— Iria ficar ridículo, Will, sua moto já é laranja! Se contente com isso — ela diz se afastando e voltando para o lado de Lorenzo, que maneava a cabeça negativamente.

— Você acabou com a alegria do garoto.

— Você ia querer andar em um carro laranja estupidamente chamativo? — Ela ralha cruzando os braços.

— Não ia ficar tão ruim.

— Fale por você. — Helena bufa, sentindo um dos braços de Lorenzo contornar seu pescoço, se apoiando ali.

— Pega leve, você está bem arisca.

— Então mude sua cara e pare com insinuações. Sabe que tem brincadeiras que não tolero — diz a garota olhando-o nos olhos e Lorenzo soube instantaneamente do que ela estava falando.

— Não gostei de te ver naquele térreo sozinha com ele — confessou, olhando de esguelha para o moreno logo atrás, que mantinha suas mãos nos bolsos e parecia avaliar o lugar com o semblante sério.

— Não aconteceu nada! Pelo contrário, ele me ajudou — Helena responde sendo alvo do olhar ainda sério dele. — Você quem tem que relaxar, ruivo. Além do mais, ninguém ocupa o seu lugar — ela completa, sorrindo de canto e recebendo o mesmo sorriso em troca.

— É bom mesmo.

Ao fundo, o senhor acabara de encapar os vidros e já preparava a pistola de tinta para começar o serviço.

O esguicho fazia um barulho irritante, que conseguia sobressair até mesmo o volume da televisão que, até então, havia notado estar ligada em algum programa que nunca haviam visto.

Por esse motivo que todos saíram e ficaram esperando do lado de fora e se acomodaram em uma mureta baixa na calçada, que usaram de apoio para encostar, com exceção de William e Helena que a usaram para se sentar.

— O problema é a desculpa que vamos arrumar para tirar o carro daqui sem esperar secar — Robert comenta enquanto olhava o homem continuar seu trabalho com maestria.

— Isso é verdade — Lorenzo concorda. — Ele já deve estar achando estranho a gente estar aqui esperando em vez de ir embora.

— Vamos dar um jeito. — A loira, ao lado de Robert, fala suspirando alto. — Sempre damos um jeito.

Com isso, todos ficam em silêncio e voltam a prestar atenção no homem lá dentro. Aos poucos eles podiam ver a cor vermelha começar a dominar o preto que outrora era a cor original do carro e, mesmo com os jornais, eles puderam ver como a caminhonete começara a ficar ainda mais bonita.

Passaram-se duas horas e finalmente o homem termina. Ele enrola a mangueira da pistola de tinta e volta para tirar os jornais que cobriam os vidros.

Enquanto isso, os mentores e os Números se aproximam para deslumbrar do ótimo trabalho.

— Ficou muita bonita — Alejandra elogia se aproximando do senhor. — Me diga quanto deu para que eu possa levá-la.

— Ainda não pode tirar ela daqui, senhora — ele a alerta e Alejandra sente uma veia saltar em sua testa ao ouvir o bendito "senhora". Não era tão velha, afinal. — Preciso insistir, senão vai borrar tudo o que eu fiz e não vai ficar tão brilhosa.

— Você não está entendendo... — Antes que ela pudesse continuar, uma reportagem na televisão começa a passar um o apresentador alertando sobre o furto de um carro em uma festa.

"O veículo trata-se de uma caminhonete na cor preta, modelo novo de Dodge Dakota Sport, o dono forneceu o número da placa para a polícia e agora saíram em busca. Por isso que os índices de assaltos em nossa cidade estão cada vez mais..."

Tal reportagem faz os olhos do tintureiro se alargarem em direção a Alejandra e Robert.

— Esta... esta não é a caminhonete do noticiário? — Ele pergunta com a voz trêmula.

Lorenzo olha-o com tédio e se adianta.

— É impressão sua.

— Não! Não é! Por isso precisam levar ela embora logo! — Ele se exalta procurando seu celular no bolso. — Por isso vocês...

Antes de terminar, ele recebe um golpe na cabeça, caindo desacordado logo em seguida. Todos olham para o autor da agressão e se deparam com William segurando uma barra de ferro.

— O que foi? Ele já nos descobriu, precisamos sair daqui.

— Will está certo, mas ele, sabendo sobre nós, vai poder nos descrever para a polícia e vamos ter, não apenas Zekens em nossa cola mas humanos também — Robert comenta olhando para todos.

— Só temos uma única opção — Alejandra responde se aproximando do homem, entretanto, seu amigo entra na frente protegendo o corpo desfalecido no chão.

— Matá-lo não vai ser a melhor opção, Galia! Não somos assassinos!

— E o que pretende então? — ela pergunta, colocando as mãos na cintura, ao mesmo tempo em que fazia uma expressão séria ao ouvir o seu antigo nome.

— Eu não sei, mas tem que ter outra solução! Até porque, se o matarmos, esse homem deve ter família e eles vão querer saber quem foi e, consequentemente, vamos atrair a polícia para nós do mesmo jeito.

A loira anui compreendendo, olhando para o grisalho que ainda se mantinha parado em frente ao corpo.

Helena comprime os olhos já arquitetando uma suposta solução, mas isso só se daria se James concordasse. Todavia, não sabia se ele aceitaria entrar na mente daquele homem, então sutilmente ela se aproxima dele e o fita sugestivamente, vendo-o olhá-la com indagação e logo depois abrir mais os olhos compreendendo o que ela queria.

Com isso, ele abaixa a cabeça na direção dela e sorri de canto.

— Se eu fizer, já sabe do que preciso em troca.

— Não vou me importar.

— Se for assim... — ele diz se aproximando de Alejandra e Robert e assumindo a frente, recebendo olhares confusos dos outros.

— O que pretende, James?

— Resolver o problema de não matar ele, Rob — ele responde se agachando e abrindo um olho do homem.

Sem muito esperar, já se via na mente dele e se livrava das memórias de suas visitas em sua tinturaria. Nem ao menos se lembraria do serviço que fez para eles.

Buscar e se desfazer dessas memórias não foi algo difícil, visto que eram suas memórias mais recentes e, por isso, não se demorou muito ali, embora fosse inevitável constatar que Robert estava certo. O tal homem se chamava Thomas e tinha duas filhas e uma esposa.

Logo ele retornou e sentiu aquela dor corriqueira atingir sua cabeça, no entanto, com uma intensidade mais amena.

Seus olhos ainda se encontravam perdidos e sem foco, mas as agulhadas na altura da nuca já não estavam tão fortes.

Helena veio em seguida e passou a aliviar ainda mais sua dor, com um toque suave que ele passou a apreciar. Poucos minutos depois, ela já havia acabado e sua cabeça já não dava sinais de dor alguma.

Por conta disso, imaginou que estava evoluindo seu controle ocular e que, talvez, mesmo com a ajuda de Helena, ele estava começado a não sentir tantas dores e efeitos colaterais.

Ela estava sendo de grande ajuda, afinal.

— Então é assim? — A voz de Robert é ouvida. — Foi você que curou as dores dele naquela noite com o Zeken?

— Eventualmente — Helena responde de maneira firme. — Creio que isso tenha ajudado de forma positiva, não é mesmo?

— Não tenho o que contestar — o grisalho responde com um pequeno sorriso, enquanto ajudava o moreno a se levantar. — Agora vamos sair daqui antes que ele acorde.

— Espere, eu só preciso fazer algo antes. — Lorenzo se adianta voltando-se para o carro parado no canto do salão e caminha em passadas rápidas até ele, apanhando no caminho uma chave de fenda. Todos observam ele parar e se agachar, retirando dali a placa da frente do veículo e em seguida a de trás.

Depois ele se volta até a caminhonete e troca suas placas com as do outro veículo, depois disso, corre novamente até o carro no canto e recoloca as placas que eram da caminhonete.

Quando voltou até eles, ele vinha limpando as mãos e com as feições aliviadas.

— Agora podemos ir, nem mesmo a placa eles vão poder identificar.

Alejandra sorri batendo de leve no ombro do ruivo, que correspondeu sorrindo.

— Então vamos, demoramos demais aqui — ela diz, pegando as chaves de Robert, mas não antes de lhe dar uma piscadinha vitoriosa.

Ele suspira entrando no carro junto a ela.

William pega seu capacete e o entrega a Lorenzo, que o apanha com confusão. — Por que está me dando isso?

— Estou cansado. — Will dá de ombros. — E porque você não achou ruim se a caminhonete fosse laranja — completa sorrindo largamente.

O ruivo estreita os olhos estranhando. — Tem certeza?

— Ei, cara, não é como se eu tivesse ciúmes da Lola.

— Lola?

— É o nome dela, só a trate com carinho, viu? Ela não gosta de brutalidade — ele diz lhe estendendo a chave.

Lorenzo ri da palhaçada do loiro e aceita a chave, não seria tão ruim andar com um pouco de adrenalina correndo, afinal.

William faz um movimento de cabeça e segue até a caminhonete sentando-se próximo a James que, agora, se mantinha ao lado de Helena.

Assim que o loiro fecha a porta, ele recebe do moreno um olhar inquisidor, até porque, conhecendo seu amigo, ele não deixaria que andassem em seu brinquedo tão cedo assim, mas ao receber uma piscada dele e uma indicação com a cabeça na direção de Helena, que se mantinha encostada no banco com os olhos fechados, ele entendeu as intenções do amigo.

William muitas vezes parecia ser ingênuo e imaturo, mas algo que os demais não sabiam tanto era que o loiro era astuto e... observador.

A viagem se estendeu durante toda a tarde. O sol já começava a querer sumir em meio às montanhas e o cansaço se apoderou de todos ali. Queriam encontrar um lugar para repousar, mas parecia difícil ali no meio do nada.

Helena já não aguentava mais pescar com os olhos, tamanho era o sono que estava sentindo e, por esse motivo, não percebeu quando adormeceu com sua cabeça repousando delicadamente no ombro de James.

Este, ao invés de endireitá-la, apenas a acomodou melhor — não mais em seu ombro, mas encostada em seu peito de forma mais confortável para ela descansar.

William olha para seu melhor amigo e para a Número Cinco e não deixa de sorrir com a cena.

Fazia tempo que não via o moreno se relacionar com outras pessoas e já havia ficado surpreso com o pequeno entrosamento que teve com o ruivo. E ainda mais com a forma receptiva dele com Helena. Ela era diferente para ele e sabia, desde o princípio, que a garota de cabelos castanhos havia chamado a atenção do seu amigo.

Depois de longas horas, a noite caiu e escureceu completamente a estrada. Robert, que havia tirado alguns cochilos, resolveu trocar de lugar com a loira, que já apresentava sinais de exaustão. Pelo visto, viajariam a noite toda, então teriam que revezar a direção.

Quando notaram, um outro dia já estava nascendo, e novamente Alejandra assume a direção, deixando Robert descansar.

Aquela estrada era extensa e todos já estavam frustrados.

Não demorou muito até que a loira avistasse uma indicação para um camping ali próximo e, como não tinham mais alternativas, seria isso ou nada.

Preferiu, então, seguir na direção informada pelo outdoor. Em questão de minutos estariam lá e poderiam se ajeitar melhor e esticar as pernas depois de tantas horas sentados.

Chegaram ao camping exaustos, o clima dentro do carro era silencioso. Passaram pela entrada do local, e Alejandra desceu do carro para acertar o pagamento da estada e já pegar as barracas em que passariam a noite. Mesmo que agora tivessem algum dinheiro, ainda era necessário que passassem por lugares de pouco movimento.

Assim que a mentora da Número Cinco retornou ao carro, Robert o guiou até onde arrumariam o acampamento e, só assim, Helena foi acordada por James, pois já iriam descer. Ela ficou envergonhada ao notar que havia dormido praticamente em cima dele e, por esse motivo, o encheu de desculpas. Coisa que ele pareceu nem ao menos ligar.

— Tenho boas notícias, o dono disse que mais à frente tem uma pequena cidade. Iremos até lá para comprar mantimentos para seguirmos viagem — disse a mais velha, enquanto todos retiravam as coisas do carro e montavam as barracas.

— Eu sonho com o dia em que nós vamos ficar em algum lugar decente — resmungou William enquanto brigava com os canos de metal de sua barraca.

— Pare de reclamar, garoto. — Rosnou a loira, recebendo um olhar sério de Helena, que parou de mexer em sua mochila para olhá-la.

— Vocês não têm que ir logo para a tal cidade? — perguntou a garota. — Não devem demorar se quiserem comprar tudo.

— A garota tem razão, Ale — Robert falou quando chegou perto delas. — E vocês não se metam em problemas, pelo amor de Deus. Vão passar a noite sozinhos, voltamos amanhã pela manhã.

Alejandra resmungou mais alguma coisa inaudível e seguiu até o carro, e Robert logo a acompanhou, não sem antes lançar um olhar significativo para os Números que os observavam seguir viagem.

Quando o carro deu a partida e se distanciou, William parou de tentar montar a barraca e se jogou no chão, olhando para os demais. — O que deu neles? Não consigo acreditar que resolveram nos deixar sozinhos.

— Alejandra só nos deixou aqui porque há poucas pessoas e é um lugar afastado — respondeu James, que já colocava sua mochila para dentro da barraca e observava o trabalho mal feito do loiro. — Qual a sua dificuldade em montar uma barraca, Will?

— Isso é impossível, não está dando certo — resmungou ele ao fazer um beiço quando escutou a risada de Helena.

— É porque você é um idiota — retrucou Lorenzo, que também já tinha montado a sua e a de Helena. — Vamos, segure aqui.

Lorenzo caminhou até a bagunça feita por ele e começou a juntar as partes de cano da estrutura da barraca.

O lugar era bonito, havia um grande campo para que as pessoas pudessem montar acampamento e fazer uma fogueira para passar a noite. Mais para o lado havia um arvoredo, como uma espécie de bosque, e do outro lado era possível ver um riacho onde algumas pessoas se banhavam.

Já passava do meio-dia quando todos já tinham arrumado todo o acampamento e William reclamava que estava com fome. O local que servia o almoço era mais afastado dali, então seguiram até lá ouvindo as lamúrias do loiro.

Não se demoraram fazendo a refeição e logo estavam de volta às barracas.

— Agora, sim, estou satisfeito! — disse o Número Seis, já bocejando. — Só falta tirar uma soneca para recuperar minhas forças completamente, até mais pessoal!

William entrou na sua barraca montada — graças a Lorenzo — e aproveitou para descansar, afinal, ele e o ruivo não dormiram quase nada à noite.

O Número Três, por sua vez, também apresentava sinais de cansaço. — Também irei dormir um pouco.

E apenas James e Helena se mantiveram ali.

— Nos vemos depois — diz a garota, enquanto se espreguiçava e caminhava em direção ao bosque. James também se levantou e seguiu pelo mesmo caminho que ela fez.

Ela estava mais leve, isso era fato, depois de ele ter amenizado as suas memórias, mas ainda era possível ver o olhar determinado presente em si.

— Agora, sim, devo presumir que está me seguindo — diz ela ao notar sua presença há alguns passos de distância.

— Desta vez não posso discordar. — Ele cruza braços e se escora em uma árvore, observando-a. — Vai treinar?

— Estou precisando — responde enquanto colocava as luvas.

— Está? — Ele ergue a sobrancelha, interrogativo. — Você tem a força de mil homens e acha que está precisando treinar mais?

— Da última vez que enfrentamos os Zekens não fui muito útil, porque não havia nada com água que eu pudesse utilizar, então preciso treinar com as armas que tenho — Helena responde, alongando os braços. — Não posso depender de você toda vez que estivermos sob ataque.

— Por que você colocou isso na cabeça? Foi uma circunstância da luta, por isso eu te ajudei — ele suspira e volta a olhá-la. — Você não está precisando treinar mais.

Ela nada mais falou, apenas respirou fundo e se sentou escorando-se em uma árvore.

— Você já tentou usar a água presente no ambiente? — ele questiona chamando a atenção dela.

— Como assim? — A conversa estava ficando interessante.

— Há água em todo lugar, nas árvores, no solo, nas plantas — responde James, também se sentando no tronco. — Pode aprender a controlá-las, assim nunca vai ficar sem o seu elemento.

— Assim como pode pegar a eletricidade das casas e prédios?

— Exato — responde ele, surpreso com o raciocínio rápido dela.

— Nunca tinha pensado nisso, de fato é uma ótima ideia, eu nunca ficaria fora de uma luta — comenta ela pensativa, e o moreno acena em concordância. — E por que nunca tentou aperfeiçoar seus poderes oculares?

— Bruce não achou prudente. Segundo ele, estaríamos aprofundando um poder que não tínhamos conhecimento.

— Se fosse por isso, não aprofundaríamos poder nenhum — ela responde franzindo o cenho pela fala do mentor dele.

— Tem razão. — Ele saiu dos seus pensamentos quando ouviu a voz dela. — Façamos um trato, então.

— Que tipo de trato?

— Eu ajudo você a treinar seu poder, retirando a água do ambiente, e você me ajuda a aprofundar meu poder ocular — sugere ele, e ela pareceu ponderar por alguns segundos.

— Combinado.

Helena se levantou e caminhou até perto dele, sentando-se ao seu lado com as pernas em posição de meditação.

— O que devo fazer? — perguntou ela observando.

— Sinta tudo a sua volta — ele respondeu arrumando a postura e copiando a posição de suas pernas. — Feche os olhos e concentre-se apenas em sua respiração, nos movimentos que as folhas das árvores fazem quando se chocam com o vento que passa por elas.

Helena fechou os olhos e fez o que o Número Quatro disse, sua concentração girava em torno da voz dele, e depois dá lugar aos galhos mais próximos. Ela limpou sua mente, sentindo o vento perpassar por seu rosto e tornou a prestar atenção nas folhas que se mexiam levemente. Começou a desenhar em sua mente o próprio movimento delas e então se ateve a pensar na água que fazia parte daquela pequena folha. Era como se conseguisse imaginar as gotículas de água sob ela.

A garota, então, abriu os olhos e se levantou devagar, ainda com a imagem que acabara de formar presente em sua mente. Ela ergueu os braços e os direcionou às folhas que havia usado como base, flexionando-os e forçando suas veias a puxarem a água presente nas folhas.

James continuava a observá-la e era interessante ver quanto ela era determinada e concentrada no que estava fazendo.

Helena sorriu quando viu o líquido vindo em sua direção e formando uma pequena bolha de água a poucos metros. Ela olhou para James, como se indicasse com o olhar que ele tinha razão, e ele retribuiu o sorriso lançado a ele. A Número Cinco deixou o círculo se desmanchar sob si, e então repetiu o mesmo processo no chão, conseguindo tirar daquele misto de terra e grama o pouco que continha de água.

Ela sentou-se novamente ao lado dele e sentiu seus músculos reclamarem. Sabia que, apesar de ser algo teoricamente fácil, desenvolver os poderes sempre era difícil e desgastante, com o tempo ia ficando automático e as dores diminuíam.

— Você conseguiu — ele disse em um tom calmo, internamente estava orgulhoso e um tanto surpreso pela facilidade, apesar do cansaço, com que ela havia feito aquilo.

Helena subiu o olhar para as folhas das quais tirou a água e seu sorriso sumiu na hora. Elas haviam secado e agora o tom esverdeado não se fazia mais presente, dando lugar a um amarronzado seco e quebradiço.

— Sim, mas eu as matei — diz enquanto refletia sobre o porquê de todos os seus poderes fazerem outras pessoas e coisas vivas morrerem.

— É o preço, Helena — ele respondeu. — Não tem que se culpar por isso, apenas tem que usufruir dos poderes quando for necessário.

Helena subiu o olhar para ele e suspirou, talvez o moreno tivesse razão. Ela não tinha escolha a não ser usar esses dons para deter os Zekens quando precisasse. Mas, em todo caso, usaria apenas quando não tivesse outra opção.

— Certo, agora você.

Ela arrumou sua posição, sentando-se de frente para ele e inclinou o seu corpo, ficando com o rosto mais próximo dele, de modo que seu contato visual se acentuasse. Nunca tinha parado para pensar no que James representava para ela, até porque, quando o conheceu, o julgou como alguém mesquinho e egoísta. Mas agora, com tanta proximidade entre os dois, e observando o rosto fino dele, o modo como ele comprimia os lábios — talvez por estarem tão perto um do outro — e como ele franzia as sobrancelhas era, de certa forma, contagiante.

— A dor que senti hoje pela manhã ao usar este poder foi menor do que a de ontem — James fala em tom baixo e ela sai de seus pensamentos.

— Então conforme você usa eles, a dor fica menor — completou o raciocínio. — Vamos, me use como cobaia.

James sorriu de canto e aproximou mais ainda o seu rosto do dela, e logo se viu dentro de sua cabeça novamente. Ele não iria mexer nas suas memórias como da última vez, apenas iria vasculhar a mente dela de modo que forçasse sua cabeça para estimular o poder ocular.

Por alguns instantes se viu em algumas memórias dela, e uma em especial lhe chamou atenção: quando ela viu Bruce sorrir ao ver Shinden sucumbir. Ela tinha falado a verdade, era notável o porquê de ela não gostar de seu mentor. Naquele momento, nem James — que fora criado por ele — estava sentindo empatia por Bruce.

Seguiu para outra memória e viu Helena treinando com Alejandra e, em uma conversa entre as duas, a garota pede um tempo para descansar e se senta exausta no chão. Com certeza aquilo acontecera há anos atrás, porque ela era visivelmente mais nova. Sua mentora caminhou até ela e, de maneira ríspida, a levantou e gritou, dizendo que estava lhe fazendo um favor ao lhe ensinar tudo que sabia.

E então aparece a lembrança do que certamente aconteceu horas depois: Helena chorando no seu quarto durante a noite, logo após acordar de um dos seus pesadelos. Ela caminhou até a sala da pequena casa que elas moravam e se sentou no sofá abraçando as pernas junto ao corpo. Minutos após, sua mentora sai do quarto e, chegando perto dela, a abraça sem nada dizer, apenas permitindo que Helena tivesse um ombro amigo enquanto chorava pelas lembranças do passado.

James já sentia as dores começarem a aparecer e com isso saiu da mente dela, sendo observada por uma Helena curiosa quando retornou.

— Você está bem? — perguntou a garota, já levando as mãos até o rosto dele para diminuir a sua dor.

— Sim, apesar de cansado, já não dói tanto — responde ele, fechando os olhos ao sentir seu corpo relaxar.

— Então está funcionando, você ficou bastante tempo lá, James — comenta distraída, e o Número Quatro abriu os olhos com tal frase.

Ele a observou enquanto ela terminava a sua tarefa sem nada dizer. E não pôde deixar de pensar no fato de que, em alguns dias, a visão que ele tinha de Helena mudou completamente. De início, ele a via como uma incógnita e como alguém que poderia lhe ser útil no futuro, alguém forte e que, se ele precisasse, poderia usar para se beneficiar. Mas, naquele momento, percebia que ela também era uma... pessoa. Que apesar de forte e guerreira, ela tinha sentimentos, e sofria pelas lembranças como qualquer um... como ele mesmo.

Talvez ele estivesse chegando à conclusão de que poderia estar se aproximando dela e Lorenzo, e de que estava cometendo o mesmo erro que cometeu ao aceitar a amizade de William: *estava se apegando.*

— Por que me deixa entrar na sua mente, Helena? — pergunta, e ela o olha interrogativa, então ele continua a falar. — Não acha que eu possa usar alguma informação que vi lá contra você?

— Eu também já estive em sua mente, James — explica ela com as sobrancelhas franzidas, não entendendo aonde ele queria chegar. — Por quê? Você as usaria contra mim?

Ele não responde, apenas continua a observá-la. Talvez perguntar isso a ela, da maneira que o fez, não tenha sido uma boa ideia.

— James? — ela perguntou novamente, já com um semblante fechado e se afastando um pouco. — Você usaria minhas memórias contra mim?

— Não foi o que eu disse — ele rebateu suspirando. — Estou perguntando por que você confia tanto em mim.

Ela continua a olhá-lo com uma expressão séria, como se refletisse sobre o que ele perguntou, talvez nem ela tivesse parado para pensar nisso.

Por que ela confiava tanto no Número Quatro?

— Você esteve na minha mente, também estive na sua. Seu segredo estava seguro comigo, então estou supondo que o que está descobrindo sobre mim também se manterá da mesma forma.

A garota falou rápido, não deixando de encará-lo nem um segundo. James acena com a cabeça, em concordância para as palavras dela. No fundo, ele também sabia que nada diria sobre as coisas que ela permitiu que ele conhecesse.

Helena se levantou e saiu sem nada mais dizer, ainda pensando sobre o que aconteceu entre eles agora há pouco. James, por sua vez, também se levanta e segue o mesmo caminho feito por ela, se culpando mentalmente por não expressar o que realmente estava pensando.

Quando retornaram ao acampamento, Lorenzo e William já haviam acordado e Helena percebeu que demoraram mais do que imaginava.

— Onde estavam? — pergunta o ruivo com um semblante sério.

— Por aí, Enzo — responde ela, sem muita paciência.

William estava sentado em cima da moto com uma expressão de tédio, e Lorenzo, ao que parecia, ficou em pé esperando o retorno dos dois.

— Vou tomar um banho no riacho — diz ela depois de entrar na sua barraca e retirar uma camiseta leve e uma bermuda. — Alguém vai?

— Só se for agora, Helena! — grita o Número Seis, correndo até sua barraca para pegar uma roupa para usar.

Ela deu risada, que não foi acompanhada igualmente por Lorenzo e James, que observavam tudo em silêncio. O ruivo já estava estressado pelo sumiço de Helena junto do moreno e este estava chateado pelo modo como sua conversa com a garota terminou.

Assim que William se aprontou, a garota seguiu com ele até o riacho. E em minutos já era possível ver a silhueta dos Números Três e Quatro perto de onde estavam.

— Está para nascer pessoas mais rabugentas que esses dois — diz o loiro para Helena, como se confidenciasse um segredo, e ela deu risada balançando a cabeça.

Ela e William já estavam com as roupas que usariam para tomar banho — tiveram que usar o que tinham ali, afinal, não dispunham de vestimenta apropriada — e entraram no riacho. A água estava morna, já era mais da metade da tarde, e Helena sentiu-se muito bem por poder, finalmente, aproveitar os benefícios que o seu elemento trazia ao seu corpo.

Não eram os únicos que se banhavam lá, havia mais algumas crianças com seus pais e também havia um grupo de rapazes. Alguns olhavam para Helena de canto, e quando Lorenzo percebeu, fechou ainda mais o seu semblante.

Helena mergulhava no riacho enquanto William balançava seus braços e pernas lentamente até submergir completamente o seu corpo. O moreno e o ruivo se sentaram em algumas rochas que havia ali e apenas observaram os amigos dentro do pequeno rio.

Para a garota, as propriedades curativas que a água trazia ao seu corpo estavam fazendo muito bem, mesmo que ela não estivesse ferida, sentia que era como uma bateria que estava recarregando. Ela ficou com o corpo submerso sob a água enquanto dava passadas com as pernas e mexia os braços para impulsionar o seu corpo. Quando o fôlego terminou, ela se deixou levantar e flutuar até a superfície e logo respirou fundo ao sentir o vento gélido que passava por ali.

Olhou para os lados e viu que era observada pelo grupo de homens que estava se banhando também. Um deles — que a estudava mais detalhadamente — era ruivo e possuía um corpo atlético, suas feições eram parecidas com as de Lorenzo, mas o sorriso presunçoso que tinha nos lábios e o olhar sugestivo nunca tinham sido dirigidos a ela por parte do amigo.

O que estava ao lado do ruivo possuía cabelos loiros e compridos. Helena deu risada sozinha ao perceber que o cabelo do homem era mais bem cuidado do que o seu, e notou quanto era vaidoso, afinal, só tirou os olhos dela para passar a mão por seus cabelos, como se estivesse verificando se as madeixas estavam no lugar.

Helena continuou o seu trajeto, nadando levemente e vez ou outra impulsionava o seu corpo para baixo da água. Observou os amigos e viu que William já havia abandonado o banho de riacho e se acomodado ao lado de James, agora os três estavam sentados nas rochas presentes na margem. Decidiu dar mais uma volta e retornar até eles.

Já eles, que observavam a companheira nadar graciosamente, não estavam nem pouco felizes ao escutar as risadas que vinham do grupo ao lado. James observava que eles falavam entre si, para depois olharem para Helena novamente, e por alguma razão sentia que a raiva estava começando a se fazer presente e seus olhos estavam queimando.

— James. — Ouviu William lhe chamar e voltou-se para ele e Lorenzo. — Cara, seus olhos estão vermelhos, se controla aí.

O moreno franze as sobrancelhas, ele nem havia percebido que seu poder ocular estava ativo.

— Você está bem? — pergunta Helena, saindo do riacho e vendo a cor de seus olhos. — James?

Ela novamente o indagou, e o Número Quatro fechou os olhos por alguns segundos, respirando fundo, e quando os abriu eles já tinham a coloração normal.

— Estou bem — ele responde, ainda recebendo um olhar desconfiado da garota, que já estava enrolada na toalha, enquanto voltavam para o acampamento.

Quando a noite caiu, os números presumiram que os mentores realmente pernoitariam na cidade. Então fizeram uma fogueira próxima das barracas e se sentaram em pequenos troncos de árvores para apreciarem o calor do fogo e observar o céu mais estrelado que já viram.

William havia conseguido comprar em uma lojinha do camping alguns *marshmallows* para assarem no fogo, coisa que Helena aprovou prontamente, já que nunca havia comido aquilo.

— Realmente, até que é gostoso — ela diz enquanto mordia mais um pedaço em seu espeto.

— Eu não falei? É que nem nos filmes — o loiro diz sorrindo, pegando mais uma bolinha branca para colocar no espeto. — Esse lugar até que é legal, né?

— É, sim — Helena responde olhando para o céu escuro, mas estonteantemente claro com tantas estrelas espalhadas por ele. — Podíamos fazer algo, não é?

— Nada de se mostrar para os humanos, coisa rosa.

— Eu não me mostrei para ninguém, idiota! E não estou sugerindo algo para que tenhamos que sair daqui — ela vocifera para o ruivo. — Talvez algum jogo, ou algo assim. Não estou com sono.

— Concordo! Seria uma boa. — O loiro se antecipa com a boca cheia, recebendo um olhar de censura da garota, deixando-o acanhado e engolindo, por fim. — Desculpe, mas podíamos brincar de algo que eu já vi...

— Nos filmes? — Lorenzo interrompe revirando os olhos.

— Não! Que eu já vi os humanos jogarem... algo que se chamava *Eu Nunca.*

— E como se joga isso? — o ruivo perguntou, colocando outro *marshmallow* para assar.

— Se eu me lembro bem, um de nós tem que iniciar falando que nunca fez alguma coisa, daí os outros têm que dizer se nunca fizeram aquilo também ou se já chegaram a fazer, mas aqueles que já fizeram aquela coisa, precisam tomar uma dose de uma bebida e assim vai.

— Parece divertido! — Helena concorda.

— Vai ajudar a nos conhecermos melhor — alega William.

— É, eu também topo — Lorenzo responde assentindo. — E você, Quatro?

— Não tenho outra escolha, tenho?

— Não, você não tem — William responde comemorando. — Só precisamos das bebidas.

— Eu vou lá comprar algumas naquela loja, já volto — Lorenzo avisa, já se levantando e seguindo para o lugar.

Enquanto isso, Helena pegou um casaco em sua mochila para vestir, visto que já estava começando a esfriar.

— Você não vai ficar com isso por muito tempo, Helena — William comenta, achando graça da cara emburrada que ela fez.

— Não sou tão arruaceira para já ter feito certas coisas, Will, tanto que não pretendo ficar bêbada.

— Claro, se você diz — ele responde ainda sorrindo, vendo o ruivo retornar com algumas garrafas de Vodka e Whisky em mãos. — Vamos começar!

Assim que Lorenzo se senta ao lado de Helena, ele questiona quem seria o primeiro.

— Pode deixar que eu começo. — O loiro obviamente se antecipa com empolgação. — Eu nunca apanhei em uma luta.

Com tal pergunta, todos se entreolharam desentendendo tal pergunta tão óbvia. Todos ali já haviam levado uma surra em algum momento.

— Mas que pergunta ridícula é essa, Will? — Helena questiona com as sobrancelhas arqueadas.

— É uma simples, para todos entenderem como funciona e, claro, tomar a primeira dose.

— Ora, seu... Eu não vou beber — ela diz com o tom irritado.

— Deixa disso, coisa rosa, todo mundo aqui já apanhou alguma vez! — Lorenzo se vira para ela com o tom sarcástico, estendendo-lhe a garrafa. — Se não quer assumir que já levou uma surra de Zekens, pode dizer que apanhou da Alejandra. É menos feio.

— Hum, seu cabeça de fósforo! — Ela revira os olhos sem ter alternativa e entorna a primeira dose no gargalo, fazendo uma careta, logo em seguida, com o gosto amargo da bebida. Ela passa para o moreno ao seu lado que, assim como ela, vira a garrafa na boca tomando seu primeiro gole, mas sem demonstrar muita reação. Em seguida, foi William, que torceu o nariz de forma engraçada, fazendo Helena rir.

— Esse negócio é forte, né? — ele resmunga com os olhos levemente lacrimejados.

— É, sim. — A garota de cabelos castanhos responde e logo sorri diabólica. — Agora é a minha vez. Eu nunca... Roubei um carro.

Todos os rapazes bufam com a vingança da garota e entornam outro gole sem contestarem nada.

— Eu nunca... — Lorenzo inicia, alargando o sorriso em direção à Helena. — Eu nunca me despi sem trancar a porta.

A garota arregala os olhos com a cutucada de Lorenzo e, sem dizer nada, toma a garrafa com certa brutalidade das mãos dele e vira sua dose sentindo novamente o líquido rasgar sua garganta.

Depois dela, todos olham para James, que seria o próximo. Este suspira com os olhos fechados e, ao abri-los, estes estão com um ar risonho.

— Eu nunca me declarei para uma garota bêbado e levei um fora.

Helena vê William torcer o beiço e puxar a garrafa para beber, mas se surpreende ao ver Lorenzo estendendo a mão para apanhar a garrafa do loiro e entornar, assim como ele. Com isso, ela solta uma gargalhada gostosa que, logo foi acompanhada.

Conhecia muito bem o ruivo, mas certas *pagações* de mico, sabia que ele não confidenciava a ela.

— Eu nunca... — William começa pensando no que diria. — Nunca tive uma briga de bar.

E assim como esperado, Helena e Lorenzo reviram os olhos, pois obviamente, eles seriam os únicos a virar mais uma dose.

— Eu nunca interagi por muito tempo com humanos — a garota diz, suspirando logo em seguida.

Com isso, apenas William e Lorenzo que viram mais uma dose já sentindo suas gargantas adormecerem.

— Eu nunca fiz apostas em jogos de azar — Lorenzo fala olhando as feições de todos sorrirem, até porque, ninguém precisou beber nada. — Que bom, ninguém aqui é viciado.

— Claro — James responde revirando os olhos. — Bom, eu nunca liguei verdadeiramente para os humanos.

Confirmando suas teorias, ele vê os três tomarem de mais uma dose.

— Eu nunca matei humanos — William diz com a cabeça um pouco baixa, pois no fundo, sabia que ele era o único ali que nunca fizera tal coisa.

E como esperado, todos os três tomaram mais uma dose, mas ninguém ousou dizer nada.

— Eu nunca... — Lorenzo suspira um pouco apático. — Nunca me apaixonei de verdade.

Ele vê todos ali anuindo com a questão de Lorenzo, no entanto, a garrafa nas mãos de James tremem e por algum motivo, ele olha rapidamente para Helena que sorria minimamente para o ruivo.

Ela coloca uma mão no ombro do amigo e o aperta, tentando passar compreensão. Sabia que há muito tempo Enzo pensou estar realmente gostando de alguém, mas perdeu qualquer que fosse suas esperanças ou expectativas ao ver que a suposta garota não pareceu corresponder e, simplesmente, se afeiçoou a um outro rapaz, ignorando o Número Três.

Todavia, ele não sofreu. Descobriu que aquilo fora apenas atração e uma tentativa desesperada de querer sentir o que os humanos sentiam quando juntos de quem amam. Assim como lia nos livros que seu irmão dava a ele.

Tais recordações poderiam tê-lo deixando um tanto sentimental – ainda mais depois de tantas doses que o ruivo não conseguiu escapar de beber.

– Acho que já chega por hoje, não? – ela questiona vendo William também não muito bem.

– Concordo. – James assente se levantado e ajudando o loiro ao seu lado que, ao imitar o movimento do amigo, sente uma vertigem e quase cai.

– Vamos nos deitar e amanhã cedo nos livramos dessas garrafas – a garota diz, apontando para as garrafas vazias no chão. – Se Alejandra vir isso, não quero nem imaginar o que ela vai fazer.

– Do que adiantará esconder se a gente acordar de ressaca? – Lorenzo indaga sorrindo ladino.

– Talvez um soco meu faça sua ressaca sarar.

– Sua bruta – ele responde fazendo bico. – Boa noite, então, depois dessa vou dormir.

Ela sorri vendo seu amigo cambalear para dentro de sua barraca e fechar o zíper com certa dificuldade.

– Você consegue ajudar ele? – ela pergunta para James, que escorava o loiro no ombro. – Precisa de ajuda?

Entretanto, antes que o moreno pudesse ter a chance de negar, ambos escutam a voz de Lorenzo um tanto alterada, gritando de dentro de sua barraca.

– Para ele você oferece ajuda, não é?

Ela revira os olhos, entediada.

– Vai dormir, Lorenzo. – Ralha antes de se virar em direção à sua barraca, desgostosa com a atitude infantil do ruivo.

James, porém, não pôde deixar de esboçar um pequeno sorriso de canto por, de uma maneira, até mesmo torta, ter conseguido perceber que depois de tanto tempo... *não estava sozinho.*

XI

Acordou sentindo a movimentação no lado de fora de sua barraca, e já se manteve em alerta no mesmo instante.

Helena abriu o zíper devagar e impulsionou o seu corpo para fora, relaxando logo em seguida ao ver Alejandra resmungando baixo por conta das garrafas de bebida encostadas nos troncos que usaram de apoio na noite passada, ao redor da fogueira.

A loira, ao notar sua presença, virou-se para ela, olhando-a com um ar desconfiado.

— Espero que tenham uma boa explicação para essas garrafas, Helena — diz cruzando os braços em frente ao corpo e levantando uma sobrancelha.

— Não há o que contestar. — Deu de ombros a mais nova, voltando para dentro da sua barraca.

Precisava trocar de roupa e sabia que logo sua mentora começaria a gritar e a pedir que todos se levantassem logo.

Após terminar de organizar as suas coisas, saiu da barraca novamente e não conteve a risada ao ver Robert gritar na tentativa de acordar William. Lorenzo estava escorado no carro e massageando as têmporas com uma das mãos, pelo visto, a ressaca estava grande. James também já estava acordado e terminando de colocar a barraca já desmontada dentro do seu respectivo saco.

A garota terminou de desmontar a sua e seguiu até o ruivo, que suspirou assim que ela se aproximou.

— Não venha me dar sermão, coisa rosa — ele diz antes mesmo que ela abrisse a boca. — Sei que exagerei.

— Eu nem falei nada! — ela afirma, fazendo a cara mais sínica que consegue, para logo cair na risada e dar um *soquinho* no ombro dele. — Mas que eu avisei... eu avisei!

Lorenzo revirou os olhos e nada mais falou, olhando James caminhar até William, balançando a cabeça negativamente, para logo ouvir o moreno ralhá-lo por conta da demora dele.

— Os olhos dele ficaram vermelhos ontem porque ele viu os caras falando de você no riacho. — Lorenzo profere em um tom baixo, ainda mirando o moreno.

— Por que diz isso? — ela pergunta enquanto cruza os braços e agora também observava os Números Quatro e Seis terminarem de arrumar a bagunça do loiro.

— Ele ficou irritado por alguém estar mexendo com você.

— Não seja bobo. — Helena então olhou para o amigo. — Você está pensando demais, cabeça de fósforo.

— Não venha me enganar, Helena. — Ele ignora a risada que ela deu ao proferir aquele apelido que tanto odiava e voltou a ficar sério. — Sei que estão se aproximando.

— Enzo, estamos treinando juntos, ele está me ajudando com o meu controle com a água e eu com o poder ocular dele — diz ela, se aproximando do ruivo. — Não há nada de mais. Por favor, pare com isso.

— Pode ser que para você não seja nada de mais, mas se ele está deixando você se aproximar, pode ter certeza de que para ele significa algo, Helena. — O amigo voltou-se para ela, observando seu olhar confuso. — Apenas... tome cuidado, o.k.?

— Como quiser — responde ela, ainda sem entender direito o que ele quis dizer.

Não demorou muito para que todos estivessem prontos para partir. William arrumou suas coisas na *Lola* e aguardou até que Robert desse a partida no carro.

Helena foi a primeira a entrar no carro e Lorenzo logo a acompanhou, sendo seguido por James, ficando o ruivo no meio.

A garota de cabelos castanhos não pôde deixar de pensar nas palavras do amigo, afinal, eles estavam se aproximando, sim, mas qual o problema disso? Para ela, sempre fora tão difícil se relacionar com as pessoas, sempre fora exaustivo manter um diálogo e as únicas pessoas com as quais ela conseguiu tal feito com facilidade fora Alejandra e Lorenzo.

Claro que a afinidade dela com o ruivo fora nítida desde a primeira vez que Ruan se encontrou com a loira, meses após eles chegarem à Terra.

Lembrava-se até hoje de quando viu aquele garotinho ruivo e choroso agarrado às pernas do irmão. E mesmo quando o mais velho se agachou e sugeriu que ele fosse até a menina e cumprimentasse a nova 'amiguinha', ele hesitou. Talvez fosse por isso que ambos se deram tão bem, afinal, os dois eram deslocados e com problemas para se relacionar.

E com James talvez não estivesse sendo diferente. Ele, assim como ela, era misterioso e tinha os seus fantasmas, os quais sempre tentava afastar.

A viagem transcorreu normalmente sem a intervenção de nenhum conflito com Zekens – coisa que deixou os mentores em uma balança de sentimento. Por um lado, era bom, pois seguiriam sem maiores problemas, mas, por outro, aquilo os inquietava. Agora que os Zekens estavam mais vorazes nas caças, o fato de estarem sumidos era algo a se estranhar.

Só torciam para que nada mais grave viesse a surpreendê-los mais tarde.

– Achei que iríamos por cidades menos movimentadas, Alejandra. – Comentou Lorenzo, após um bocejo, observando os grandes prédios que começavam a cercá-los, ao entrarem em uma rua movimentada.

– Já estamos nos aproximando de Omaha, não há como não passar por aqui – respondeu a loira, que estava agora no banco do carona.

Helena dormia ao lado do amigo, enquanto James observava as pessoas que caminhavam na rua calmamente. O Número Três passou também a olhar para fora do carro, estranhando um pouco a quantidade de humanos ao seu redor.

Minutos após, Alejandra resmungou ao grisalho para que estacionasse o carro em uma das poucas vagas disponíveis em frente a um grande prédio. Pediu também que Lorenzo acordasse Helena e o ruivo o fez, dando leves cutucadas na amiga.

A mentora da Número Cinco saiu do carro e todos a observaram com um olhar de indagação. Ela revirou os olhos e gritou para que saíssem logo do veículo.

– O que estamos fazendo aqui? – pergunta Helena, ainda sem entender o que iriam fazer naquele local, e franziu mais as sobrancelhas quando viu a vitrine e a grande fachada que dizia 'shopping'.

— Precisamos comprar algumas roupas decentes, parecemos mendigos — responde a loira, já entrando no recinto assim que viu William se juntar a eles.

— Desde quando se preocupa com isso, Ale? — pergunta Robert, enquanto caminhava ao seu lado.

— Estamos indo para uma cidade mais movimentada, até agora estávamos perto de colonos.

Helena revirou os olhos e seguiu com os demais para dentro da primeira loja. Não que tivesse alguma vontade de 'fazer compras', já que sempre foi mais adepta a treinamentos e lutas do que de coisas de meninas propriamente ditas, todavia, não podia discordar de sua mentora.

A cidade onde Dylan — o Número Sete — estava, segundo Robert, era bem mais movimentada com humanos e não seria algo muito elegante de se ver eles perambulando por lá com as roupas em trapos depois de tudo que passaram.

Entrou na ala feminina junto da loira e foi direto para a parte das camisetas, olhando cada uma delas e torcendo o nariz por parecerem tão chamativas com aquelas cores de verão.

Olhou ao redor e viu várias mulheres se divertindo e se perdendo em meio àquele mundaréu de roupas. Elas pareciam tão bem-humoradas ao realizar aquela prática — queria poder entender o porquê de tanto alvoroço.

Mais à frente viu uma mãe com sua filha de, aparentemente, quinze anos, escolhendo roupas para a mais jovem e uma harmonia tão bonita. Ambas esbanjavam sorrisos e até mesmo riam quando a mãe pegava uma peça e colocava sobre o corpo da jovem imaginando se o modelo serviria ou não.

Sorriu fraco ao vê-las passarem por ela ainda rindo de algo, mas as duas com suas peças devidamente escolhidas. Confessava que nunca teve uma interação tão íntima assim com Alejandra, uma vez que havia ido comprar roupas pouquíssimas vezes e, na maioria delas, não eram roupas muito bonitas, mas sim o suficiente para trocar os trapos que usava para treinar.

Fora elas, a garota sempre costumava usar sua calça jeans já velha e uma camiseta cumprida. Não ligava necessariamente para a aparência, até porque, nunca quis impressionar ninguém.

Lorenzo sempre foi o mais despojado para isso. Ele e Ruan gostavam do estilo dos humanos e sempre apareciam com roupas diferentes, coisa que fez o ruivo se tornar cada vez mais adepto aos costumes deles.

Suspirou desanimada.

Não sabia fazer aquilo.

"Por que tudo tinha que ser tão complicado para ela?"

— Querida. — Ela escuta a voz de Alejandra atrás dela e a olha por cima dos ombros, mas se surpreende ao ver a loira segurando uma pequena pilha de roupas. — Deixe essas camisetas para lá, você não vai treinar, peguei algumas peças para você.

A garota olha por cima as roupas que sua mentora pegou e arregala os olhos puxando uma peça que, até então, nunca havia usado e tampouco imaginou que experimentaria uma.

— O que é isso? — questiona ainda atônita enquanto avaliava a peça.

— Uma saia, *oras* — a outra responde dando de ombros. — Venha! O provador é logo ali, quero você experimentando esses modelos e depois escolhendo algo de sua preferência.

— Mas, Alejandra, são muitas e... tem roupas aí que acho que não vão ficar bem em mim — responde puxando agora uma regata vermelha com um decote comportado, mas o suficiente para avermelhar seu rosto.

— Helena, você é uma moça muito bonita, precisa usar algo que demonstre ainda mais o que você é. Peço desculpas por não poder ter feito isso antes — diz, deixando seus ombros caírem com o rosto entristecido.

— O que quer dizer?

— Era difícil arrumar dinheiro naquela época, querida. Sempre tive que economizar, porque não ganhava muito ensinando defesa pessoal para aqueles mimados da academia — Ela suspira torcendo o cenho. — Eu dizia que precisava de roupas para o treino, mas, na verdade, não podia comprar algo que realmente você merecia usar. Espero que, quando tudo isso acabar, possamos ter uma vida melhor e nunca mais deixar nada faltar para você.

— Galia... — Helena começa, mas é parada pela mão levantada da mentora.

— Sem sentimentalismo — diz sorrindo torto, escondendo seus olhos marejados. — Vamos, quero ver você vestida nesta saia e em um vestido lindo que escolhi para você.

A garota sorri ternamente para a loira que por anos a criou como filha. — Pode deixar, mas, se ficar estranho, eu devolvo.

— Sem problemas, vou ficar esperando nessa cadeira. A cada peça que colocar, saia para eu ver — diz já se direcionando até as cadeiras acolchoadas em frente ao provador de cortina vermelha. — Vai lá.

— Certo.

Sem mais demora, Helena entra no provador pendurando as roupas que experimentaria e começa sua primeira sessão de prova.

Primeiro colocou a tal saia e a regata vermelha. A saia era levemente rodada, na cor preta, ia um pouco acima dos joelhos; já a regata colou em seu corpo de tal forma que destacava suas curvas e acentuava seus seios médios.

Ela se olhou no espelho e não pôde conter um pequeno sorriso ao se ver refletida nele. De fato, nunca se imaginou sentindo-se tão feminina como agora. Ela estava bonita. Assim como as mulheres que viu na loja. Começou a sentir ao menos uma parcela daquela mesma animação que elas estavam.

— Helena, saia logo, quero ver você.

E atendendo ao pedido da loira, ela saiu um pouco envergonhada, mas foi ao ver a cara de espanto e as mãos da loira se unirem na altura do coração que ela pôde ver quanto queria ter mais momentos como aquele.

Bom, foi isso o que pensou durante os dez primeiros minutos de trocas de roupas, pois, após começar a receber peças e mais peças para experimentar, começou a se cansar.

Alejandra estava exagerando.

— Vou tomar uma água — avisou já fugindo de mais uma leva de roupas que Alejandra estava colocando em frente dela. — Estou satisfeita, Ale, obrigada pela ajuda.

— Tem certeza? Tem umas calças bonitas ali atrás.

— Não, já pegamos demais, agora você quem tem que pegar roupas para você.

A loira faz uma expressão desgostosa, mas logo bufa assentindo depois de olhar a pilha que já havia feito a garota provar e levar. Realmente aquilo já podia ser o bastante.

— Tudo bem, mas não demore.

Sua protegida sorri aliviada e sai em disparada antes que a loira mudasse de ideia. Não aguentava mais ficar um minuto dentro da loja, caminhou até a saída e observou as pessoas que passeavam com as famílias pela praça de alimentação que havia no final do corredor. Havia algumas crianças brincando com a comida enquanto os pais mantinham conversas casuais e também se alimentavam. Era engraçado ver os humanos vivendo suas vidas daquela maneira tão pacata, sem ter a mínima noção que seu mundo era ameaçado pela Rainha Vermelha, e que se os Números falhassem em seu treinamento e sem derrotá-la, tudo estaria perdido.

Observou também as pessoas que entravam e saíam das lojas ao redor da que estavam, e logo sentiu a presença de James ao seu lado.

O garoto suspirou cansado e cruzou os braços, olhando para os humanos assim como ela. Helena ri discretamente de seu estresse e sabia exatamente o que ele estava sentindo.

Ele a olhou esboçando um pequeno sorriso ao ver a morena em um short jeans e uma regata branca. Aquilo era novo, até porque não a tinha visto em vestes como aquela desde que se conheceram.

Não que se importasse, Helena era uma moça bonita de qualquer forma, mas não negava que seu visual lhe agradou ainda mais aos olhos. Mas é claro, não poderia dizer isso em voz alta, já que Lorenzo cismava em ficar em cima dele de uns tempos para cá.

— Também não aguenta mais um minuto dentro da loja? — pergunta ela com um sorriso de canto.

— Não. — Ele acena em concordância, ainda sem olhar para ela, e franze o cenho para uma figura em especial.

Helena, que estava voltada para ele, correu sua visão para o mesmo lugar que ele olhava.

Um Zeken.

Ele caminhava lentamente olhando para um humano que passava.

— O que ele está fazendo aqui? — indaga a garota em um tom baixo.

— Ele está procurando por nós — responde James, suspirando enquanto começava a caminhar para fora da loja. — Vamos.

— Vamos aonde? — pergunta ela olhando para trás e vendo sua mentora com várias camisetas na mão, medindo uma a uma sob o corpo de Lorenzo e William, enquanto Robert tentava opinar no que era melhor para os garotos. — James?

— Tirá-lo daqui, já imaginou a bagunça que vai dar se ele resolver nos atacar aqui dentro? — indaga o moreno, e Helena ficou séria, acenando com a cabeça.

— Precisamos chamar a atenção dele e levá-lo para fora — diz ela acompanhando o caminhar dele.

— Alguma sugestão?

— Deixa comigo — completa Helena. Ela caminha até a frente do Zeken e logo ele sente sua presença, parando de caminhar e olhando-a com as feições fechadas.

A morena sorri sarcástica a uma distância considerável, gira pelos calcanhares começando a andar em passos rápidos em meio a várias pessoas que passavam por ela e, agora, o Zeken que a seguia.

Suas passadas rápidas aumentaram a velocidade quando notou que o Zeken começou a empurrar algumas pessoas enquanto a seguia.

James vinha logo atrás do Zeken, que pareceu ainda não o notar.

Logo os três saíram do shopping e atravessaram a rua em meio ao tráfego de carros. Alguns buzinavam enraivecidos desviando deles, e outros carros derrapavam os pneus quando o Zeken cruzou e acabou rolado por cima do capô de um carro ao ser atingido.

Com essa deixa, James corre até Helena e segura a mão da garota, puxando-a para a calçada do outro lado e olhando para trás, onde o verme estava.

O Zeken começava a se levantar, ao mesmo tempo em que o motorista do carro saía do veículo com uma mão na cabeça, em puro desespero por ter atropelado alguém.

— Cara, você está bem? — o rapaz pergunta tocando no ombro do Zeken que, instintivamente, segura no braço do homem e o puxa, destroncando seu ombro e fazendo-o gritar de dor.

As pessoas que começaram a circundar o verme e o motorista gritam assustadas e correm ao ver o agressor segurar uma arma estranha e atirar na cabeça do rapaz que se contorcia no chão, segurando o braço quebrado.

Tão logo seus gritos cessaram e o pobre humano parou de respirar.

Helena olha horrorizada para James, que não desviava o olhar da cena.

A intenção deles era sair do meio da multidão para poder nocauteá-lo em um local mais privado, mas pelo que pareceu, naquela cidade não haveria locais vazios — consequentemente, foi inevitável alguém não se machucar.

Ou melhor, morrer.

– Precisamos fazer algo. – Ouviu a morena disparar ao seu lado, tencionando os ombros.

– Não podemos atacá-lo, eles vão nos ver – diz se referindo aos humanos.

– Mas você pode fazer um raio cair sobre ele – ela sussurra atordoada.

– Não sem apontar na direção dele e todos verem eu controlar a descarga elétrica.

Helena prende a respiração com temor.

Deveriam ter alertado aos outros e fugido, mas agora estavam naquela situação.

O Zeken caminha até os dois e, finalmente, aponta sua arma, sorrindo sadicamente, demonstrando seus dentes afiados.

James olha para Helena sugestivamente, segurando seu antebraço e fazendo-a virar para olhá-lo também.

– Podemos fazer juntos – ele propõe, escutando o Zeken engatilhar a arma.

Helena o olha profundamente, demorando um pouco para entender, mas logo a razão cai sobre si e ela compreende.

– Combinando nossos dons.

Ele assente se aproximando mais ao fechar os olhos. Ela nota o seu maxilar se apertar e as sobrancelhas se juntarem. Instantaneamente, Helena sente o ar ficar mais úmido devido às nuvens carregadas que começaram a se formar sobre eles.

Ela se encolhe e, com isso, sente o aperto de James se tornar mais firme – ele estava consciente de suas reações a todo momento – essa era a hora dela.

Com isso, ela fecha os olhos e morde o canto dos lábios com força para que pudesse se concentrar rápido, ou não sobreviveriam.

Logo uma chuva impiedosa começa a cair e cortar o céu raivosa.

O verme resmunga alto e finalmente eles escutam o seu disparo, mas antes que pudesse acertá-los, uma espessa camada de água, estranhamente densa, serpenteia pelo chão até o meio da rua e se ergue detendo o tiro.

Algumas pessoas que insistiam em continuar ali em meio ao perigo, não entendem o que era aquela estranha água viva.

O Zeken urra irado com o feito e começa a disparar mais vezes no pequeno escudo, mas a cada disparo feito em um ponto desprotegido do escudo de água, mais ele se alargava, tomando uma proporção maior devido à força que estava ganhando, graças à chuva forte que, agora, castigava aquele meio.

James abre os olhos notando as feições contraídas da moça à sua frente e quis sorrir com o êxito de sua concentração, mas precisava acabar com aquilo logo.

Já que Helena conseguiu erguer aquele escudo, agora era sua vez de usar o seu dom para destruir aquele verme. E assim o fez.

Levantou a cabeça em direção ao céu que despejava água em cima deles e sentiu as ondas elétricas de cima começarem a se intensificar.

Em um momento, o Zeken estava em pé, despejando os tiros de sua arma sobre o escudo d'água numa tentativa de acertá-los, em outro, estava sendo atingido em cheio por um raio com uma descarga forte o suficiente para fazer os carros parados em volta do seguidor de Kaguyan se arrastarem com brusquidão para longe do ponto onde ele havia caído.

O Zeken virou pó, e no lugar onde o raio atingiu, uma grande cratera se formou.

O moreno abaixa a cabeça e volta seu olhar para Helena, que ainda mantinha seus olhos fechados, e só então notou que o escudo ainda serpenteava no ar, pronto para os proteger de quaisquer outras coisas.

Ele sorri com o feito e afrouxa seu aperto no braço dela, lutando internamente para não se aproximar mais.

Ela continuava ali, absorta ao que acontecia em volta e, só então, tão próximos, ele pode ver como o rosto dela era delicado e, mesmo com a chuva ainda caindo e seus corpos completamente ensopados, ela ainda conseguia ficar linda.

Não soube dizer quanto tempo ficou a admirando, parados em meio à chuva, quase ao lado de uma cratera e sendo protegidos pelo escudo que ela havia criado. Mas tudo aquilo pareceu trivial naquele momento.

Só foi despertar de seu transe quando ouviu Robert lhe gritar da porta do shopping onde uma pequena aglomeração começava a se formar.

Com isso, ele volta para ela e a chama delicadamente.

— Conseguimos, abra os olhos.

Ela abre os olhos piscando algumas vezes devido às gotículas que embaçaram levemente sua visão. Ela olha em volta e percebe o estrago que fizeram.

— James! — Ela o chama atordoada. — Nós precisamos...

— Ir — ele a completa, puxando-a pelo braço até onde o grisalho estava.

No segundo seguinte, Alejandra estaciona o carro em frente a eles e, ao abrirem a porta, saltam para dentro, enquanto a loira acelerava e arrancava com o carro.

— Alguém viu? — a garota perguntou perturbada.

— Os do shopping, não — Robert responde massageando as têmporas. — Os civis de fora viram?

— Não — James responde tirando o casaco molhado e o jogando na parte de trás do banco. — Não incitamos nossos dons. Não poderiam dizer como aquilo tudo aconteceu.

O grisalho anui mais aliviado, mas suas feições ainda continuavam fechadas. — O que estavam fazendo, afinal?

— Levando o Zeken para fora do shopping para não ferir ninguém — a morena responde suspirando e estranhando sua mentora estar calada. Seria ela a primeira a gritar com ela numa hora dessas.

— E conseguiram não ferir ninguém? — Lorenzo pergunta olhando torto para o Número Quatro.

— Não. — Helena toma a palavra fazendo o ruivo olhar para ela. — Dois humanos foram atingidos.

— Feridos? — Robert questiona, desviando o olhar para fora da janela, buscando seu protegido que dirigia a moto laranja ao lado da caminhonete.

— Mortos — James suspira cansado. — Nós tentamos.

O grisalho volta sua atenção para James e comprime os lábios com certo pesar.

— Eu sei que sim.

Após as explicações, ninguém proferiu mais palavra alguma, apenas seguiram viagem em pleno silêncio.

Lorenzo se mantinha quieto, mas inquieto.

A todo momento ele olhava com o rabo do olho para Helena e vez ou outra se esticava para ver o Número Quatro, que aderiu ao hábito de sempre se manter de olhos fechados.

Ele sabia que Helena estava tensa, então não poderia indagá-la quanto ao que viu eles fazerem, mas James não escaparia.

Sabia que os dois estavam se aproximando mais que o normal e, ousava até dizer, que poderia haver até o início de algum sentimento, todavia, ainda não confiava no moreno cem por cento. Precisava de provas de que ele havia mudado e de que não os abandonaria, caso algo acontecesse, apenas para não perder a oportunidade de matar Kaguyan.

Ele mesmo preferia viver em um mundo condenado pela Rainha Vermelha a ver sua amiga sendo morta sem ele nada fazer por puro capricho.

Alejandra havia lhes ensinado o valor de um sacrifício, mas ele mesmo não concordava com tais ideologias. Poderia ser odiado depois do feito, mas nunca a abandonaria, mesmo se com isso perdesse a chance de quebrar o pescoço daquela maldita Rainha.

Por esse motivo, precisava saber.

O fato de James nutrir algo pela amiga não era o seu maior problema, mas sim ter a certeza de que o moreno não era o mesmo que conheceram dias atrás. Precisava saber se ele realmente havia mudado, se ele seria capaz de abandonar tudo para salvar Helena.

Se ele não fosse capaz disso, então não seria digno dela.

A caminhonete passou em um buraco na rua e um xingamento grosseiro foi ouvido por parte de Alejandra, mas foi graças a esse solavanco no veículo que Lorenzo pôde ver o cintilar do brilho rubro do Rubi de Shinden pender no pescoço do Número Quatro.

O olhar esverdeado do ruivo se perdeu na joia e, de certa forma, se surpreendeu com o moreno por ele ainda a estar usando. Achou que aquela luta havia sido apenas para testar suas forças e as apostas tivessem sido um mero capricho. Mas pelo que parecia, aquele não era o caso.

Realmente imaginou que James havia guardado o colar em algum lugar jogado, já que de nada serviria para ele, mas ao vê-lo ainda pendurado no pescoço dele, de fato, podia considerar que aquela luta não havia sido algo presunçoso.

James estava, realmente, cuidando de sua herança de família e do planeta do qual vieram.

Talvez o moreno pudesse realmente provar suas verdadeiras intenções com sua irmã de coração. Todavia, ainda iria questioná-lo sobre tudo isso.

A viagem continuou com eles tendo de realizar uma parada em um posto para abastecerem e pegarem algumas besteiras para comerem.

◘

Não muito longe dali, um rapaz alto, de longos cabelos castanhos, voltava para a casa em que ele e seu mentor residiam.

Ambos esperavam a chegada da pequena caravana de Números e seus mentores até antes do cair da noite. Por esse motivo, voltou da social que estava tendo com seus amigos humanos.

A festa foi próxima de onde moravam, uma casa grande com piscina e bebida à vontade. O rapaz estava levemente alterado, coisa que não passou despercebida pelo mentor, que o recebeu com uma carranca em sua face.

— Está bêbado de novo, Dylan. O que eu te disse sobre essas suas rebeldias? Você não é um humano para agir dessa forma! — O rapaz revira os olhos ouvindo mais um sermão de Erik. — Uma guerra está se aproximando! E se fôssemos atacados neste exato momento?

— Daríamos um jeito — responde com a voz arrastada, enquanto abria a geladeira e apanhava uma garrafa de água. — Não são páreos para nós, mas, de qualquer forma, eles nunca nos atacaram antes, por que fariam agora?

Questionou enquanto bebia diretamente da boca da garrafa, sendo mais uma vez censurado pelo mentor.

— Escute, Dylan. Alejandra e Robert estão chegando. — Ele começa puxando a cadeira e se sentando à mesa. — A Número Um e o Dois morreram junto com seus mentores. Bruce, mentor do Número Quatro morreu da mesma forma como o mentor do Número Três também. Aqueles lacaios de Kaguyan não estão de brincadeira, eles matam sem sentença, então não os subestime.

O rapaz suspira anuindo ao alerta do mentor.

— Você já me disse isso antes — comenta enquanto tirava a camisa e jogava na lata de roupa suja na varanda atrás da casa. — Mas eles são vermes, vamos conseguir nos livrar.

Erik suspira, cansado.

Seu protegido era estupidamente egocêntrico demais, mas não podia reclamar, a culpa disso tudo foi sua.

Quis fazer o mais novo se enturmar com humanos, até porque, quando a Rainha caísse, ele gostaria que seu protegido tivesse uma vida normal, sendo um humano comum. No entanto, sua brecha para isso fez com que Dylan seguisse amizades erradas e, hoje, tornou-se um rapaz mesquinho que adora se divertir e poucas vezes levava algo a sério.

Se preocupava com isso, mas sabia que só após recebessem o primeiro ataque, o Número Sete iria levar as coisas de forma mais atenciosa.

Nada que uma experiência de quase morte não pudesse fazer para mudá-lo. Confessava que, por diversas vezes, esperou serem atacados para mudar isso, mas os vermes não apareciam. Houve vezes que até mesmo saiu da cidade para caçar um deles, mas não os encontrou de qualquer forma.

Esperava, verdadeiramente, que a vinda dos Números e Alejandra e Robert fizesse a cabeça de Dylan mudar.

— Ei, velho! Está me ouvindo?

— Ahn? O quê? — perguntou, vendo Dylan suspirar irritado com os braços cruzados.

— Tem alguma menina no meio deles? — questiona novamente com um sorriso sacana nos lábios.

Erik suspira buscando paciência.

— Sim, o nome dela é Helena e é muito habilidosa.

— Não quero saber se ela é forte ou habilidosa. — O outro ralha massageando a mão pelos cabelos. — Quero saber se ela é bonita.

Seu mentor estreita os olhos e vocifera irritado, enquanto se levantava para sair da cozinha deixando seu protegido ali. O garoto de cabelos compridos olha para a porta por onde Erik passou e suspira sem entender.

— Que isso! Foi uma pergunta simples!! — reclama com a voz alta, mas não adiantou, pois Erik já havia desaparecido casa adentro. — Eu, hein... Só perguntei.

Dylan abre a geladeira mais uma vez e prepara um sanduíche para ele, mas assim que começou a cortar seu pão, ele viu três faróis pararem em frente ao seu quintal, estragando um pouco a grama.

Estreitou os olhos pela janela e pôde ver que se tratava de uma moto – muito bonita por sinal –; por ela desceu um rapaz, e ao lado, uma caminhonete, onde por ela desceu o restante do grupo, mas foi ao ver uma moça com uma interessante tonalidade de castanho em suas madeixas, que fez o rapaz sorrir enquanto chamava pelo seu mentor.

"Tem uma garota, sim... E é bonita"

XII

— Myrin! — grita Erik enquanto caminhava lentamente até o amigo e o recebia com um abraço. — Quanto tempo, velho amigo! Minha nossa, como você envelheceu.

— Nossa, há quanto tempo não me chamam assim! Digo o mesmo de você, Arannis. — O grisalho retribuiu o abraço. — Você engordou, hein.

— Tenho que admitir que a comida dos humanos é muito melhor que a nossa, então não posso discordar. — Ele comenta distraído, colocando a mão sob o queixo, pensativo, para logo voltar para o restante do grupo. — Qual deles é o seu protegido?

— O rapaz loiro — comenta o outro, dando de ombros. — E esse aí é o seu?

Robert observou o garoto que caminhava lentamente da casa até eles, seus cabelos eram compridos e escuros, mas foram os seus olhos que chamaram a atenção do mentor do Número Seis. Certamente sua característica mais marcante, e inconfundível, para quem já viu um membro do clã, o rapaz só poderia ser um *Vesryn*.

— Dylan Johan, é um prazer — diz ele de um modo galanteador ao apertar a sua mão, que fez o grisalho levantar uma sobrancelha.

— Robert, mentor do Número Seis — responde cordialmente, para então indagar. — Johan?

— Mudamos de nome e sobrenome quando chegamos à Terra. — É Erik quem responde. — Mas seu pensamento está correto, Dylan é do clã Vesryn de Shinden.

— Dizem que é um dos clãs mais poderosos de Shinden. — O rapaz de cabelos compridos diz com um sorriso convencido no rosto.

— E um dos mais presunçosos também — Alejandra comenta, revirando os olhos ao se aproximar com os demais Números.

Todos se cumprimentaram e fizeram as devidas apresentações. O grupo estava cansado, havia sido uma viagem cansativa e Helena e James precisavam colocar uma roupa quente, afinal, elas haviam secado junto ao corpo no decorrer da viagem, depois que saíram às pressas do incidente com o Zeken.

Como Erik já os esperava — Robert havia mandado uma mensagem avisando que chegariam para jantar — ele pediu que se direcionassem até a mesa para que pudessem fazer a refeição.

— Não sabia que cozinhava, Erik — diz Alejandra enquanto se deliciava com um pedaço suculento de carne.

— Nos obrigamos a fazer várias coisas nos últimos anos, não é? — comenta ele em um tom gentil.

Seu protegido não tirava os olhos de Helena, várias vezes ela correu seus olhos pela mesa e o pegou observando-a com uma expressão de 'garanhão', da qual ela se forçava a desviar. Teve vontade de confrontá-lo, mas mordeu a língua pensando em como seria ruim já ter uma discussão logo de início.

Lorenzo bufou algumas vezes ao seu lado esquerdo e James se remexeu em seu lado direito, como se estivessem desconfortáveis.

— Então, quais são os elementos que vocês têm? — pergunta Erik, na tentativa de manter um diálogo, já que era visível que o clima estava pesando.

Como nenhum dos Números respondeu, Robert tomou a frente e seguiu narrando ao mentor do Número Sete:

— Lorenzo é Número Três e domina as rochas. James, o Número Quatro, domina o trovão. Helena, a Cinco, a água, e William, o Número Seis, domina o vento.

— Helena domina água, então? — A voz melodiosa de Dylan se faz presente no local, e então se voltam para ele. — Meu elemento é gelo, talvez possamos treinar juntos, se é que me entende.

Helena levantou uma sobrancelha e por um momento se perguntou se ele estava falando sério ou não.

— Não preciso treinar com você para saber que suas habilidades são inferiores às minhas — responde sucinta, e Lorenzo segurou uma risada que claramente foi percebida. William também teve que colocar a mão na boca e James deu um belo sorriso discreto pela resposta ácida dela. — E ainda não tenho tempo a perder com pessoas inconvenientes.

Helena voltou a se alimentar tranquilamente, ignorando o olhar espantado de Dylan, mas segundos depois ele deu um sorriso de canto e tomou alguns goles de suco, nunca tirando o olhar dela.

Aquilo estava a irritando, se sentia uma presa pronta para ser abatida.

— Tem atitude, gostei — ele disse, ainda encarando-a.

— Daqui a pouco a minha mão vai ter atitude na sua cara — diz Lorenzo, mirando o Número Sete com um olhar enfurecido.

— Enzo — diz Helena, ainda mastigando lentamente. — Estamos jantando, eu gostaria de terminar de comer.

Talvez, ao ouvir essas palavras, o amigo relaxasse e não entrasse no jogo do rapaz. Ela ficava feliz por ele defendê-la, mas não se fazia necessário, porque o tal Número Sete parecia um idiota e ela sabia se cuidar sozinha.

— É, *Enzo*, não se preocupe, ela sabe se defender — proferiu Dylan, cruzando os braços. — E se ela precisar de algo, eu posso ajudá-la.

Helena suspirou já imaginando que o ruivo pularia no pescoço de Dylan, e mais uma vez não conseguiriam terminar um jantar sem problemas. Mas foi William que levantou o seu olhar para o Sete e fez uma expressão desgostosa.

— Acho que você deveria se preocupar mais em treinar para deter nossos inimigos do que em ser o garanhão, amigo — William falou de maneira séria, muito diferente de seu tom habitual.

— Não somos amigos. — O rapaz de olhos perolados retrucou, e uma bufada pôde ser ouvida por parte de Erik.

Seu protegido ainda tinha muito o que aprender e amadurecer, coisa que gostou de ver nos Números à sua frente, eles estavam unidos e muito mais preparados para uma guerra do que Dylan. Alejandra e Robert, junto dos mentores falecidos, haviam feito um ótimo trabalho com eles. Coisa que ele não foi capaz.

— Tem razão, não somos seus amigos — proferiu James, fazendo os demais olhá-lo intrigados, já que normalmente o moreno não entrava em provocações. — Mas nós quatro aqui somos, então não brinque com nenhum de nós.

Ela sorriu com suas palavras e ele olhou discretamente para ela, não contendo um repuxar de lábios também.

Como James havia mudado.

William também sorria orgulhoso do amigo e Lorenzo o acompanhou. A cumplicidade entre os quatro estava aumentando e isso era algo bonito de ser apreciado. Dado certo tempo, James revirou os olhos pelas feições bobas dos demais.

O momento entre eles foi interrompido pelo Número Sete, que insistia em chamar a atenção de Helena.

— Não busco amizade, mas posso ganhar algo mais de Helena, se ela quiser. — Ele sorri de um modo debochado.

— Tá legal, já chega, se eu vir você se aproximar dela, eu acabo com a tua raça — salienta Lorenzo ao se levantar da mesa e apontar o dedo para Dylan.

— Não estou entendendo todo esse rancor. É um amor enrustido pela amiga? — pergunta o Número Sete, aumentando ainda mais o seu sorriso.

Lorenzo agora troca a fúria presente em seu rosto por um sorriso debochado e logo se sentou novamente. Fazendo os três amigos olharem com as sobrancelhas levantadas e franzidas.

— Me pegou! Helena e eu namoramos — diz ele ao dar um beijo na bochecha dela, que revirou os olhos. — Não é, Helena?

Ele sabia que provavelmente a garota lhe daria um belo soco na primeira oportunidade por isso, mas preferia isso a ter esse metido do Dylan de olho na amiga.

— É, isso aí — ela respondeu fuzilando-o com os olhos, como se dissesse: *'eu vou matar você'*, e Lorenzo simplesmente sorriu.

Dylan não mais respondeu, aparentemente isso havia sido suficiente para que ele parasse de provocá-los.

O silêncio pairou no local, mas aos poucos Erik, Alejandra e Robert começaram a traçar os novos rumos pelos quais o grupo — agora maior — seguiriam.

Depois do jantar, todos estavam conversando na pequena sala de estar.

Helena queria ir se deitar, foi uma viagem cansativa, mas sua mentora pediu que todos ficassem ali até receberem o retorno da Número Oito.

Demorou cerca de meia hora para que Alejandra recebesse uma mensagem de retorno e, ao visualizá-la, sorriu aliviada.

— Ela virá ao nosso encontro — proferiu a loira, voltando a se sentar no sofá.

— Ótimo, marque um ponto de encontro, assim não precisamos andar muito e ela também não — completou o grisalho ao seu lado.

— A Número Oito não tem mais o seu mentor? — pergunta William, que já bocejava sentado no tapete ao lado de Lorenzo.

— Infelizmente também já está morto — Robert suspirou. — Elisabeth está se virando sozinha há meses.

— Não sabemos muito sobre ela — Alejandra falou ao terminar de responder a mensagem. — E não sei como ela conseguiu me contatar, mas isso é bom, não precisaremos ir atrás dela.

— E o último Número, já tiveram algum sinal dele? — pergunta Lorenzo.

— Não, nem sinal — respondeu o mentor de William. — Nem dele nem de seu mentor Kun. Bom, ao menos sabemos que estão vivos.

— Nosso ponto de encontro será em um mirante na beira do mar. — Alejandra se levantou. — Amanhã nos encontraremos lá, não fica muito longe daqui. Agora vamos descansar, porque sairemos cedo.

◘

Os minutos foram se passando dentro daquela caminhonete silenciosa. Havia um pouco de tensão ainda no ar pelos galanteios de Johan.

Por mais que tivesse ocorrido na noite anterior e que o Número Sete estivesse em outro veículo com seu mentor, ainda não foi o bastante para o ruivo desfazer a carranca. Até mesmo James estava mais silencioso que o normal e isso a estava frustrando.

A única coisa que não deixava o interior da caminhonete em completo silêncio era o barulho do motor somado a Alejandra e Robert discutindo sobre as duas rotas alternativas que teriam para chegar até o mirante.

Suspirou irritada, cruzando os braços e voltando seu olhar para a janela. Estava cansada de toda aquela correria, nem ao menos puderam descansar direito. Não via a hora de todos os Números estarem reunidos para lutarem contra Kaguyan ou ao menos morrerem tentando.

Apenas queria ver o fim de tudo aquilo.

Acomodou-se melhor no encosto estofado e pendeu sua cabeça no ombro do ruivo, inconscientemente, até mesmo esquecendo que ele ainda estava de *bico* com ele, mas quando pensou em desencostar e voltar à sua posição, ele a deteve, puxando-a para próximo dele novamente e depositando um beijo casto em sua testa.

— Desculpe — Lorenzo murmurou, acariciando os cabelos castanhos da garota, que fechou os olhos sentindo o carinhoso afago. — Estou sendo um porre.

— Está mesmo — ela diz, sorrindo contida. — Como se eu me interessasse pelo Sete... nem ao menos tenho tempo para pensar em romantismo, estamos em uma guerra silenciosa.

— Sei disso, mas aquele idiota me tirou do sério.

— Tudo te tira do sério, Enzo.

O ruivo sorri consentindo com a acusação. Ela estava certa, afinal.

— Mas eu não fui o único a não gostar daquele cabeludo. — Ele cicia virando a cabeça e olhando para o moreno ao seu lado que, ao notar ser observado, retribui o olhar com uma sobrancelha.

— Não venha me envolver — James rebateu, estreitando os olhos.

— Mas você queria o quê? Que deixasse o cara dar em cima dela? — Ele volta a olhar para frente e cruza os braços irritado. — Até parece mesmo.

Helena ri da atitude infantil do ruivo e logo é acompanhada pelo garoto Crow, que sorri cúmplice.

— Você sabe que eu te amo, não é, cabeça de fósforo?

O ruivo sorri anuindo e a apertando ainda mais contra seu peito em um abraço desleixado. — Eu também te amo, coisa rosa.

Ela sorri fechando os olhos, se acomodando melhor no abraço do ruivo, que a recebeu carinhosamente.

James olhava para os dois e sentia, por mais estranho e novo que fosse, uma sensação de comodidade. Sabia que ambos tinham uma relação de irmãos e isso era bonito de se ver. Mas não pôde deixar de sentir resquícios de inveja do Número Três.

Tinha uma grande afeição agora por Lorenzo, mas havia criado um laço com Helena ainda incompreendido por ele. Queria que ela estivesse ali, deitada em seu peito, assim como estava com o ruivo. Sentia essa necessidade de ter e provar daquilo também, contanto que viesse dela.

Não sabia dizer em qual momento que havia sido pego por esse anseio e necessidade, mas a queria junto de si. Ele a queria proteger assim como Lorenzo fazia, mas não se envolveria em uma briga, visto que o ruivo já tomava o controle da situação — como sempre fazia quando se tratava da garota.

Todavia, ele se aproximaria ainda mais dela. Estava decidido a ter um pouco daquilo, nem que fosse apenas uma troca mais íntima de olhares. Seguiria aos poucos, porque ela era tempestuosa, e ele era a corrente elétrica que corria por entre aquelas nuvens tenebrosas.

Suspirou depois de um bom tempo.

Seu caminho mudaria e não hesitaria em conquistar a vitória contra a Rainha Vermelha, pois a cada momento que passava ao lado de Helena, mais se imaginava tendo uma vida comum junto a ela e os demais, sem preocupações. Como um humano normal.

Sorriu de canto com tal pensamento.

Seria isso mesmo o que faria.

— Droga, isso não pode estar acontecendo. — Ele escuta Alejandra lamuriar logo à frente e vendo que os dois ao seu lado não escutaram, inclinou-se entre os bancos se aproximando dos mentores.

— O que houve? — pergunta sem entender a reação dos dois.

— Estamos sentindo uma aproximação estranha de Zekens. — Foi Robert que o respondeu, chamando agora a atenção de Helena e Lorenzo, que estavam alheios, logo atrás.

— Aproximação estranha? — Helena questionou, olhando pela janela e não vendo nada. Eles ainda estavam cruzando a cidade movimentada de Omaha. Ter um ataque justo agora não seria nada bom. A cidade estava repleta de pessoas perambulando para todos os lados e um grande tráfego de carros nas vias.

Seria uma catástrofe.

Não queria nem pensar na quantidade de vidas humanas que poderiam ser levadas com qualquer atentado de um daqueles Zekens.

— Eles estão vindo, estão longe, mas... — Alejandra mordeu os lábios e trancou a respiração. — Mas que inferno!!! Eu sabia que esses malditos estavam aprontando!! — vociferou apertando o volante com força.

Helena já a olhava com certo desespero estampado.

— Alejandra! — ela a chamou em um alerta para continuar, mas a loira nada disse, apenas acelerou o carro, deixando-o bem atrás do veículo de Erik e buzinou, expressando, naquele barulho estridente, toda sua irritação.

Queria que o mentor do Número Sete acelerasse mais, precisavam ir embora daquele lugar o mais rápido possível.

— Alejandra! — Dessa vez Helena gritou irritada. Todo aquele desespero estava fazendo um bolo se formar em sua garganta.

— São muitos! — a loira gritou, apertando ainda mais o volante, sentindo os nós de seus dedos gelarem. — Logo eles vão chegar e vocês vão vê-los, mas preciso tirar todos nós desta maldita cidade!!

— Muitos? — Dessa vez foi Lorenzo a indagar com os olhos arregalados. — Droga, isso não é bom!

A loira trinca o maxilar irritada com a lerdeza que Erik estava dirigindo seu carro.

— Mas que droga! Erik não está sentindo o perigo? — grita mais uma vez, sentindo seu corpo esquentar. — Robert! Liga para ele e manda ele acelerar aquela lata velha!!

O grisalho assente, agarrando seu celular e digita o número do protegido de seu amigo de forma atrapalhada devido ao nervosismo, quase deixando o aparelho cair no processo.

Ele leva o aparelho até o ouvido e torce o cenho ao escutar aquela voz robótica falar consigo, logo ele tenta de novo, e depois mais uma vez.

— O que foi? — James o questiona, colocando uma mão em seu ombro, vendo-o grunhir apertando o celular com força.

— Está caindo na caixa postal! — Ele desliga, jogando o celular dentro da bolsa e depois passando a mão no cabelo grisalho com impaciência. — Aquele merdinha deixou a bosta do celular desligado.

Ele não aguentava mais se conter, estava prestes a perder o controle.

Normalmente era ele o taciturno, o tranquilo, quem deixava os ânimos mais calmos, mas aquela situação estava o desesperando ainda mais.

Ele suspira derrotado e olha com o canto dos olhos para Alejandra que ainda permanecia com o olhar fixo na rua, mas foi no exato momento em que a rua toda parou... que os carros que seguiam tiveram de parar por alguma intercepção mais à frente, que ele a viu suspirar e abaixar a cabeça, encostando sua testa no volante de forma derrotada.

Sentia aquela pressão opressora cada vez mais próxima.

Suas mãos estavam suando frio e imaginava que Alejandra, da forma mais explosiva como era, estava tendo os efeitos da aproximação dos vermes mais forte que ele. Por esse motivo, ele afasta os cabelos loiros de cima do volante e segura sua mão exposta, que ainda segurava o volante, apertando-a e transmitindo o calor da sua para a dela, que estava gelada.

Helena, vendo o estado caótico em que sua mentora estava, sentiu seu corpo gelar e sua respiração falhar. Nunca a vira daquela forma.

– Galia – Robert a chama com a voz branda, fazendo a loira olhar para ele de maneira confusa. – Precisamos sair daqui – disse após apontar para frente e mostrar Erik e Dylan saindo do carro e virar para eles com as feições perturbadas.

– Sim, Myrin, vamos – ela disse agora com a voz controlada e voltando seu olhar para trás, a fim de encontrar os olhos verdes de sua protegida. – Aconteça o que acontecer, não deixem o pânico travá-los.

Os três anuem ao alerta dela e abrem a porta, saltando um por um do veículo, mas foi só James colocar os pés no asfalto da via que uma grande confusão de humanos correndo na direção contrária do tráfego começou.

Gritos e empurrões por todos os lados.

Viu Helena ser lançada contra o carro ao lado do deles por um homem desesperado, que corria como se sua vida dependesse disso e, vendo que ela estava com dificuldades de passar pelas pessoas que continuavam a correr, ele estica a mão rapidamente na direção dela, agarrando seu antebraço e a puxando na primeira oportunidade que teve, para se esconder na traseira da caminhonete e não ser levada pelos humanos.

– O que está acontecendo? – ela pergunta a ele se apoiando na lataria do carro e o olhando atordoada, no entanto, ele não sabia. Não havia tido tempo de ver nada, apenas a socorreu quando a viu com problemas.

Logo Lorenzo surge ao lado deles com os olhos verdes arregalados e a face em um branco papel, coisa que assustou ainda mais a morena, fazendo-a estreitar os olhos e engolir em seco.

— Enzo, o que houve? O que você viu? — ela tornou a perguntar, agora para o ruivo, que parecia recuperar o fôlego.

— Eles... são muitos. — Começou umedecendo os lábios e olhando para os dois, não escondendo seu medo. — Estão matando tudo que entra no caminho... tem um exército de Zekens vindo para cá.

E foi só falar isso que Helena sente seu coração falhar uma batida.

"Como assim um exército?"

Um estrondo foi ouvido ao lado da morena e os três puderam ver um carro voando por cima dos demais e caindo em cima de outro veículo, amassando-o por completo.

Havia uma família ali dentro e todos ficaram presos nas ferragens, já que a porta se amassou, impedindo-os de abrir.

— Céus!! — Helena ciciou se preparando para correr até eles, mas foi amparada pela mão firme de James a segurando novamente e a puxando com força, ocasionando sua queda contra o chão e batendo suas costas com brusquidão na lataria da caminhonete. — O que está fazendo? — ela grita para o moreno enraivecida, mas logo foi calada com a explosão do carro onde a família estava presa.

Estilhaços voaram para todos os lados e por pouco não foram atingidos.

A Número Cinco olha na direção onde o carro estava e o viu arder em chamas.

— Helena! — Lorenzo a chama virando o rosto dela para ele. — Ouça, não podemos salvá-los, tem mais humanos sendo mortos lá na frente, mas não podemos intervir. — Ele mordeu o lábio tentando controlar o tremor no corpo. — É difícil, mas precisamos sair daqui.

Ela inspirou o ar com força, sentindo seus pulmões queimarem devido à fumaça alta da explosão que começou a tomar toda aquela parte.

— Certo — murmurou apoiando sua mão no para-lama e se erguendo do chão. — Vamos sair logo daqui.

James e Lorenzo anuem em concordância.

Eles então dão a volta na caminhonete, tomando cuidado com o restante de humanos que ainda corriam por ali, e logo passaram a se esgueirar nos outros carros parados na larga rua.

Viram Alejandra, Robert e William próximos de um ônibus, que serviu para eles como muro, para também deter as pessoas e, só assim, então, eles puderam ter um deslumbre melhor do que havia ali adiante. E foi só então que Helena pôde entender o porquê de tanto pânico.

Centenas de Zekens desciam a rua com armas, apontando e atirando para todos os lados e, junto deles, animais que se assimilavam a cães mundanos, mas eram esqueléticos e de coloração acinzentada, sem pelo algum e com os caninos mais afiados, como os de uma besta.

Helena abre a boca em um perfeito "O" ao ver os tais "cachorros" saltarem em alguns humanos que corriam por ali e começarem a dilacerar suas carnes.

"Mas o que era aquilo?"

"Kaguyan agora queria uma destruição em massa?"

— Estão fazendo isso para chamar nossa atenção — James sussurra para os dois sem tirar os olhos dos inimigos. — Sabem que não toleramos a morte de humanos.

Lorenzo anui, parando de olhar para os vermes e voltando sua atenção para os mentores do outro lado. Precisavam chegar até eles sem serem vistos. A quantidade de inimigos era grande demais para lutarem e sabia que teriam problemas com aquelas criaturas.

Nunca haviam visto tais bestas antes, mas ao ver a altura de seus pulos e a forma sorrateira como andavam, sabiam que aqueles seres poderiam ser traiçoeiros e mortais se descuidassem.

— São muitos, Lorenzo — James sussurra, mantendo os olhos fechados e a respiração controlada.

Helena fita o moreno compreendendo que ele estava em posição de concentração. Ele iria fazer algo.

— O que planeja? — o ruivo questiona, vendo as feições do moreno se tornarem sérias e, ao abrir os olhos, eles estarem rubros, assim como naquela noite em que lutaram.

— Eles estão nos mantendo aqui como ratos — ele vocifera irritado. — Eles sabem de nossa fraqueza pela vida dos humanos e mais ainda... — James fala, olhando por cima dos ombros com a cabeça encostada na lataria da caminhonete, notando a aproximação ameaçadora de dois "cães"' para perto deles. — Eles sabem, sabem onde estamos escondidos.

E só foi o moreno proferir tais palavras que os dois cães rosnam em ameaça e se preparam para saltar e encurralá-los, mas ao tomarem impulso, James fecha as mãos em punho e as gesticula na direção do carro mais próximo, puxando a eletricidade dele e a direcionando aos cães.

Os dois caem ao chão com o corpo tremendo em violentos espasmos devido à corrente elétrica e, por fim, param de respirar.

O ar se tornou rarefeito nos pulmões dos três Números encostados na traseira da caminhonete. Em uma fração de segundos, ouviram o uivar dos outros cães e seus corações retumbaram mais forte ao escutarem os gritos e gruídos dos Zekens que começaram a correr rua abaixo, a fim de alcançá-los.

— Venham por aqui! — Ouviram uma voz conhecida à esquerda de onde estavam e encontraram Erik e Dylan dentro de uma galeria do outro lado da rua.

James olha para Lorenzo e Helena, que anuem, concordando em pensamento para correrem até eles.

— Mas e os outros? — A voz de Helena saiu trêmula ao ver os cães saltarem por cima dos carros, cada vez mais perto.

— Vão!! Eu dou cobertura a eles — Lorenzo diz se levantando e estralando o pescoço em uma rápida preparação. — Quando chegarem à galeria, fiquem atentos com as portas.

— Certo — James concorda, segurando o braço de Helena e iniciando uma corrida cheia de obstáculos, devido aos carros parados e detritos da explosão espalhados por todos os lados.

A garota salta por cima do capô dos carros, sendo imitada por James, que vinha logo atrás. Ao chegarem à calçada da galeria, eles veem Erik e Dylan chamando por eles, para que entrassem logo.

— Entra e diga para eles te ajudarem a fechar a porta quando todos nós passarmos. — O moreno olhou para Helena, que mantinha seus lábios ainda trêmulos. — Vai ficar tudo bem. — A confortou tocando sua bochecha rapidamente, antes de a soltar e ficar mais à frente da calçada, em uma posição de combate, visto que alguns Zekens se dividiram e estavam correndo em direção à galeria.

Precisava segurá-los até seus companheiros chegarem.

Helena, vendo que não podia contestar, virou o corpo e correu para dentro, sendo alvo de olhares assustados de Dylan e seu mentor.

— O que estão fazendo lá fora? — O mais velho disparou, avançando um passo em sua direção.

— Lorenzo vai ajudar Alejandra, Robert e William a chegarem até aqui, e James vai dar cobertura — diz virando e preparando a porta para que apenas uma fresta ficasse aberta, uma vez que o modelo da porta era de correr, e empurrou alguns móveis para próximo da entrada. — Preparem-se, quando todos entrarem, precisamos selar esta porta.

Os dois acenam roboticamente e começam a empurrar sofás e estantes, deixando-as todas a postos.

— Isso não vai dar certo... — Dylan murmura fechando os olhos nervoso. — Precisamos sair daqui.

— E deixar eles para trás? — Helena vocifera, olhando-o mortalmente. — Você é patético.

Dylan arregala os olhos com o insulto e volta a olhar para a garota de cabelos castanhos. Era nítido o nervosismo que ela aparentava estar, mas isso não a impediu de chegar até ali e, ainda assim, enfrentar a situação para socorrer seus amigos.

Ele suspirou deixando seus ombros caírem.

"Sim, ele era patético."

Do lado de fora, Lorenzo juntou seus punhos e atingiu o chão, fazendo o asfalto rachar e formar elevações de suas partes quebradas. Ele então morde os lábios e levanta suas mãos fazendo várias partes do asfalto levitarem e ele começar a lançá-las em direção aos cães e Zekens que se aproximavam.

Fez isso até os dois mentores e William o alcançarem, ofegantes devido à corrida.

— Onde está Helena? — Alejandra disparou segurando a camisa do ruivo em desespero.

— Mandei ela correr com os outros até aquela galeria. — Apontou com a cabeça, já que estava com suas mãos ocupadas. — Precisamos ir para lá também, estão montando uma barricada.

A loira suspira em resposta e sorri contida, batendo no ombro do ruivo. — Ótimo trabalho, garoto.

Lorenzo sorri maroto com a mensura, mas logo seu sorriso morre ao ver a quantidade de Zekens aumentar e, aqueles que corriam na linha de frente, começarem a atirar nos carros parados empurrando-os para abrir espaço e fazendo outros voarem devido à força e serem lançados na direção deles.

— Ah, mas que saco! — gritou trincando os dentes e fechando os olhos, ciente de que seria atingido, mas logo William entra em sua frente e, com um movimento feroz com o braço, faz o veículo que voava na direção deles voltar para trás e atingir alguns Zekens. — Mandou bem!

Gritou empolgado, batendo nas costas do loiro que sorriu em retribuição.

— Precisamos correr! — William disse, já seguindo os mentores que tomavam a direção da galeria.

Lá, puderam ver James atacando vários Zekens com seus raios, e outros, que se aproximavam demais, com golpes e chutes.

Ele estava travando uma luta solitária, que estava se tornando árdua demais. Sempre que um verme apontava a arma e atirava em sua direção, ele se desviava ou segurava o corpo de outro verme para se proteger.

Todavia, a quantidade estava começando a ficar fora de seu controle.

Não viu quando um Zeken surgiu atrás dele e se preparou para atingi-lo pelas costas. No entanto, antes que ele concluísse seu ataque, James vê um vulto prateado passar ao lado de sua cabeça e atingir o verme atrás de si.

Ele olha para trás e vê a imensa espada de William fincada na parede atrás de si, sustentando o corpo do Zeken que jazia morto.

Sorriu de canto ao ver a espada tremer ainda fincada na parede e logo depois ser arrancada sozinha e passar ao seu lado novamente, até alcançar a mão estendida de seu amigo loiro. Ele sorria confiante enquanto a manejava, pronto para acertar um Zeken que o cercou.

Aquilo poderia ser divertido, se não estivesse prestes a enfrentar um exército. Eram os peões de frente, a maior parte estava logo atrás e seguia correndo cada vez mais próxima.

Assim que todos se encontraram em frente à galeria, se dirigiram rapidamente para dentro, fechando as portas a tempo de ver os cães baterem violentamente contra ela e caírem na calçada.

Estavam esbaforidos.

A corrida e os confrontos tomaram uma boa parcela de energia.

Enquanto recuperavam o fôlego, Helena e Erik empurravam os móveis contra a porta e Dylan ajeitava para não conseguirem vê-los do lado de dentro, uma vez que as paredes laterais eram de vidro. Mesmo que o material do vidro fosse forte para conter invasões e assaltos, não estavam convencidos de que aquilo seguraria aquelas bestas e o grande número de Zekens.

— Estão todos bem? — Erik perguntou depois de empurrar a última estante e se virar para os outros. — Céus, o que é isso tudo?

— Kaguyan resolveu usar medidas drásticas — Alejandra comentou, massageando a nuca. — Ela sabe que estamos nos agrupando e isso é uma ameaça para ela.

— Alejandra tem razão. — Robert dá um passo à frente com as feições fechadas. — Temos que sair daqui, não estamos seguros. Esse lugar deve ter uma saída de emergência — ressaltou, já se virando e caminhando em passadas rápidas para o fim do grande salão, sendo seguido pelos demais.

A tensão pairava em todos e, assim que começaram a escutar estrondos fortes vindo de fora, apressaram-se mais ainda. Aquela porta, a qualquer minuto, poderia ceder.

Todavia, quanto mais avançavam para o fim da loja, mais Helena comprimia os lábios e sentia seus olhos marejarem.

O lugar estava repleto de humanos.

Todos abaixados, com medo do que estava lá fora.

Tremendo a cada explosão.

Seu coração se apertou assim que passou por um casal de idosos. O marido abraçava a pequena senhora com uma preocupação explícita. O temor estava nos olhos de todos ali.

Principalmente nas crianças.

Em um canto afastado, algumas mães se agrupavam e protegiam seus filhos em um abraço apertado, temendo aquele ser o último momento delas com eles.

E realmente seria... se não fizessem nada.

— Ei! — Helena gritou, chamando a atenção de todos ali. — Estamos saindo pelos fundos, vocês precisam fazer o mesmo! Aquela porta não vai aguentar!

— Helena! — Alejandra a censura voltando até ela e a agarrando pelo braço. — Vamos embora.

— Não! Eles vão morrer se continuarem aqui — ela disse já deixando as lágrimas tomarem seus olhos. — Vamos, pessoal! Precisamos sair daqui!

Atendendo seu chamado, algumas pessoas se levantaram e caminharam apressadas até eles, inclusive o casal de idosos que vira minutos atrás. No entanto, viu vários ainda se manterem abaixados e acomodados no lugar.

William, estranhando aquela atitude, se aproximou da amiga com as sobrancelhas crispadas. – O que estão fazendo aí? Vamos logo!! Não temos tempo.

Foi a vez dele de gritar, porém, um homem moreno, de meia-idade, se levantou com os olhos raivosos e apontou para eles ameaçadoramente.

– Não vamos com vocês! Aquelas coisas estão ali fora porque vocês as trouxeram para cá!

Helena arregala os olhos e segura na manga da blusa de William, temendo o que as conclusões daquele homem poderiam causar.

– Está errado! – William voltou a responder, vendo a aflição da amiga logo atrás. – Corremos para cá assim como vocês!

– Todos nós entramos e aquelas coisas nem ligaram! – o homem tornou a falar, e logo depois dele, uma mulher loira também se levantou com o rosto molhado de tanto chorar e os olhou irritada, assim como o outro.

– Ele tem razão!! Foi só vocês entrarem que eles vieram para cá! – Ela gritava, olhando para todos no salão. – Se deixarmos eles saírem, vamos morrer! São eles que aquelas coisas querem!

Alejandra mordeu os lábios nervosa, sabia que algo assim poderia acontecer. O medo dominava com facilidade a mente dos humanos e não os fazia pensar direito.

– É inútil – ela sussurrou para Will e Helena, que ainda sustentavam o olhar daquelas pessoas. – Vamos embora antes que aquela mulher consiga fazê-los se voltarem contra nós.

– Mas Ale...

– Sem *mas*, Helena. – A loira ralhou, olhando cautelosamente em volta. – Não podemos fazer nada.

Helena baixa o olhar e se vira na direção de sua mentora, caminhando até ela derrotada. Não conseguiria dormir depois daquilo.

Ao passar em frente às mães com crianças e ao casal de idosos e verem todos voltarem a se sentar no chão encolhidos, teve que engolir o bolo que se formou em sua garganta.

"Estavam condenados."

William suspirou e girou pelos calcanhares, passando a correr seguindo seus companheiros. Logo os estrondos começaram a ser ouvidos mais alto e as lamúrias dos humanos se tornaram mais angustiantes.

Finalmente alcançaram a saída de emergência, a qual estava trancada, mas Helena esmurrou a porta abrindo-a e, em seguida, saindo em um rompante junto dos demais, mas não a tempo de não ouvirem a porta de entrada ser explodida, sons de tiros e uivos orquestrarem todo o salão, juntamente com gritos de horror e desespero.

— Helena. — Ouviu a voz de Lorenzo ao seu lado e se virou para ele com o semblante choroso. — Você tentou — diz beijando a testa da amiga.

Ela assentiu e se voltou para os mentores enxugando o canto dos olhos. Não podia se sensibilizar agora.

Olhou o quarteirão onde estavam e soltou o ar ao ver que, logo mais à frente, havia mais Zekens.

— Droga, mas que inferno! — vociferou irritada.

— O plano é o seguinte: — Robert começou, se aproximando de seu protegido. — Todos sabem qual é o ponto de encontro? — pergunta vendo todos assentirem. — Então vamos nos dividir, eles vão precisar se separar também e talvez... tenhamos uma chance.

— Talvez?? — Dylan indaga olhando para o grisalho. — Está dizendo que podemos morrer?

Robert fecha os olhos buscando paciência.

— Você já estava fadado a isso no minuto que caiu aqui na terra, moleque!

O Número Sete engole em seco e olha para Erik, que mantinha as feições sérias.

— Rob está certo, é nossa única chance — Erik afirma, olhando para ele com o olhar determinado.

— Então vamos, eles estão vindo. — Alejandra alerta, se virando para os Números. — Helena e Lorenzo vêm comigo e...

Sua fala é cortada ao escutarem uma explosão atrás deles e todos serem lançados para longe com força. Seus corpos se chocam, alguns nas paredes dos prédios do outro lado e outros nos carros também parados naquela rua, agora vazia.

Uma cortina de fumaça cobre rapidamente todo o ambiente e pouco podiam ver.

James se levanta do chão com uma mão apoiada na parede do prédio a que foi lançado e olha para ela, vendo ali uma cratera onde atingiu. Seu ombro está deslocado e seus músculos se contraem ao tentar dar um passo.

Seu rosto se contorce em uma careta e suas juntas estralam alto.

— Está bem? — Ele escuta a voz de Lorenzo próxima de si e olha em volta, encontrando-o em pé com o tronco levemente curvado devido à queda e ao impacto com o poste de energia.

— Estou — responde rolando os olhos em busca dos outros. — Onde eles estão?

Sua pergunta não teve resposta, pois assim que a fez, uma chuva de tiros luminosos começou a ser disparada na direção dos dois, forçando-os a se esconderem atrás de um latão de aço.

Lorenzo levanta rapidamente a cabeça fazendo uma varredura ágil da situação até onde seus olhos podiam alcançar, mas logo volta, antes de ser acertado por um tiro.

Logo mais, ouviram uivos e rosnares.

— Droga! — Lorenzo pragueja se encolhendo ainda mais para se proteger dos disparos que não cessavam. Seus olhos pousam no ombro deslocado do moreno que, assim como ele, se encolhia. — Deixa eu ajeitar isso — diz se inclinando e segurando agilmente o braço e o ombro dele. — Vou fazer em um puxão... Vai doer como o inferno.

— Faça logo.

E assim como pedido, ele puxou de uma vez, ouvindo o membro do Número Quatro estralar e ele urrar pela dor.

— Lorenzo... Enzo... — James se contorcia apertando o ombro recém-reposto. — Onde eles estão? Onde ela está?

O ruivo engole em seco.

Ainda não podia vê-los, mas de qualquer forma, sabia que a situação deles não seria diferente da atual em que estavam, mas também não podia negar a preocupação que sentia por sua irmã.

Todavia, ela era forte, assim como Alejandra, que a treinou a vida inteira para isso.

— Ela está bem — diz confiante, tanto para ele quanto para James. — Ela é durona. Capaz de proteger a todos se preciso for.

O moreno o olha respirando de forma descompassada, já sentindo a dor no ombro se amenizar.

— Tem razão... Will está com ela também — diz se ajeitando melhor.

Os disparos cessaram e ouviram, então, os cães mais uma vez.

Sabiam que era uma armadilha, se levantassem, seriam alvejados com uma chuva de tiros. Não podiam arriscar, mas também não podiam ficar ali.

Ouviram então, em meio aos rosnados, o som de um veículo sendo ligado e arrancando cantando pneu. Ambos se entreolharam e impulsionaram o corpo para cima do latão a tempo de ver um Jeep atingindo os Zekens que estavam na frente e seguindo o caminho em alta velocidade, sendo seguido por um grupo de Zekens e cães.

— Eles foram para o ponto de encontro — James diz respirando rápido. — Vão ficar bem, é nossa chance, vamos aproveitar a distração.

Ambos se levantam e correm até os carros parados e continuam seguindo sem parar, mesmo sendo perseguidos pelos cães que saltavam em meio aos carros.

Viram a porta de uma barbearia aberta e logo entraram e correram para as escadas que levariam para o andar de cima. Lorenzo chuta a porta abrindo-a com brusquidão e entrando em uma espécie de sala mobiliada.

— Enzo, a janela — James grita já seguindo até ali e pulando por ela, caindo na escada de incêndio, ao mesmo tempo em que dois cães entram no cômodo. Assim que Lorenzo salta pela janela, ele a fecha, mas ainda assim os cães saltam e quebram o vidro, continuando a perseguição.

James pula de uma escada para a outra de um prédio vizinho, sendo imitado por Lorenzo que, ao saltar, acaba sendo puxado pelo calcanhar por um cão, se desequilibrando.

No entanto, antes que pudesse cair, o moreno segura sua mão a tempo e o ergue.

Os cães do outro lado tomam distância para pular, mas Lorenzo, irritado com o ocorrido, trinca o maxilar, tornando seu punho em pedra maciça.

Assim que o primeiro cão pula, ele é recebido por um soco no queixo avantajado, fazendo-o voar, batendo contra a outra parede e caindo no beco logo abaixo.

O ruivo sorri satisfeito e olha para o outro cão que ainda se mantinha do outro lado apenas rosnando.

— Agora você não quer vir, não é? Desgraçado, covarde.

— Enzo! — James grita seu nome chamando-o para continuar. Logo abaixo deles, alguns Zekens se reagrupavam e apontavam suas armas para cima.

Os dois tornaram a correr e, assim como fizeram da primeira vez, saltaram para outro prédio, mas, dessa vez, James viu algo interessante que o fez descer as escadas pulando degraus e, no último andar, onde teriam de empurrar a escada de ferro para baixo, ambos simplesmente saltaram de uma altura considerável e seguiram até algumas motos tombadas na calçada.

Assim que as alcançaram, eles viram seus respectivos donos mortos no chão com suas roupas rasgadas e peles dilaceradas. Provavelmente vítima dos cães.

— A cidade toda está assim? — Lorenzo pergunta atônito. — Eles estão fazendo um ataque massivo contra os humanos também?

— Parece que ela já começou a agir sobre eles. — Pontua levantando uma das motos de cor preta e montando sobre ela. A chave já estava na ignição.

O ruivo faz o mesmo com a moto cinza e a liga sem mais demorar. Ambos veem os Zekens seguirem em sua direção e, com isso, aceleram suas motos e disparam para fora daquela rua.

Por onde passavam viam destruição e morte. Carros virados e outros batidos ou em chamas era o cenário das ruas. Corpos expostos ao tempo podiam ser vistos e sabiam que muitas famílias estavam se escondendo entre os prédios e casas — aquilo, de fato, era o mais inteligente a se fazer — as ruas viraram um ambiente de guerra e desolação.

Tudo porque estavam os procurando.

Humanos morreram em massa por culpa deles, mas aquilo ia acabar. Depois deste ataque tão perturbador, não tardariam mais... Matar a Rainha era o objetivo maior.

Tiveram de desviar de muitos destroços nas ruas e focos de incêndio, mas, ainda assim, mantiveram a velocidade, até porque estavam sendo perseguidos pelos cães, mas o que os enfureceu gradativamente foi quando ouviram o barulho de carros e motos.

"Só podia ser brincadeira."

— Aonde vamos? — Lorenzo gritou por cima do barulho da aceleração das motos.

— Não podemos levá-los até o ponto de encontro — afirmou gritando no mesmo nível. — Vamos contornar pela ponte para despistá-los.

O ruivo assentiu tomando a rota imposta.

Logo puderam ver a grande ponte Bob Kerrey que cruzava uma cidade a outra por cima do mar. Se atravessassem-na, poderiam seguir até o mirante – onde encontrariam os outros – pela rodovia extensa que tinha no fim da cidade.

Assim que alcançaram a ponte, uma moto com um Zeken se aproximou perigosamente de James, que se assustou ao ver um lampejo do tiro passar tão perto de sua cabeça. Por sorte não foi pego, mas o tiro seguinte acertou sua roda, fazendo-o perder o controle, mas antes que caísse, ele notou a rápida aproximação de Lorenzo, tempo suficiente para conseguir saltar de sua moto e cair sentado em seu banco do carona.

–Isso foi demais! – Lorenzo grita exasperado. Por mais que fosse extremamente arriscado, James se permitiu sorrir com a proeza dos dois.

Todavia, precisavam parar aquela perseguição.

Aquela parte da cidade estava intocada, não podiam permitir que aqueles vermes destruíssem outro lugar.

Por esse motivo, James respira fundo, virando seu corpo e ficando de costas para Lorenzo no banco.

– O que vai fazer? – Escutou-o perguntar.

– Acabar com essa perseguição – respondeu já sentindo seus olhos arderem e se tornarem vermelhos. – Isso acaba aqui.

Ele levanta uma mão em direção do céu que já começava a ficar escuro e com nuvens pesadas. Logo, raios começavam a dançar e trovões fortes e impetuosos estremeciam as bases da ponte.

O moreno viu ali mais carros surgirem atrás deles e a perseguição das motos se tornar mais intensa. Aquele era o momento.

Fechou os olhos com força e, por fim, desceu seu punho ferozmente.

Nesse instante, um raio poderoso impactou a ponte, fazendo o chão tremer fortemente, formando um grande buraco onde atingiu, consequentemente, se alastrou cada vez mais.

As estruturas balançaram ainda mais, fazendo Lorenzo quase perder o controle, mas logo se restabeleceu.

Assim que tomou uma boa distância, o ruivo parou a moto olhando o estrago que o moreno fez. E foi só olhar para trás para um sorriso gigantesco se formar em seu rosto.

Um lado da ponte cedeu, levando os carros dos Zekens e, os que não caíram, ficaram impossibilitados de cruzar a ponte.

— Conseguimos — diz ainda mantendo o sorriso. — E estamos vivos.

James suspira cansado e esboça um sorriso satisfeito.

— Sim, acabou.

Com isso, ele voltou para sua posição normal em cima da moto e Lorenzo tornou a acelerar. Queriam sair dali e chegar ao litoral, onde estava o mirante. Agora, mais do que nunca, queriam ver todos lá, todos bem.

Torciam para que os Zekens não tivessem feito nenhuma vítima entre os amigos.Esse era o único pensamento que ambos compartilhavam. No entanto, foi se aproximando mais da ponte que os dois viram uma barricada de viaturas e policiais fora dos carros, apontando as armas para eles.

— Ah, cara... Não estou acreditando. — Lorenzo desacelera um pouco sem saber realmente o que fazer.

— Enzo, ali! — James aponta para um caminhão-caçamba bem próximo dos policiais com sua caçamba para baixo, fazendo, assim, uma perfeita rampa. — Vai precisar acelerar.

— Deixa comigo. — Ele torceu o guidom da moto fazendo-a acelerar ainda mais.

Estavam próximos da caçamba quando os policiais, notando que eles não parariam, começaram a atirar. Lorenzo desvia o máximo que pode, porém faz uma careta em desconforto ao sentir uma dor queimar seu estômago, mas se mantém firme na moto e sobe a rampa improvisada saltando por cima da barricada e dos carros oficiais.

Assim que a moto pousa, ele acelera mais uma vez seguindo o caminho para a interestadual, mesmo com os carros com sirene os seguindo.

— Droga! — Lorenzo pragueja vendo os carros pelo retrovisor. — Primeiro os Zekens, agora humanos, mas que inferno!

— Vamos pela via secundária, lá conseguiremos despistá-los.

E assim o ruivo fez. Ao entrar entre uma rua e outra, os dois pararam e, enquanto James se desfazia da moto, Lorenzo fazia ligação direta em um carro parado na rua, tendo que roubá-lo sem acionar o alarme.

— Você nasceu para ser um ladrãozinho, não é? — James comenta, assumindo o volante e dando partida.

— Tem gente que nasce com o dom — responde rindo da própria piada, porém logo faz uma careta ao notar o desconforto, que até então, havia esquecido ter no estômago.

James olha de relance para o ruivo e vê sua camiseta manchada de sangue e se assusta.

— Foi atingido? — pergunta sem esconder a preocupação. — Onde foi isso?

— Os humanos, eu acho.

— Droga. — James soca o volante enquanto dirigia. — Aguenta um pouco que vou parar e...

— Não! Continua, eu me viro aqui — diz se mexendo e pegando uma camiseta esquecida pelo dono do carro no banco de trás e a colocando sobre a ferida de forma que estancasse o sangue. — Nossa prioridade é chegar lá.

— Nossa prioridade é chegarmos vivos.

— E vamos! — Lorenzo aumenta o tom ao sentir uma ardência e o gosto de sangue lhe subir na boca. — Continua.

James suspira resignado e afunda o pé no acelerador. Não ouviria o ruivo, assim que chegassem na interestadual, pararia no primeiro posto e compraria gazes e o que fosse preciso na loja de conveniência.

Com o novo veículo, eles seguiram sem mais paradas até chegar ao posto, coisa que Lorenzo contestou contra, mas não pôde fazer nada para mudar a opinião do Número Quatro.

Enquanto o ruivo continua no carro, James vai até a loja em busca das gazes. Ao encontrar, aproveitou para pegar um vidro de álcool e algodão para limpar o ferimento do amigo. Não poderia fazer muito, já que não entendia muito sobre isso, mas precisava manter Lorenzo lúcido até chegarem ao mirante e Alejandra cuidar dele.

Assim que seguiu até o caixa, o moreno olha para fora e percebe três carros pretos parando perto de onde o seu estava estacionado.

Estreita os olhos ao ver que as portas dos carros são abertas simultaneamente e deles descem Zekens armados.

James corre para fora da loja largando as compras no chão, em um desespero palpável. Sentiu seu corpo tremer com a adrenalina subindo novamente no mesmo momento em que seus olhos tornavam a ficar vermelhos.

No entanto, assim que se aproximou de seu carro e os Zekens perceberam sua presença, sentiu-se travar e tudo a sua volta girar, entorpecendo seu corpo e desestabilizando seus sentidos.

Logo, se viu no alto de uma montanha observando o pôr do sol ao lado de Helena, que sorria para ele com um brilho terno no olhar e uma calmaria acolhedora.

Ela se aproximou dele tocando-lhe o rosto. A carícia podia ser sentida perfeitamente, era como se ele estivesse lá.

Mas ele estava.

Acreditou que aquela era sua nova realidade quando ela se aproxima mais dele e o abraça carinhosamente, transmitindo seu calor e aconchego. Todos os seus medos e dúvidas desapareceram ali, pois Helena fora capaz de desestabilizar seu mundo no momento seguinte em que ela se apoiou delicadamente em seu peito e o beijou suavemente.

Sentiu os lábios macios daquela que há tempos estava lhe tirando o sono e que, de alguma forma, o fez se tornar um homem melhor.

— Você não está sozinho, James — ela sussurrou com os lábios ainda encostados nos seus. — Eu estou aqui.

— James! — Lorenzo gritava do lado de fora do carro, enquanto lutava da forma que podia com os Zekens que conseguiram o cercar. Seus punhos estavam na forma de rochas, mas seus movimentos estavam limitados devido ao ferimento da bala. — Acorda, cara!

Ele grita mais uma vez inutilmente, já que James se mantinha parado, com os olhos desfocados, submerso em um mundo criado pelos Zekens.

O ruivo trinca a mandíbula em frustração.

Estava fraco e, por mais que odiasse admitir, precisava da ajuda do amigo.

Mas foi só receber uma coronhada na nuca de outro que se aproximou por trás, que seus joelhos cederam.

Ele foi ao chão devido aos esforços, ao cansaço e ao seu ferimento, que parecia sangrar cada vez mais.

Um dos Zekens se aproxima dele com um sorriso sádico nos lábios, enquanto retirava do paletó, já surrado pela luta, um cubo azulado.

— Já basta, não é? — ele pergunta se agachando para ficar em sua altura. — Não adianta lutar mais, já vencemos. Nossa Rainha é implacável e o cair de vocês, shindenianos, é inevitável.

Lorenzo contorce o cenho e cospe no rosto pálido do Zeken, fazendo o sorriso sagaz dele sumir e ser substituído por uma expressão de ódio.

— Não importa o que façam comigo, nunca vamos desistir.

— Palavras ousadas para quem está prestes a morrer — diz, limpando seu rosto com a manga da camisa. — Você e o Número Quatro. Esse dia não podia ser mais perfeito.

O verme posiciona o cubo na altura do peito de Lorenzo e, este, sente o local arder em brasa. Seus olhos se fecham numa tentativa inútil de amenizar a dor, mas a cada segundo ela só parece aumentar.

Seu corpo não lhe obedecia mais e seu sangue parecia engrossar em suas veias, como se fosse explodir sobre a pele.

Logo, o lugar onde o cubo foi posicionado começou a brilhar e, daquela região de seu peito, uma luz azul, assim como a do cubo, começou a emanar, e uma energia que se assemelhava a uma fumaça incandescente começou a brotar dali e ser sugada pelo cubo nas mãos do Zeken.

Lorenzo sentia cada vez mais seu corpo mole.

Pensou então que aquele era seu fim e que nunca mais veria sua irmã. Não teria a chance de se despedir, porque simplesmente foi idiota o bastante para ser pego por um verme.

Não podia acabar assim.

Não podia permitir isso, até porque, ele era o garoto-problema no grupo, aquele que não seguia regras e, por esse motivo, não ia se deixar levar à fraqueza assim.

Com isso, ele cria forças de onde nunca imaginou que conseguiria e ornou seu punho em rocha novamente, lançando-o então na cabeça do Zeken que segurava o cubo, fazendo toda aquela dor angustiante parar de assolá-lo.

O corpo do verme cai a alguns metros do seu lado, mas não foi suficiente para matá-lo, uma vez que ele tornou a se levantar com os dentes trincados em puro ódio.

— Eu disse que não adianta mais lutar, seu animal! — vociferou caminhando novamente na direção onde o corpo inerte de Lorenzo se encontrava. — Depois que pegar seus dons, eu vou fazer questão de te matar lentamente.

— Isso se conseguir encostar mais um dedo nele. — Tanto o Zeken quanto Lorenzo olham na direção de James, que se encontrava de frente para os dois com ambos os punhos iluminados com uma corrente elétrica passando.

Lorenzo sorri aliviado e se permite relaxar por alguns instantes. James havia se libertado da prisão mental, e isso tranquilizou-o completamente.

— Não sei como conseguiu se libertar, Número Quatro, mas vou destruir você assim que acabar com seu amigo. — O Zeken ralha entre dentes fazendo sinal para os demais se aproximarem do moreno, que estava pronto para atacá-lo.

James estreita os olhos na direção daquele verme próximo de Lorenzo e faz uma nota mental de que, baseado na pose de superioridade, aquele poderia ser o líder deles.

Com isso em mente, ele aperta seus punhos com mais força e se posiciona para lutar contra os Zekens à sua volta, no entanto, o primeiro ri de suas intenções, batendo palmas.

— Acha mesmo que pode algo contra nós? — pergunta sorrindo com sarcasmo. — Melhor ainda, acha que pode fazer algo, sendo que estou com seu amigo... — Ele puxa sua pistola e aponta para a cabeça de Lorenzo no chão. — Sob a minha mira?

James trinca o maxilar não sabendo o que fazer.

Seus olhos, antes vermelhos, tornam-se negros novamente e ele abaixa os punhos em rendição. Faria qualquer coisa para não matarem o ruivo.

— Então esta é sua resposta? — A voz arrastada em tom de zombaria do Zeken tornou a falar. — Rendido para salvar uma vida que já está condenada? Eu não entendo vocês, povo de Shinden.

Antes que James pudesse responder a afronta do lacaio de Kaguyan, mais dois carros se aproximam e param em frente a eles levantando poeira do chão e causando ainda mais transtorno aos Números.

Logo, um homem de boa forma e aparência jovial, mas de cabelos esbranquiçados e feições fechadas, sai de um dos carros, sendo seguido por mais três Zekens que o acompanhavam no mesmo veículo.

A criatura que apontava a arma para Lorenzo parece retesar sua autoridade e volta-se para o recém-chegado com as feições sérias.

James reconhece aquele homem. Ele estava nas memórias do inimigo, que ele mesmo invadiu noites atrás. Por um momento, sente o clima entre eles pesar e só constatou sua avaliação quando o grisalho avançou contra o Zeken e o olhou ameaçadoramente.

— Quem lhe deu autorização para um ataque em massa? — Sua voz soou em um timbre forte, causando medo nos olhos do verme à sua frente.

— Senhor, a Rainha disse que queria os Números custe o que... — antes de terminar sua fala, ele recebe um soco forte no queixo, fazendo-o cambalear para trás.

— Custe o que custar? — ele desdenhou, tirando de seu paletó grafite um lenço para limpar os nós de seus dedos sujos com o sangue do verme. — Achei que tivesse ouvido ela deixar bem claro que não queria a morte de tantos humanos. Você sabe o que ela planeja para eles.

O Zeken ergue o tronco massageando o lugar onde foi atingido com o semblante irritado.

— Tenho conhecimento dos planos de nossa líder, mas graças a esse ataque conseguimos pegar dois Números!

O homem sorri sagaz olhando por cima dos ombros para ver James, e depois volta sua atenção para o Zeken à sua frente.

— Está se vangloriando por ter pego dois? — Ele ri balançando a cabeça em negação. — Como você é um idiota, Mako, não tem nem ao menos a noção da quantidade de mortes que ocasionou para capturar apenas... dois?

O verme arregala os olhos prendendo a respiração.

— Foi preciso, Duran.

— Claro, destruíram uma cidade inteira por apenas dois deles, imagina o estrago maior para pegar os outros cinco, hum? — Duran diz com sorriso de canto e se virando de costas para o verme. — Mas a merda já está feita, espero ser contatado da próxima vez que tiver mais uma brilhante ideia.

Ele caminha até a porta do segundo carro que havia chegado junto com ele e a abre, deixando escapar de lá de dentro dois cães que avançaram sem rodeios para cima de James.

James arregala os olhos levantando os braços para proteger o rosto, mas um salta por cima dele e, devido ao seu tamanho exorbitante e o peso, o moreno acaba caindo de costas, sendo alvo das mordidas vorazes dos animais.

— Não! — Lorenzo grita vendo o companheiro ser atacado. — Parem com isso! Chega!

Duran sorri com o desespero do ruivo caído ao chão e caminha para perto do Número Quatro que, a todo custo, tentava se desvencilhar das mordidas perigosas dos animais.

— Parem! — o grisalho ordena, e os cães, no mesmo instante, cessam o ataque se afastando do moreno, que agora encontrava-se com o corpo banhado em sangue e a respiração descompassada. Era possível ver as grandes feridas abertas em sua pele.

O sangue manchou os trapos que se tornaram suas roupas e começava a fazer uma pequena poça no chão arenoso.

Lorenzo ainda se mantinha imóvel, com os olhos arregalados ao ver o estado do amigo. Aquilo fora cruel demais. Tentou, inutilmente, se levantar, mas a ferida o impediu e tão logo sentiu um peso excessivo em suas costas mantendo-o deitado com o rosto no chão.

O Zeken que ainda apontava a arma para ele estava com um de seus pés sobre suas costas, não o deixando se mover.

— Vejam isso como uma demonstração de nossa raiva por, provavelmente, levarmos esporro de nossa Rainha — Duran comenta ainda sorrindo. Ele retira de seu cinto uma espada curta e aponta para James, que ainda se mantinha no chão. — Veja, Quatro, isso não é pessoal.

— Claro que não — James murmura sabendo que o grisalho podia ouvi-lo e logo esboça um sorriso esnobe, mostrando seus dentes sujos de sangue.

O grisalho ri mais uma vez balançando a espada no ar.

— Você é esperto, sabe que não posso matar você enquanto seu amigo vive — diz girando a espada e a cravando no ombro do moreno, que urra sentindo a dor do golpe. — Mas isso não me impede de te fazer sentir mais dor.

Lorenzo suspira assistindo à cena, já sabendo que o próximo movimento daquele homem seria contra ele. Já estava se preparando para seu fim e, mentalmente, pedia desculpas para Helena por não poder cumprir as promessas que fez a ela.

Eles estavam fadados a morrer ali.

No entanto, antes de baixar os olhos, ele viu o rosto de James se voltar para ele com os olhos retomando a tonalidade avermelhada e, por isso, ele torceu o cenho tentando entender o que o moreno faria.

— Você pode nos fazer sentir a dor que quiser, Duran, mas um traidor como você nunca saberá o que é ter a lealdade dos amigos ao seu lado. — James diz cuspindo cada palavra enquanto virava sua cabeça para ver Lorenzo. — Já passamos por coisas piores, não é, Enzo? Quando lutamos naquela noite?...

E foi nesse momento que o semblante do Número Três se iluminou. Ele entendeu o que o moreno quis dizer e, com isso, ele fecha os olhos, canalizando o restante de energia que ainda mantinha em seu corpo para sua mão direita.

Sabia que aquilo seria perigoso e, mais que isso, poderia atingi-los tanto quanto os inimigos, mas era a única forma de conseguirem uma brecha para escapar dali.

Por esse motivo, não hesitou em bater sua mão no chão e fazer uma grande rachadura correr dele até próximo de James. Logo, ele mordeu o lábio, fazendo força para içar uma grande pedra que se mantinha aterrada entre eles, erguendo-a alto.

Os Zekens se olharam entre si, não entendendo os reais motivos do ruivo em fazer aquilo.

No entanto, Duran olhou da pedra que flutuava para James, que, com certo esforço, conseguiu levantar uma mão e lançar um forte raio até a pedra, aquecendo-a e tornando-a avermelhada.

A lucidez bateu rápido na mente do grisalho, que arregalou os olhos e retirou a espada do ombro do Número Quatro para logo se voltar para os companheiros.

— Protejam-se!

Mas já era tarde demais, quando gritou alertando os vermes, a rocha explodiu no ar, lançando várias estacas de vidro para todos os lados e atingindo-os com precisão.

Duran se jogou para debaixo de um carro e, por baixo dele, viu os cães e vários de seus seguidores caírem.

No entanto, também viu uma estaca de vidro cair em cima da perna do ruivo, que urrou de dor e trincou o maxilar.

Tão logo a chuva de vidro se iniciou, logo ela acabou.

James, que conseguiu se proteger puxando o corpo de um Zeken que falecera com uma estaca nas costas, se levantou mancando até o ruivo que, com dificuldades, aceitou a ajuda do moreno para também se levantar.

O menino Crow apoiou o corpo de Lorenzo em seus ombros e o puxou até o carro, fazendo-o entrar, e em seguida deu a volta, entrando também.

Nesse meio tempo, Duran se arrasta de baixo do veículo e puxa sua arma do cinto e começa a atirar contra o carro que já tomava certa distância.

— Maldição! — grita enraivecido, observando o veículo se afastar.

— Senhor, eles estão fugindo! — Mako se aproximou segurando seu ombro que estava com uma estaca de vidro cravada ali.

Duran respirava fortemente, fazendo suas narinas abrirem a cada lufada de ar.

Seu ódio estava explícito e, mais que isso, estava mais irado com a petulância e ousadia do Número Quatro. O faria pagar por tê-lo feito de idiota.

— Eles não irão longe — diz por fim, vendo um rastro se formar no chão molhado por onde o carro, em que os Números fugiram, passava. — Conseguiu o dom do Número Três?

— Sim, mas... Nossa Rainha vai ficar furiosa.

Duran trinca os dentes apenas aumentando sua irritação. — Não preciso que me lembre disso, Mako.

O carro seguia em alta velocidade pela pista deserta daquela estrada.

Ambos os Números respiravam descompassados e ainda tentavam se acalmar depois de todo aquele surto de adrenalina.

As mãos de James tremiam enquanto segurava o volante, e Lorenzo estava de cabeça baixa, também trêmulo, tentando apertar a camiseta dobrada sobre o ferimento da bala.

— Porra! — o ruivo murmura vendo que de nada adiantava, o sangue continuava a molhar sua camiseta. Suspirou, desistindo do processo, nada ali iria adiantar. Ele volta seu olhar para James, que dirigia sem tirar os olhos da pista e hora ou outra olhava o retrovisor para ver se estavam sendo seguidos.

Mas, mesmo que estivesse concentrado em acelerar para tirá-los dali, o ruivo notou que James não havia percebido, no painel, o ponteiro da gasolina descer rapidamente, já estavam entrando abaixo de meio tanque.

— Como essa vida é injusta! — Lorenzo murmura, já prevendo mais um empecilho para eles, que os atrapalharia de chegar até o litoral.

James olha de relance para ele.

— O que foi? Como está sua ferida?

Lorenzo ri pelo nariz pela tão absurda ironia. – Não é nada, apenas que estou começando a acreditar que a merda do destino é quem comanda nossas vidas.

– Por que diz isso?

– Já notou como está nossa gasolina? – Lorenzo pergunta, virando a cabeça para olhar a janela. Estava irritado por tudo para eles estar dando errado.

Aquilo não era justo.

Os olhos de James vacilam ao perceber que agora estavam entrando na reserva.

– Mas que merda! – ele grita batendo no volante. – Como isso é possível?

– Tem uma trilha molhada no asfalto – Lorenzo murmura voltando-se para frente. – Aquele Duran deve ter acertado o tanque de gasolina.

James morde os lábios com força, arrancando um pouco de sangue do canto.

Não queria acreditar que estavam tendo mais um problema, sentia dores pelos muitos ferimentos e mordidas espalhadas pelo corpo, mas Lorenzo... o caso dele era ainda pior.

Não podia brincar ali, precisava levá-lo até Alejandra o mais rápido possível, mas parecia que a cada nova tentativa frustrada, mais dificuldades encontravam.

– Vamos conseguir chegar lá – diz depois de suspirar e continuar acelerando.

Lorenzo ri alto ao seu lado, olhando-o com diversão. – Não com essa gasolina.

Aquilo foi o estopim para o moreno explodir.

– Está achando graça do que, hein? Está fodido! E cada minuto que passa fica mais fodido ainda!!

– E você acha que não sei? – Lorenzo responde com a voz branda. – Apenas já aceitei.

Os olhos de James ardem levemente e, por isso, precisa piscar algumas vezes.

– Como assim aceitou?

Lorenzo o olha com um brilho triste.

— Eu não vou conseguir, James.

A forma como Lorenzo proferiu aquelas palavras fizeram o sangue de James ferver mais uma vez. O ruivo não poderia desistir e não permitiria que ele o fizesse.

— Você vai conseguir, sim. — Lorenzo estreita o olhar na direção do moreno e, com isso, ele continua. — Vai conseguir porque eu vou até o fim para te levar até o mirante. Não vou deixar que você morra.

O ruivo prende a respiração por um segundo.

Sabia que James estava mudando, que ele, depois de conviverem por um tempo, apenas precisava ter uma razão para se importar com as pessoas, mas aquelas palavras só o fizeram ter mais certeza de que o Número Quatro que conheceu no dia em que chegou junto de Robert e William, não era o mesmo Quatro que estava sentado ao seu lado.

Estava feliz por ele.

Feliz por saber que Helena o havia mudado e que por ela, ele iria até o fim para ajudá-lo.

Sim, ele sabia que os esforços de James não eram apenas por ele, mas por ela também, até porque, ele não queria ver sua amiga sofrer com a morte dele.

Todavia, a cada minuto que passava, ele perdia cada vez mais a esperança.

— Obrigado. — Foi apenas isso que conseguiu dizer, mas ainda assim pôde ver o moreno sorrir de canto e anuir enquanto olhava para a estrada.

Minutos a mais se passaram e, como haviam previsto, o carro começou a engasgar até parar de vez.

James desceu socando a lataria com fúria.

Não haviam conseguido chegar nem ao menos à metade do caminho.

Ainda tinham muito chão para correr, mas como Lorenzo havia dito, o destino parecia não cooperar.

Lorenzo abre a porta do passageiro recebendo uma reprimenda de James por não poder se esforçar.

— Já disse. Não adianta fazer mais nada, mas você ainda pode andar.

— Está brincando com a minha cara, não é? — James vocifera voltando-se até o ruivo. — Já te disse que vou te levar até lá!

— Eu só vou te atrasar! Deixe de ser idiota! — retrucou, vendo o moreno revirar os olhos e o puxar com força. — O que está fazendo?

O Número Quatro se vira de costas e agarra os dois braços de Lorenzo sob protestos e o ergue em suas costas.

Tal ato faz seu rosto se contorcer de dor ao sentir seus ferimentos protestarem, mas não tinha outra ideia e não poderia arriscar ficar parado com ele ali. Mais Zekens poderiam alcançá-los, e deixar Lorenzo para trás estava fora de cogitação.

— Me ponha no chão, James! Isso só vai te atrasar, você também não está bem.

— Estamos no mesmo barco, não adianta discutir, se for para morrer, então que sejamos nós dois. — Ralha trincando os dentes, passando a caminhar na beira da estrada em passos largos.

— Isso tudo para não ver a cara de decepção da Helena?

— Isso tudo para não perder um amigo. — E mais uma vez Lorenzo é surpreendido com a fala do moreno. Porém, seu silêncio apenas deu brecha para que continuasse. — Você cita o nome de Helena a todo momento, não lhe passa pela cabeça que estou fazendo isso por você?

— Imagino que ela seja o ponto crucial para tudo isso — Lorenzo murmura com o cenho franzido.

— Não. — O moreno ofega, começando a sentir o cansaço somado ao sol do meio-dia na cabeça e a fome. — Você é como o Will para mim. Foi você quem me fez repensar sobre minhas ideologias de não me aproximar de ninguém.

— Por que diz isso?

— Porque naquela luta entre nós dois construímos juntos uma parceria. — Ele inspira fundo, umedecendo os lábios. — Não se faça de idiota, você sabe bem mais sobre isso, senão não teria me convidado para ir com você até a cidade roubar aquele carro.

Lorenzo sorri com a recordação.

De fato, o moreno estava certo, no entanto, isso era algo que ele acreditava nutrir solitariamente. Pensava que James não tivesse noção da grande consideração que criou por ele depois daquela noite, ainda mais quando viu que ele estava tomando um grande cuidado com o pingente o qual havia perdido para ele.

— Pensei que eu era o único — murmurou.

James sorri imaginando as feições descontentes do ruivo. — Então minha avaliação sobre você ser um grande observador estava errada.

— Ah, cara, não ferra! É só que... não estava preparado para acreditar.

O moreno suspira, parando rapidamente para olhar ao redor onde estavam.

Aquela estrada estava vazia demais, nenhum outro carro passou por ali e, a possibilidade de serem surpreendidos pelos carros pretos estava começando a preocupá-lo. Sabia que não resistiriam a um outro ataque.

— Vamos sair da pista — ele murmurou, saindo do acostamento e entrando em um pequeno matagal ao lado. — Não estou com um bom pressentimento.

— Concordo. Se seguirmos por ali — Lorenzo aponta para a direita de onde estavam —, vamos chegar próximos do mar.

— Como sabe disso?

— Tem vários pássaros seguindo naquela direção, como o dia está quente e estamos a alguns quilômetros do litoral, acredito que vamos chegar lá se os seguirmos.

— Aprendeu isso onde? — o moreno questiona, levantando uma sobrancelha. Aquilo de fato era uma boa informação para seguirem.

— Vi em um filme. — O ruivo sente os ombros do moreno caírem com sua resposta e logo continua. — Não estou passando tempo demais com o Will, é um filme bem educativo.

— Não quero nem saber de qual se trata.

— Pois digo do mesmo jeito, o nome é *Indiana Jones* e é muito bom. Recomendo.

James suspira, revirando os olhos. Ao menos estava fazendo o ruivo ficar lúcido enquanto seguiam pelo caminho das aves.

— Espero de coração que seu filme esteja certo.

As horas vão passando e o matagal é substituído por um campo aberto, com pouquíssimas árvores aos arredores.

James já estava arfando em cansaço há algum tempo. Seu corpo inteiro doía e suas vestes estavam completamente manchadas com seu sangue.

Por mais que o caminho todo o fizesse se cansar, ainda mais por carregar um peso em suas costas, ainda assim, indo contra seus princípios, se viu tagarelando com Lorenzo por todo o percurso.

Estava extremamente preocupado com ele.

Vez ou outra, o notava enrolar um pouco as palavras e até mesmo repetir duas ou três vezes a mesma coisa. Isso quando não tinha que o chamar diversas vezes para ele não perder os sentidos.

Nesse meio tempo, haviam feito duas paradas para apertar o curativo improvisado com a camiseta e usar seu cinto para estancar o sangue da coxa dele, que sangrava muito.

Houve um momento que suas costas passaram a queimar e os músculos a se contraírem. A dor estava sendo insuportável, então parou e propôs ao ruivo mudar de posição para carregá-lo na frente. No entanto, aos primeiros passos que deu, viu com terror o curativo no estômago do rapaz se banhar com seu sangue, não conseguindo estancá-lo.

Por esse motivo, ignorando suas dores nas costas, ele tornou a carregá-lo da outra forma. Não poderia arriscar acelerar a deterioração do corpo de Lorenzo.

Logo o tempo fechou e uma grossa chuva os atingiu, dificultando ainda mais a locomoção. A força da chuva fazia uma cortina de vapor, dificultando James de enxergar o caminho. Seus corpos estavam ensopados e a água escorria vermelha por suas peles, lavando o sangue seco e facilitando as feridas expostas a sangrarem ainda mais.

— James, vamos... vamos nos abrigar debaixo daquela árvore — Lorenzo murmurou com os olhos semicerrados devido às gotas fortes baterem em seu rosto.

James não queria parar, mas visto que continuar seguindo apenas prejudicaria ainda mais o corpo frágil do ruivo, ele cedeu.

Estava exausto.

Quando o colocou com cuidado no chão, sentiu seus ossos estralarem e gemeu ao sentir as mordidas arderem ainda mais.

— Está frio — Lorenzo comenta com os lábios trêmulos, se encolhendo e abraçando o próprio corpo.

James olha para ele, atordoado. Não sabia o que fazer, e Lorenzo a cada minuto parecia mais enfermo.

— Deixe-me ver seu ferimento — pediu, se ajoelhando ao seu lado, vendo o ruivo assentir e deitar fechando os olhos.

James levanta sua camisa e retira o trapo vermelho que estancava o sangue e, o que viu ali, o assustou.

— Você sabe alguma coisa sobre ferimentos? — perguntou ao ruivo, que sorriu com os olhos ainda fechados.

— Está tão ruim assim?

— Sabe ou não? — insiste com a voz levemente irritada.

— Bom, aprendi umas coisas com Alejandra. Ela diz que ferimentos infeccionados estão bem quando o sangue ainda jorra vermelho e a pele em volta ainda está com a cor normal.

James engole em seco temendo o resultado completamente contrário que o ruivo se encaixava.

— E quando o ferimento não está assim? — pergunta comprimindo os lábios esperando uma resposta, por mais impossível que fosse, positiva do ruivo.

— Se o sangue coagulou e a pele está escura em volta... Bom, daí temos grandes problemas.

O Número Quatro solta o ar de uma vez e fecha os olhos com força. Estava em pânico.

— Por quê? — Ele escuta a voz de Lorenzo o chamar novamente. — Está necrosando já?

— Não — responde rápido abaixando sua camisa depois de colocar o curativo improvisado de volta. — Está vermelho, normal.

Lorenzo ri levemente, com o semblante divertido.

— Você é igual a ela quando está nervoso. — Comenta abrindo os olhos. — Mente muito mal.

— Enzo, eu...

— Escuta. Não se preocupe, está bem? — Lorenzo o corta se levantando e encostando no tronco da árvore com dificuldade. — Você fez o que pôde.

— Não diga como se estivesse tudo perdido! Eu vou te levar vivo até lá.

— De nada vai adiantar se nós dois morrermos no meio do caminho — Lorenzo responde puxando o ar com força. Já começava a sentir dificuldades para respirar. — Você está exausto. Descanse.

James olha para o temporal e xinga mentalmente tudo e todos pelo péssimo tempo.

— Não posso — diz já se levantando. — Vamos, temos que continuar.

— Eu vou continuar aqui, e você também, pelo menos até a chuva passar — responde olhando-o com o semblante sério. — Me diga, como conseguiu sair da ilusão daquele Zeken?

Aquilo estava matutando em sua cabeça desde a hora que o moreno surgiu em pé e lúcido em frente a ele e o tal Mako.

James dá de ombros, não muito confortável com a pergunta.

— Alucinei com Helena.

— Helena? — O ruivo repetiu com as sobrancelhas unidas. — O que você viu?

James desvia o olhar se silenciando. Não queria responder aquilo.

— Ora, vamos, Crow! O que aconteceu, hein? Ela te beijou por acaso?

E foi nesse momento que Lorenzo viu os músculos do moreno se contraírem e seu rosto desviar do seu buscando qualquer lugar que não fosse ele. Ao constatar — sem querer — qual foi o motivo, ele riu alto, fazendo James o olhar mortalmente, mas logo se antecipou em ajudá-lo, assim que uma crise de tosse forte o atingiu devido ao riso.

— O que foi? Acordou porque ela reclamou que você beija mal? — Perguntou ainda com as feições risonhas.

— Não seja idiota! Eu acordei porque não seria algo que ela faria.

— E por que não? — perguntou olhando-o sério agora. — Ela gosta de você.

A resposta de Lorenzo faz James retesar e o olhar ficar confuso.

— Como pode dizer isso?

— Eu conheço a irmã que tenho. Por isso que fiquei em cima de você o tempo todo. Para saber que se algo acontecesse comigo, como agora, você seria capaz de cuidar dela por mim.

— Lá vem você de novo! Pare de falar como se não fosse sobreviver!

— E não vou. Você é que está se iludindo.

— Ora, seu!... Eu vou fazer você pagar com a língua! — diz se levantando novamente e verificando que a chuva ainda continuava, mas, dessa vez, mais amena.

Com isso, ele segura os braços de Lorenzo e o enlaça em seu pescoço, colocando-o novamente em suas costas.

— Não vou deixar você morrer — diz, passando a caminhar, saindo debaixo da árvore e seguindo o caminho de antes.

Lorenzo apenas suspira cansado.

Queria realmente acreditar nas palavras do moreno.

Depois de duas horas, conseguiram alcançar uma estrada de terra que descia até a areia da praia mais à frente.

A chuva já havia cessado há algum tempo e James agradeceu mentalmente.

O vento marítimo batia forte em seu rosto e seus cabelos dançavam revoltosos. Por esse motivo, ficou um pouco difícil tomar fôlego e só foi quando finalmente alcançaram a praia que James conseguiu puxar o ar melhor.

Estava cansado, seu corpo tremia em violentos espasmos.

Sentia que a qualquer momento poderia perder as forças e cair, mas ainda assim continuava seguindo. Seus passos, antes apressados e largos, agora se resumiam a arrastar de pés.

Seus lábios, agora rachados, estavam entreabertos para puxar o ar melhor, mas parecia que aquilo apenas o fazia se cansar mais e, para piorar, uma sede terrível junto à fome.

Lorenzo não estava diferente dele, porém não mais abria os olhos. Quando o moreno falava algo, ele apenas se limitava em murmurar em resposta.

Sabia que James apenas falava com ele para mantê-lo acordado, mas isso parecia cada vez mais difícil.

De repente, sentiu o corpo de James se inclinar para frente, perder a força nos joelhos e caírem na areia.

Ali, ajoelhado e com a respiração descompassada, James arfava exausto. Os golpes de ar tornavam-se cada vez mais fortes.

Seu corpo estava no limite.

— Desculpe — murmurou ainda arfando. — Você está bem? — perguntou a Lorenzo que se mantinha preso em suas costas.

— Já chega... Você já fez... fez demais — ele murmurou tão fracamente quanto James.

— Só preciso de um ar — responde suspirando alto e, em seguida, forçando seus joelhos a se erguerem . Lorenzo sentiu as pernas do moreno tremerem com o esforço e isso o entristeceu ainda mais.

Sua cabeça estava leve e quase não conseguia entender o que James dizia. Seu corpo estava perdendo o calor e a dor em seu abdômen – por mais estranho que parecesse – não o incomodava mais. Estava dormente.

Sua hora havia chegado, no momento em que havia levado aquele tiro, mas a insistência de James e sua leve esperança o fez forçar o Número Quatro ao seu limite.

– James – chamou-o em fio de voz. – Preciso... preciso de um favor.

James arfava e forçava seus pés a continuarem andando. Ao ouvir o chamado fraco do ruivo em suas costas, sentiu seu sangue gelar.

– Não fale nada. Olha lá na frente! – Ciciou empolgado com o que via no horizonte. – A torre do mirante está lá! Está com sua luz apagada, mas sei que ela está lá.

Lorenzo se forçou a sorrir, mas não conseguiu. Suas pálpebras pesavam toneladas, não conseguiria ver nem se quisesse.

– M-me escuta, escuta... o colar, o rubi... você sabe.

– Eu sei, vou te devolver... – James puxou o ar com força, se esforçando para andar mais rápido. – Vou te devolver e você vai entregar para ela.

– Não... vo-você vai – tornou a dizer comprimindo os lábios, aquilo era difícil demais. – Vai entregar... para ela, depois que... tudo acabar.

– O quê? – James franziu o cenho não entendendo.

– Ninguém mais... vai morrer – Lorenzo suspirou sentindo um gosto amargo lhe subir a garganta. – Você vai sobreviver... e vai dar a ela... quando matar Kaguyan.

– Para com isso, droga! – vociferou quase engasgando com sua própria saliva. – Você vai chegar até ela e vai entregar esse maldito colar. Estamos quase lá! – gritou a última parte se forçando a acelerar o passo. Estava exausto, mas ao mesmo tempo estava quase chegando.

Apenas mais alguns metros. O mirante estava logo mais à frente.

– Me promete que vai dar a ela. – Estranhamente a voz de Lorenzo não gaguejou e nem enfraqueceu. – Prometa que vai sobreviver e proteger ela.

Aquelas palavras causaram um impacto muito grande para o moreno. Sentiu suas costas pesarem, não pelo corpo de Lorenzo, mas pela promessa que estava prestes a fazer.

– James... prometa, por favor.

Pela primeira vez, James sente um bolo se formar em sua garganta e os olhos queimarem com a vontade forte de chorar.

Sabia que aquelas palavras de Lorenzo eram uma despedida e não queria aceitar isso. Não depois de tudo que passaram, de tudo que lutaram para chegar até ali.

— Eu prometo — murmurou mordendo o lábio inferior.

Em suas costas, Lorenzo sorri satisfeito.

— Obrigado... V-você estava certo. — Sua voz voltou a falhar e agora estava mais fraca e distante do que antes.

— Certo no quê? — Assim que perguntou, ele viu mais à frente uma luz forte no mirante se acender e sorriu esperançoso.

— Você me fez pagar com... com a língua... Me, me trouxe até aqui... vivo. — Lorenzo arfa contra suas costas e James sente o ruivo amolecer ainda mais. — Então... por favor... me leve até ela.

— Estou levando! Olhe lá! A luz no mirante! — Sua voz saiu confiante e, por um momento, se sentiu aliviado depois de tudo. — Ela está lá! Está esperando por nós.

A euforia em sua voz e a felicidade em finalmente ver que aquela jornada tão angustiante terminou, aliviava James.

O moreno, que sorria abertamente, estranhou o silêncio de Lorenzo e tentou mais uma vez.

— Enzo, olha lá. Chegamos! Só mais um pouco.

Não recebeu nenhuma resposta.

O coração do Número Quatro disparou e seus olhos se arregalaram com uma rápida possibilidade.

— Enzo! Responde! — Balançou levemente as costas e sentiu o corpo amolecer e se soltar de seu pescoço.

Rapidamente o moreno se virou, agarrando-o e o ajeitando no chão com as feições em pleno pavor.

— Lorenzo! Lorenzo, acorda... por favor! — Sacudiu o corpo inerte com certa brusquidão. — Não faz isso! Estamos tão perto!!

James olhou em volta e amaldiçoou todos os deuses por não haver nada que pudesse fazer.

— Porra, não faz isso! Acorda, Lorenzo! — grita balançando-o mais uma vez.

Vendo que não recebia resposta, verificou sua respiração e, quando viu que ele não respirava, outra onda de pânico o assolou.

Logo começou a fazer uma massagem cardíaca, enquanto lamuriava em cima de seu corpo.

— Ela está lá... está te esperando! Estamos quase lá, por favor!

O ruivo não respondia a nada e James começou a se desesperar.

— Não é justo... não é justo! Por favor, volta! — Continuava forçando suas mãos no peito dele, mesmo sem ter retorno algum.

Logo uma ideia incendiou sua mente e pediu aos céus para que desce certo. Era sua última chance.

Concentrou uma pequena onda de eletricidade na mão e a descarregou no peito de Lorenzo, que tremeu com o choque, no entanto, ainda não teve nenhuma reação.

Então tentou mais uma vez, e de novo... e de novo, mas nada surtiu efeito.

Enzo estava morto.

— Não... — gritou sobre o corpo sem vida do amigo. — Droga, Enzo, reaja!

Mesmo sabendo que fez tudo que era possível para salvá-lo, não conseguia acreditar que havia chegado tão perto e, ainda assim, falhado.

Sentia-se tão... quebrado. E era um sentimento novo para si, era algo que nunca havia presenciado antes.

Nem quando perdeu Bruce sentiu aquele vazio em seu coração. Seu mentor o havia ensinado que amar e se afeiçoar às pessoas era uma fraqueza, era algo que poderia trazer a sua morte ou até mesmo o fracasso em sua missão tão árdua.

Mas Enzo também lhe ensinou muitas coisas, mesmo que Will e Helena tivessem ajudado em sua mudança, foi o Número Três que o fez abrir os olhos.

Foi graças ao ruivo que ele percebeu que estar com pessoas podia lhe trazer benefícios. Não os benefícios que ele pensou quando viu os poderes deles, mas benefícios à sua alma.

Enzo libertou a sua alma e mostrou o significado do companheirismo e da amizade.

— Droga! — gritou e então percebeu que as lágrimas já saíam aos montes de seus olhos.

E por incrível que pareça, não estava se preocupando se aquilo estava o tornando mais fraco, por chorar por Lorenzo, como seu mentor lhe dizia.

Ele sentia apenas... tristeza.

Tristeza por não poder proteger o seu amigo, tristeza por não o ter mais ao seu lado, seja para lhe dizer verdades ou implicar quando ele se aproximava da Número Cinco. Tristeza por não poder ver mais o amigo com aquele jeito encrenqueiro.

Tristeza por Helena.

Então, por um momento, ele se permitiu chorar. Se permitiu olhar com pesar para o corpo do amigo e imaginar quanto ele faria falta.

Olhou para o céu chuvoso e pensou em como diria à Helena que ele não fora capaz de salvar Lorenzo. Ela ficaria desolada... destroçada. Mas não podia culpá-la, afinal, ele mesmo sentia-se assim, suas forças se esvaíam e seu peito se comprimia, a vontade de chorar não ia embora, e as grossas lágrimas não cessavam.

E foi ali, naquela praia vazia, em uma noite silenciosa, que sentiu, pela primeira vez, como perder alguém por quem criou um laço tão forte, poderia afetar sua vida dali em diante.

Ele entendeu que, da mesma forma como ter pessoas próximas de si podia ser bom, perdê-las também poderia ser destrutivo, no entanto, havia algo a mais.

Seu corpo entrou em um frenesi que não conseguia controlar. Seus olhos ardiam mesmo depois de derramar tantas lágrimas, eles queimavam como brasa.

Não precisava de um espelho para saber que estavam rubros.

Assim como a noite se iniciou silenciosa e calma, agora, nuvens escuras e ameaçadoras começavam a encobrir aquele céu.

James sentia seu corpo ferver e os tremores apenas aumentarem. Era uma sensação estranha, mas era bom.

Era bom sentir aquela onda de adrenalina e ódio correr em suas veias, como estavam correndo naquele momento. O céu parecia refletir o negro que estava seu coração, e o início das pequenas luzes dançantes sob as nuvens correspondiam ao seu coração, que batia tão forte quanto o novo flash de relâmpagos que brilhavam acima.

Sua respiração tornou-se descompassada novamente, mas não pelo cansaço de antes, e sim por não conseguir inspirar todo o ar que necessitava.

Ele precisava de ar. Precisava respirar o mais fundo possível para liberar de uma vez de seu peito aquela dor.

Seus olhos arderam mais uma vez e logo foi puxado para suas próprias memórias, dos momentos hilários e irritantes que passou ao lado daquele ser ruivo. Desde a primeira conversa que tiveram enquanto assistiam a Helena e William lutarem, até seu último pedido antes de morrer.

Aquilo pareceu ser o estopim para ele.

Não era justo! Não era justo ele partir assim... tão perto.

E assim como em seu peito se formava uma tempestade de sentimentos, o céu iniciava uma de verdade. E foi ali, no exato instante em que o brilho rubro em seus olhos se tornou mais vivo do que nunca, que a noite pareceu clarear como o dia durante longos dois segundos. Um clarão ameaçador.

Porque, em uma tempestade, a grandeza do clarão de um raio remetia à intensidade da explosão do aterrador trovão.

E, por esse motivo, quando o clarão se apagou, James se permitiu liberar toda aquela pressão dentro de si em um urro alto no meio da noite, sendo acompanhado por uma grande explosão de um poderoso trovão no céu.

A terra pareceu estremecer com o feito, mas aquilo, para ele, foi sua libertação.

Sentiu sua respiração normalizar e o corpo parar de tremer.

Logo, seus olhos se voltaram para o corpo do amigo, que começava a se molhar com a chuva que ele mesmo ocasionou.

No entanto, já não fazia mais diferença se chovia ou não.

Abaixou a cabeça, desculpando-se mentalmente, e caminhou, levando junto com ele o corpo do ruivo em seus braços.

Antes que começasse a andar em uma marcha lenta, contando os passos para dar a angustiante notícia para todos, ele voltou-se para o rosto de Lorenzo que, mesmo depois de morto, esboçava um sutil sorriso em seus lábios finos.

Mesmo depois de morrer, ele ainda expressava quem ele era. Uma pessoa cheia de vida, alegria e... sarcasmo.

Com esse pensamento, o moreno sorriu de canto, sendo contagiado pelo falecido.

— Eu vou cumprir as promessas que te fiz — murmura sincero. — Vou protegê-la, e farei mais... Vou vingar sua morte, ao lado dela — diz após suspirar decidido.

Faria aquilo por ele e por todos que morreram nas mãos da rainha. Não permitiria que mais ninguém perecesse.

— Vamos — voltou a murmurar, dessa vez, sem olhar para o rosto do ruivo, mas para o mirante logo à frente. — Vou te levar até ela.

Forçou seu corpo dolorido a caminhar, porque tinha que cumprir o que prometeu a Lorenzo, carregaria seu corpo até ela.

Depois de ver os raios se fazerem presentes no céu já escuro, acomodou o corpo do ruivo em seus braços e seguiu em direção ao mirante.

Cumpriria a sua promessa.

Por Enzo.

"Obrigado, meu amigo."

▫

— Eles estão demorando — diz Helena em pé do lado de fora da pequena casa que havia na beira do mar, com os braços cruzados e uma expressão angustiada. — Não devíamos tê-los deixado para trás.

— Logo estarão aqui, Helena — fala William com a feição preocupada. — Fique calma.

— Então por que estou com esse aperto no peito? — pergunta ela, virando-se para o amigo, sentindo seus olhos marejarem contra a sua vontade.

— Eles ficarão bem, o.k.? — O Número Seis caminha alguns passos em direção a ela e passa um dos braços por seu ombro.

— Helena, Will, entrem. Uma tempestade se aproxima. — Ouviram o grito da mentora, mas nenhum dos dois se mexeu.

— Deixe-os, Alejandra. — A voz de Robert logo foi proferida, e Erik também resmungou algo. Dylan se encontrava do lado de dentro da casa, observando tudo em silêncio.

Mais alguns minutos se passaram e o silêncio reinou, o único som que podia ser ouvido era o barulho das águas se chocando contra as pedras no mar. Era uma visão bonita de se admirar, se estivessem em outras circunstâncias.

O tempo fechou e parecia que cada vez mais o céu escurecia, deixando o ânimo do pequeno grupo ainda pior.

Ao fundo, uma pequena tempestade começava a se aproximar, raios e trovões se chocavam entre as nuvens acinzentadas que traziam os grandes pingos de chuva ao local. Em minutos a grossa garoa se intensificou e trouxe consigo o frio.

Helena já estava ensopada, mas nem mesmo com os gritos insistentes de sua mentora ela saiu do lugar onde estava antes de a chuva começar. William também permaneceu ali, ao lado dela a todo instante.

No entanto, a garota observou o loiro mudar sua expressão de preocupação para alívio, olhando para um ponto fixo mais à frente.

— A tempestade de raios era... — ele começou a proferir, mantendo o sorriso no rosto.

— James — Helena completou a frase do amigo e não conteve a emoção por saber que mesmo após a sensação estranha, Lorenzo e James estavam chegando. Colocou uma mão em cima da boca e só naquele instante soltou a respiração que nem percebeu que segurava.

Ela direcionou sua visão para frente e começou a caminhar em meio à chuva, na direção em que certamente eles estariam vindo. No horizonte, era possível ver a movimentação de alguém e ela sentiu as lágrimas de alívio escorrerem por seu rosto. Will também acompanhava seus passos, e como a chuva estava densa, não conseguiam correr.

Por entre os pingos grossos de chuva, ela semicerrou os olhos para fixar sua visão na figura que se aproximava, e ao perceber o que era, não conteve um grito de puro pavor.

Um grito que transmitia toda a dor que sentia.

James caminhava lentamente, vez ou outra tropeçava nas pequenas pedras que havia no chão. Sua expressão estava séria, mas era possível ver o pânico estampado no rosto cansado, e quando ele escutou a garota gritar, apertou os olhos com toda força que conseguiu, como se quisesse afastar toda aquela dor.

Já estava exausto, mas precisava entregar a ela... *o corpo de Lorenzo.*

Helena olhava para o corpo desfalecido do ruivo nos braços de James com os olhos arregalados e as lágrimas desciam incessantemente por seu rosto, tinha a boca levemente aberta e havia parado de caminhar.

Will continuou até chegar perto dela, e também estava em choque, com o vinco entre as sobrancelhas em evidência e grossas lágrimas presentes em seu rosto. Ele sempre fora transparente e não seria naquele momento que esconderia seus sentimentos.

Por um momento, Helena pareceu acordar e caminhou mais alguns passos até ele. Ela já chorava sem padrão e soluçava alto como se estivesse sentindo a dor de uma faca passando por seu corpo.

Bem no coração.

— Não... — diz ao ficar diante de James, mas sem tirar os olhos do amigo. — Não!

James se ajoelhou e depositou o corpo já sem vida daquele que se tornara seu amigo... seu irmão, mas não permaneceu ali. Nem mesmo dirigiu uma palavra sequer à garota, que já se abaixava e chorava copiosamente.

Em meio aos gritos de desespero e dor, Helena proferia o nome de Lorenzo e aquilo estava sendo demais para James.

— Você não pode fazer isso comigo, Enzo... — James escutou a garota dizer em meio aos gritos. — Você prometeu.

— Querida... — Ouviu a voz de Alejandra atrás dela, mas a garota não se voltou para ela, não conseguia tirar os olhos do ruivo.

— Não, você não pode morrer, não pode me deixar — gaguejou. — Você não pode... somos eu e você contra o mundo, lembra? Você prometeu, você não pode...

— Ele se foi, querida — diz a mentora da Número Cinco, que também se agachou, mantendo-se ao seu lado.

— Você pode curá-lo, Galia, por favor, cura ele. O que está esperando?

— Não posso curá-lo, Helena. — Alejandra chegou mais perto e a abraçou, como se tentasse tirar a dor que ela sentia. — Nosso Enzo se foi.

Helena gritou, chorou, proferiu o nome dele. E por vários minutos tudo que se ouvia eram os barulhos que vinham da Número Cinco, acompanhados da chuva que se mantinha constante.

James fechou os olhos, não querendo mais ver aquela visão. Naquele momento, preferia ver a garota durona e ácida que várias vezes ela se mostrou ser a vê-la tão quebrada e tão absorta em dor e desespero.

Mas não havia nada que pudesse fazer.

Will se aproximou do amigo e colocou a mão sobre seu ombro.

— Que merda, cara.

— Ele pediu que trouxesse seu corpo até ela. — Foi só o que James conseguiu proferir, e parecia que havia tomado ácido, porque o gosto em sua boca ao dizer aquelas palavras era esse. — Não consegui trazê-lo a tempo de ele se despedir dela.

O loiro assentiu com a cabeça e nada mais disse.

James olhou mais uma vez para o corpo de Lorenzo deitado no chão e respirou fundo, parando seus orbes em Helena, que agora observava com devoção o rosto do amigo.

— Myrin... — resmunga Alejandra, e nesse momento Robert percebeu quão quebrada sua amiga também estava. Sempre tão focada, era difícil vê-la desabar a ponto de chamá-lo por seu nome shindeniano. — Meu menino se foi...

— Vamos entrar... Galia — o grisalho a chamou ao ver grossas lágrimas escorrendo do rosto da loira.

Helena continuava na mesma posição, ajoelhada ao lado dele.

Sua pele já estava muito gelada, e a coloração clara que sempre adorou começava a se tornar azulada. Seus olhos verdes, tão característicos de si, não eram mais vistos, nunca mais seriam...

Ele estava machucado, havia morrido lutando, reparou. Sorriu ao constatar isso, ela sabia que Lorenzo jamais desistiria. Não, ele lutou até o fim e foi isso que tirou a sua vida.

Sua boca não tinha mais o tom rosado tão singelo e já começava a escurecer.

Lorenzo estava tão frio... ela deitou-se sobre seu corpo na tentativa de aquecê-lo. Ela o abraçou como se quisesse passar toda vida presente em si e dividi-la com aquele que se tornou o seu irmão.

— Não faz isso comigo, não me deixa — resmungou ainda abraçada ao corpo dele. — Por favor, ruivo, você ainda tem muito o que viver, tem muitas malandragens para fazer, ainda tem que me salvar em muitas ocasiões. — Helena continuava a falar, e todos ali observavam compadecidos a dor da garota. — Você não pode morrer, vamos derrotar Kaguyan juntos, lembra? Vamos derrotá-la para poder viver em um campo, nós fizemos a promessa de mindinho, Lorenzo!

A chuva foi amenizando, dando lugar a uma leve garoa.

Erik e Robert seguiram para dentro da casa, não havia nada que pudessem fazer ali. E Alejandra se negou a sair de perto, sabia que Helena precisava dela.

Will foi até Helena e se agachou em sua frente, puxando-a carinhosamente de cima do ruivo e a acomodando em seus braços.

– *Shhh*, estamos aqui – diz ele em um tom baixo, quando ela se aninhou em seu peito.

Ela tremia muito, estava gelada e encharcada, e o amigo sabia que ela não sairia dali tão cedo. Então só lhe restava prestar o suporte a ela.

Aquilo foi demais para James, ele não aguentava ficar ali mais um segundo sequer.

Virou-se para o caminho de onde viera e seguiu cambaleando para longe dali o mais rápido que pode. Precisava esquecer tudo o que vivera nas últimas horas, precisava esquecer aquela dor que passava em seu coração.

Caminhou alguns metros e não se atreveu a olhar para trás.

Seu coração estava em pedaços.

XIII

PLANETA SHINDEN - QUATORZE ANOS ANTES

A densidade do ar estava começando a se fazer presente a cada passo que dava em direção àquela sala. Todos os membros do conselho de Shinden estavam ali presentes e, agora, só faltava ele.

Homens e mulheres, diplomatas e líderes de todas as vastas regiões do planeta foram convocados para participar daquele encontro.

A pauta todos já sabiam.

Kaguyan estava conseguindo cada vez mais vitórias sobre seus exércitos e aquilo estava tirando Enialis do sério. O planeta estava à beira de sucumbir e nada que fizessem estava surtindo efeito contra a Rainha Vermelha.

Com um suspiro tedioso, o rapaz de cabelos acinzentados – quase brancos – abre a grande porta da sala de reuniões com as duas mãos, empurrando-as. Ao entrar, analisa cada rosto ali presente minuciosamente. Não podia deixar nenhum detalhe passar, precisaria reportar tudo a ela mais tarde.

– Duran. – Ele escuta um murmurar ao seu lado e vê o prodígio do clã Evellon, um dos mais importantes de Shinden, escorado no canto da porta com os olhos temerosos. – Onde estava? Não devia ter demorado tanto, ainda mais com o assunto que Enialis tem a tratar.

– Imagino qual seja o assunto. – Ele cicia desdenhoso. – Não tenho nada a esconder, ao contrário de sua família.

O moreno ao seu lado fecha o semblante, mantendo o olhar fixo no ex-companheiro. Por muito tempo, ambos foram amigos inseparáveis e até mesmo cúmplices em batalhas, mas agora Duran estava distante. Distante desde o dia em que perdeu a sua amada.

A passos lentos, o grisalho se voltou para a mesa, sendo recebido pelo olhar orgulhoso de seu líder shindeniano e, logo em seguida, ocupou seu lugar merecido à mesa.

Lugar antes ocupado pelo antigo amigo logo atrás, mas agora tomado por ele.

Sorriu minimamente ao notar o olhar raivoso do grandioso Rennin Evellon em sua direção. O fato de ter assumido o lugar do filho não devia estar o agradando, afinal.

– Duran, que bom que chegou. – Enialis o saudou com um sorriso no rosto. – Meu braço direito está aqui, já podemos começar.

Dentre os presentes, alguns rostos conhecidos por ele se destacavam. Todavia, estranhou o fato de a general Galia estar ali junto de Myrin – pacifista. A serventia do homem de meia-idade e grisalho de nada poderia pesar naquela reunião, visto que só tratariam da guerra que acontecia naquele exato momento.

– O motivo da convocação que lhes enviei é por precisar tratar com cada um dos senhores e senhoras pessoalmente. – Enialis corre os olhos por todos sentados à grande mesa e suspira resignado. – Galia, nossa general, está certa de que haja um traidor entre nós.

O olhar de espanto passou sobre todos, com exceção de Duran, que apenas cruzou os braços rente ao peito e se encostou melhor na cadeira.

– Senhor, quais as suspeitas quanto a isso? – pergunta Beiro, aquele que viria a se tornar o mentor do Número Nove.

– Não é evidente, Beiro? – Galia se adianta com o olhar feroz. – Aquela maldita está sempre um passo à frente em cada investida que planejamos contra ela! Não acredito que um ser como ela seja evoluído o bastante para ser clarividente.

– A general está certa. – Myrin, o futuro mentor do Número Seis, concorda, fechando os olhos, buscando as palavras certas. – A Rainha Vermelha vem de um planeta próximo do cinturão de Hiden, nossos cientistas já contataram outras espécies por lá e todas já haviam ressalvado a ameaça que Kaguyan representava. – A atenção de todos estava voltada apenas a Myrin, que ainda se mantinha com os olhos fechados. – Alguns planetas pequenos já foram invadidos por ela, mas agora, está mais ousada... deseja mundos maiores.

— E qual o motivo que move essa conquistadora? — outro soldado pergunta com o semblante sério.

— Ainda não sabemos — Myrin responde abrindo os olhos com pesar.

— Ouso supor... — A voz grossa de Rennin impera sobre a sala e todos o olham respeitosamente, coisa que Enialis não aprova. — Que Kaguyan, a princípio, invadiu mundos pequenos, mas em quantidade, apenas para alimentar a massa de seu exército.

— O que quer dizer? — Duran questiona sentindo uma pontada na nuca. Sabia que Ita estava avaliando-o a todo momento.

Rennin estreita os olhos na direção do rapaz e solta o ar com força.

Estava irritado por seu filho ter sido deposto do cargo, e agora, sabia que o próximo seria ele, exatamente por causa daquele verme.

Não era de hoje que ele e sua família suspeitavam das reuniões privadas que Duran tinha com o Grande Líder. A suspeita de que armavam contra os Evellon's aumentou quando seu irmão fora deposto do cargo de regente e, logo em seguida, seu filho também.

A hierarquia estava se desfazendo e só Enialis parecia se iludir com o contrário.

— Participei de algumas chamadas com os outros mundos e uma das coisas que disseram foi que Kaguyan não costumava matar muitos dos habitantes do planeta, exatamente para escravizá-los, e outros, para sofrerem modificações genéticas e se tornarem seus soldados.

— Esses são chamados de Zekens. — A voz doce de sua esposa ao seu lado se fez presente, acalmando-o juntamente com um singelo afago em sua perna por debaixo da mesa.

— Sim, sim! — Myrin se exalta virando-se para o Grande Líder. — Perdoe-me, senhor, esse detalhe me esqueci de colocar em pauta.

— Você diz esquecer, ou apenas arquitetou isso com o senhor Rennin para engrandecerem seus feitos aos olhos de nosso Líder? — Duran volta a indagar, fitando Myrin com o canto dos olhos. — Uma descoberta assim deveria ter sido reportada imediatamente.

Enialis estreita seus olhos na direção de Rennin e em momento algum transpareceu temer, no entanto, estava preocupado com sua família.

Há tempos Duran estava envenenando a cabeça de seu Líder.

— Tem razão... — Sua voz ecoa sobre a sala que se mantinha silenciosa depois da afronta de Duran. — Esperava mais de você, Rennin.

— Sinto muito, senhor. — Ele responde sentindo seu corpo retesar.

— Acredito que você e sua família não devam participar desta reunião até o fim. — As palavras do Líder fazem o patriarca do clã Evellon levantar o olhar atônito. — Preciso pedir para que se retirem.

Todos na sala olharam perplexos para o Líder, que se mantinha irredutível à sua ordem.

— Sim, senhor. — Foi o que Rennin se limitou a responder, já se levantando e ajudando sua esposa a fazer o mesmo.

— Lembre-se, Rennin: — Novamente Enialis lhe chama a atenção antes de chegar à porta com sua esposa e Ita, que olhava para Duran com ódio. — Sabe o que acontece com traidores quando descobertos, não é?

Rennin apenas assente, sem mudar sua expressão, e logo sai da sala junto com os seus.

Ao fechar a porta, o mais velho sente sua mulher apertar seu braço em puro sinal de desespero.

— Aqui não, Ara... — Ele olha com o canto dos olhos para ela, vendo-a lacrimejar. — Segure o choro, não demonstre medo.

— O que vamos fazer? — Ela lamuria com a voz embargada, enquanto o acompanhava em passos rápidos.

— Precisamos sair daqui — responde, virando um corredor daquele imenso prédio e cumprimentava, com o balançar de cabeça, um segurança. — Ita, sabe o que fazer.

— Sim, senhor.

O rapaz já estava ciente dos perigos que corriam agora. Mais do que nunca as suspeitas se tornaram evidências nos momentos que Enialis ameaçou seu pai.

Agora era um fato.

O líder estava convencido de que eles eram os informantes da Rainha Vermelha. Por mais que não quisesse acreditar, mesmo depois de seu pai tê-lo alertado, seu melhor amigo armou contra eles.

Duran era manipulador e não se surpreenderia se ele fosse o verdadeiro informante.

Acreditar nisso o chateava, mas após ter a constatação naquela reunião, não estava mais chateado, estava irritado. Aquele rapaz era seu amigo, seu companheiro! Não podia se levar assim só por ter perdido sua amada.

Foi um acidente. No entanto, pelo que estava vendo, para Duran não era bem assim que via a morte de Rin.

Se afastou de seus pais e virou outro corredor, seguindo para o escritório de Myrin junto com o restante dos cientistas. Se havia um lugar em que estaria seguro, o laboratório era este lugar, além de que, sabia que aquele também era o ponto de encontro para uma segunda reunião, mas essa, confidencial – longe dos ouvidos do Grande Líder.

Caminhava a passos rápidos até finalmente chegar ao corredor completamente branco. Seguiu até o elevador e acionou para o último andar.

– Duran... por quê? – murmurou, fechando os punhos com força. Seu corpo estava tenso e o amargor em sua boca não facilitava em nada o seu autocontrole.

Estavam condenados agora.

Assim que o elevador abriu, ele saiu em disparada até a sala de Myrin e, assim que chegou, entrou e trancou a porta atrás de si.

Rezava para que seus pais chegassem logo em casa e trouxessem seu irmão o mais rápido possível. Seria apenas questão de tempo para serem procurados a mando de Enialis.

Comprimiu os lábios e caminhou até uma das várias cadeiras daquela saleta. Agora, apenas precisava esperar para que os membros de confiança também passassem por aquela porta. No entanto, mesmo que o horário combinado não estivesse tão próximo, ele queria apenas se teletransportar para a hora marcada.

Estava aflito e não conseguia mais esconder isso.

Logo se pegou voltando àquele dia. O dia em que Rin morreu.

Ela estava em fácil alcance para ele conseguir salvá-la, mas a vida de dezenas de membros do esquadrão estava em jogo. Naquela maldita balança... Ele precisou fazer uma escolha.

Escolheu salvar exatamente trinta e cinco homens e mulheres presos em uma cápsula de viagem intercontinental, do que apenas uma vida – a de Rin, que, no fim daquela noite, sucumbiu ao fogo da explosão daquela usina.

Sabia que a culpa era sua, mas o que lhe motivou a escolher aquelas pessoas à ela, foi a própria Rin.

"Não faça as famílias dessas pessoas sofrerem, Ita, elas estão contando com você."

Sentiu seus olhos arderem e respirou fundo para conter as lágrimas que mais uma vez queriam surgir. Perdeu as contas de quantas vezes ele chorou e se lamentou pela morte dela.

Ao mesmo tempo em que era condecorado pela bravura e missão bem-sucedida, ele se condenava por dentro. Perdeu naquele dia uma amiga.

Amiga essa que era o amor da vida de seu melhor amigo.

— Ita? — Levantou os olhos avermelhados e viu Lhoris, um dos homens de confiança de seu pai, parado na porta. — Por que está aqui tão cedo?

— Poderia lhe perguntar a mesma coisa.

O homem riu da resposta e entrou completamente na sala, fechando a porta atrás de si.

— Eu vim para pegar o relatório das cápsulas, homenzinho, aquelas que os membros estão planejando mandar à Terra.

Ita olha de relance para a gaveta onde continha tais documentos:

— E o que vai fazer com eles?

— Entregar a Arannis, ele não poderá comparecer à reunião, parece que está sendo seguido por um rastreador de Enialis.

— Já suspeitaram do plutônio roubado?

— Sim. — O homem maneia suspirando e puxando uma cadeira. — Eu soube sobre seu pai. — Os olhos de Ita miram o chão ao ouvir aquilo. — Sinto muito, mas não se preocupe, seu irmão está no programa... assim como você.

— Eu? — Confusão se passa nos olhos do moreno que ainda não conseguiu assimilar as coisas.

Lhoris sorri maliciosamente enquanto se encostava na cadeira e cruzava os braços.

— Sabe que eu serei o mentor de seu irmão, não é? — ele questiona, vendo o moreno assentir. — Aeron é uma peça importante, Ita. Kaguyan prontamente vai enviar vermes para a Terra e caçar as crianças e, se algo acontecer comigo, seu irmão não pode ficar sozinho. Você precisará protegê-lo.

— Mas como, se só vai haver nove cápsulas?

— Existem outros meios, meios esses de que você não vai gostar.

— Meu pai sabe disso?

Lhoris assente quanto à pergunta. — Certamente, isso tudo é obra dele desde antes da chegada de Kaguyan.

— O que quer dizer? — indaga abruptamente. Por algum motivo, não confiava em shindeniano.

— O que você faria para salvar seu irmão?

A pergunta pega Ita de surpresa, no entanto, sua resposta era óbvia:

— Tudo o que fosse preciso. Daria minha vida por Aeron.

Sua resposta faz o homem sorrir abertamente. — Isso é bom. Seu pai há muito tempo liderou uma missão de reconhecimento de planetas fora deste sistema solar com o intuito de encontrar um outro mundo com as semelhanças do nosso, caso acontecesse alguma coisa, claro.

— E encontrou a Terra. — Ita seguiu a linha de raciocínio do outro. De certa forma, sempre teve curiosidade em saber como haviam descoberto a Terra, afinal.

— Sim, ele deixou Tared para monitorar como os terráqueos viviam e fazer uma pesquisa de campo sobre os costumes, cultura, língua e culinária. Apenas não contava que o líder do clã Vesryn fosse querer residir por lá e não voltar mais para Shinden.

— E por quê?

— Ninguém sabe, mas isso não agradou muito o seu pai — Lhoris murmura pensativo. — Todavia, nada é em vão, certo? Podemos tirar proveito da estada de Tared por lá. O problema é se você vai aceitar ou não.

— Proteger meu irmão? Já disse que sim!

— Não isso, meu caro. — O homem ri com a inocência do rapaz. — Você vai precisar se separar de Aeron, mais precisamente, ser preso por Enialis.

— O que disse?

Novamente aquele sorriso malicioso se fez presente.

— Eu disse que você não ia gostar.

PLANETA TERRA - ATUALMENTE

Olhou-se no espelho do quarto destinado a si e se apavorou com sua própria aparência, estava com olheiras fundas e expressão apática, consequência de uma noite de apenas cochilos e choros intermitentes. Seus músculos estavam tensionados e sua cabeça doía, seu corpo já reclamava pelas más condições às quais fora submetido nas últimas horas.

Mas o que ela poderia fazer? Sentia como se todo o seu trabalho tivesse sido em vão, de nada havia adiantado lutar, porque, no fim das contas, não foi capaz de proteger aquele que se tornara seu irmão.

Não tinha mais forças para seguir em frente.

Sentia que um pedaço de si havia morrido junto com Lorenzo.

Sentia seus olhos arderem pela simples menção de seu nome, mesmo que em pensamento. O bolo se formou novamente em sua garganta e a sensação que tinha era que todo ar do lugar estava acabando.

Seu mundo parou no momento em que viu James cambaleando, por conta do cansaço, e vindo ao seu encontro para trazer o corpo de Lorenzo. Suas forças acabaram ao ver a tonalidade de sua pele já mudando e o seu corpo ficando gelado. Não tinha ideia das dificuldades que eles sofreram, mas sabia que não era qualquer coisa que tiraria a vida daquele ruivo encrenqueiro e marrento, então certamente os obstáculos que tiveram que enfrentar não haviam sido fáceis.

Sua gratidão por ele seria eterna, sua amizade e os momentos bons juntos nunca seriam esquecidos, e a saudade... esta seria para sempre.

Não lembrava de mais nada desde que James deixou o corpo desfalecido do amigo no chão, não sabia como havia chegado ao quarto em que estava agora, muito menos por que a sensação de uma gripe chegando lhe rodeava. Pelo seu estado, estava supondo que ficou muito tempo sob a chuva que caía naquele momento, e, a julgar por suas roupas, certamente Alejandra as havia trocado antes de ela cair no sono.

Tudo não passava de um borrão.

Sabia que sua mentora estava cuidando de tudo e queria apenas ficar só e sofrer a morte de seu irmão, mas a realidade era outra. Uma hora precisaria sair daquele quarto e enfrentar tudo aquilo.

Precisava saber o próximo passo e o que fariam a partir dali, porque agora a sua fome de vingança era maior. E se os demais achavam que isso a derrubaria, estavam enganados. Agora seu gás estava mais forte do que nunca e tinha sangue nos olhos para massacrar aqueles vermes e chegar até Kaguyan. E esta... ela mataria lentamente.

Suspirou ao secar as lágrimas grossas que haviam escorrido pelo seu rosto e calçou seu tênis, era hora de enfrentar tudo.

Ao sair do quarto e caminhar até a sala, já sentiu a tensão no ar, principalmente quando viu Robert, William, Dylan e Erik acomodados nos sofás dispostos no cômodo. Todos mantinham um olhar baixo e estavam em silêncio.

O loiro se levantou ao notar sua presença e caminhou até ela, mas parou seus passos ao notar que nenhuma reação vinha dela. Helena estava apática, ela subiu o olhar lentamente e William recuou ao ver o verde das belas esmeraldas que sempre vira tão brilhante e cheio de garra, agora opaco.

Ela seria mais verdadeira possível e demonstraria como estava naquele momento: destruída.

— Helena. — Escutou Alejandra chamá-la e se virou para ela, vendo-a segurando um pano de prato, em pé no corredor que ia em direção à cozinha. — Querida, venha comer alguma coisa.

Helena conteve a vontade agonizante que sentia de chorar e engoliu a sensação de quebrar tudo que via pela frente.

— Não estou com fome — disse ela, e sentiu sua garganta mais seca do que tinha percebido. Se virou e caminhou para fora da casa.

— Helena. — Parou ao ouvir a voz hesitante de William, mas não se voltou para ele. — Vamos... enterrá-lo daqui a pouco.

A menção a Lorenzo fez Helena voltar o olhar para o amigo, que também tinha uma expressão triste, ela acenou em concordância e continuou seu trajeto até a frente da casa. E, pela primeira vez, desde que chegaram à pequena casa ao lado do mirante e perto do mar, ela se deu ao luxo de observar, por alguns minutos, aquela visão.

Lorenzo iria adorá-la.

Deu um repuxar de lábios ao imaginar o amigo ali, aproveitando o sol que agora se tornava presente, e dizendo que ela precisava 'pegar uma cor' e que estava muito branca. Olhou para os pássaros cantando tranquilamente e sentiu o leve vento passar por seu rosto e balançar seus cabelos.

Sentia-se pequena.

Sentia-se presa.

– Helena. – Escutou William atrás dela chamando-a.

Era a hora de enterrá-lo, no entanto, de onde tiraria forças para tal coisa? Suspirou e se virou, caminhando sobre a areia quente até o local onde os outros estavam. Ao lado da casa, havia um pequeno gramado e uma única árvore no meio dele: uma cerejeira.

Por ironia do destino, Lorenzo descansaria eternamente ao lado de uma cerejeira, apelido que tanto ele dizia quando se remetia a ela.

Ao chegar lá, todos os companheiros, à exceção de James, estavam ao redor da grande cova que um deles havia cavado. O corpo já arroxeado de Lorenzo estava enrolado em panos brancos, costume em Shinden. Suas vestes também eram brancas, e flores foram acomodadas ao redor de seu corpo.

Ele foi limpo, provavelmente obra de Alejandra, agora sem os ferimentos à mostra e sem sangue pelo corpo.

Parecia que ele estava dormindo.

No entanto, sabia que não era verdade.

Quando passou a mão em seu próprio rosto, notou as várias lágrimas que escorriam por ele, sem que ela nem notasse. E toda a dor que sentiu ao ver o corpo dele, quando James o trouxe, parecia ter voltado na mesma proporção.

– Sei que ninguém está à vontade para falar. – Começou Robert, um tanto receoso, olhando para Helena. – A dor por perder Enzo ainda está muito grande e presente em todos nós. Mas ele merecia que falássemos algumas coisas a seu respeito, mesmo que nosso coração esteja apertado.

Ela subiu o olhar para o grisalho e tentou dizer algo, qualquer coisa que honrasse o seu amigo, mas nada saiu. Ela não conseguiu dizer nada do que estava sentindo. O único som que saiu foi o barulho de seu choro.

– Enzo tinha um bom coração – Will chamou a atenção de todos, até mesmo de Helena. – Enzo era um amigo incrível.

Ele encarava a garota, que se esvaía em lágrimas ao ouvir as palavras sobre o amigo.

– Enzo era leal. – A voz trêmula de Alejandra se fez presente, e lágrimas também escorriam por seu rosto. Ela não ousou olhar para sua protegida. – Enzo cuidava daqueles que amava.

Helena colocou a mão na boca, na intenção de segurar um pouco todas as emoções que estavam aflorando sobre si, ao ouvir aquilo da mentora. Nunca havia parado para pensar, mas Alejandra amou Lorenzo como um filho, ela também estava sofrendo.

— Lorenzo tinha uma determinação invejável — Erik pronunciou baixinho, mesmo não o conhecendo, isso foi o que conseguiu notar do Número Três.

— Lorenzo se preocupava com os amigos — Dylan disse hesitante, olhando para Helena. Lembrou-se da situação durante a janta, em que o ruivo tomou as dores pela amiga. — Lorenzo foi muito melhor do que um dia eu serei.

Depois que todos falaram algo, a expectativa cresceu sobre ela, que agora encarava o corpo dele.

— Enzo... — começou criando coragem para falar. — Sempre será meu irmão, minha família.

Terminou a frase e tudo o que sentia tomou conta de si, obrigando-a a se ajoelhar e a observar William e Dylan encaixarem o corpo dele dentro do buraco. William pegou a pá e juntou um pouco de terra, jogando-a em cima do caixão, depois estendeu o objeto para a garota que, ainda trêmula, se levantou e repetiu o mesmo processo feito pelo loiro há pouco.

Entregou-a para Alejandra, e consequentemente todos os companheiros deixaram um pouco da tristeza que sentiam ao jogarem o pouco de terra sobre o amigo.

Até mesmo para Dylan e Erik estava sendo difícil, eles, que não tiveram tempo de conhecê-lo, também olhavam com pesar para o lugar agora cheio de terra.

William pegou a pá e terminou o processo até tapar por completo o buraco e então, um a um, todos deixaram o local, à exceção de Helena.

Ela queria permanecer ali, ao lado dele, o maior tempo que conseguisse.

Ao longe, James observava a cena com o cenho franzido. Ver a dor da garota acabava com ele, e não teve coragem o suficiente de presenciar o momento em que enterraram aquele que viera a se tornar seu grande amigo.

Ele, de certa forma, e talvez em uma proporção menor, sentia todo aquele turbilhão de sentimentos que Helena estava sentindo no momento.

Lorenzo o libertou.

Com seu jeito espontâneo e marrento, ele se tornou seu amigo e o libertou daquele medo que James sentia de se aproximar dos outros. Com o ruivo, ele aprendeu que ter pessoas com quem se preocupar é o que os fortalece, são laços que criam estrutura e base para que eles consigam derrotar Kaguyan. É a preocupação com os amigos que os mantém mais alerta e é o amor que os deixa mais fortes para seguir em frente. Lorenzo mostrou a ele que há um mundo a ser descoberto, mostrou um mundo mais colorido, e, ele arriscava dizer, lhe mostrou um mundo rosa, como a tonalidade que se tornava presente nas bochechas da Número Cinco.

Lorenzo lhe mostrou Helena.

Havia restado a ele a responsabilidade de cuidar dela, de mantê-la firme agora neste momento tão difícil. Mas por que não se sentia digno? Por que sentia como se tudo aquilo que aprendeu com o ruivo, não havia bastado?

Lorenzo estava morto e tudo aquilo não havia feito diferença, afinal. Tudo aquilo havia sido em vão, porque ele não estaria mais ali para compartilhar daquele novo mundo.

Escondeu-se quando viu que os companheiros retornavam à casa, e depois aproveitou a deixa para seguir até o túmulo de Lorenzo. Estava tão envolto em seus pensamentos que só percebeu a presença de Helena quando a viu ajoelhada ao lado do buraco recém-fechado.

Tentou fazer o mínimo barulho possível e se virou para sair dali, não conseguiria enfrentá-la agora. Mas Helena notou sua presença.

— Pode ficar, se quiser — diz em uma voz trêmula, e ele sabia que ela ainda chorava.

Não lhe respondeu nada, apenas assentiu em silêncio e permaneceu ali, em pé ao lado dela. Era tudo o que conseguiria fazer, por ora.

— Não foi culpa sua — diz Helena, e ele enfim olhou para seu rosto, notando a marca de lágrimas que faziam uma trilha dos olhos até o queixo. — Você fez o que pôde.

— Não foi suficiente — ele falou, mas sentiu um nó na garganta se formar.

Nunca tinha sentido tanta vontade de chorar como nas últimas horas e mesmo que lutasse a todo custo para afastá-las, em alguns momentos, elas eram mais fortes. Como quando Helena desmaiou nos braços de William depois de tanto chorar no dia anterior. Ou quando ela acordou no meio da noite, já acomodada no quarto destinado a si, e chorou como se aquilo estivesse a matando; ou mesmo quando a oscilação que havia no pequeno corpo da garota era tanta, que chegava a doer em si mesmo.

— Foi, sim — ela diz, se levantando e olhando para o moreno. — Você o trouxe para mim e isso foi suficiente, James.

— Ele está morto, Helena. — Ele também a encarou. — Se tivesse sido suficiente, ele estaria aqui conosco agora.

— E você acha que ele não está? — Mais lágrimas saíram do rosto delicado dela, e agora que estava perto, era possível ver os resquícios das olheiras. — Ele sempre estará conosco. De um jeito ou de outro, Enzo nunca vai nos abandonar, não enquanto o honrarmos. Basta apenas senti-lo... bem aqui.

Helena caminhou alguns passos até ele, e colocou a mão trêmula sobre o coração do moreno, e por algum motivo aquele disparou quando ele a sentiu perto de si.

— Como você consegue? — James ousou perguntar, vendo-a franzir as sobrancelhas sem entender. — De onde você tira toda essa força para seguir em frente? Acabou de perdê-lo e ainda tem toda essa garra.

— Ainda restam pessoas com as quais eu me importo, pessoas pelas quais tenho que fazer de tudo para proteger — ela disse, virando-se e olhando para a pequena plaquinha feita de um pedaço de madeira e com uma escrita irregular, provavelmente escrita por William, que dizia: *Lorenzo Garcia, o mais corajoso dos Números.* — Enzo não estará aqui para ver as mudanças que faremos neste mundo, James. Mas nós lutaremos juntos para torná-lo um mundo melhor... por ele.

E, pela primeira vez no dia, James se permitiu sorrir. Lorenzo o libertou e Helena seria o seu motivo para seguir em frente. Talvez não soubesse ainda, mas seria *ela* que mudaria o mundo.

Helena se virou para ele e mesmo que ainda sentisse uma dor arrebatadora dentro de si, sabia que suas palavras deram ao moreno o que ele precisava, havia acalmado o coração dele.

James chegou mais perto dela e observou com atenção o rosto da garota, era visível a sua dor, mas ela ainda mostrava os traços delicados, o rosto fino, a pele suave, acompanhada pelo tom rosado dos lábios. Ergueu sua mão e colocou uma mecha de cabelos que havia caído sobre seu rosto para trás da orelha, e então se permitiu sorrir minimamente quando ela o encarou com a boca entreaberta.

Ele continuaria essa jornada por ela, e honraria a morte de Lorenzo.

Logo após o funeral, todos se acomodaram como puderam para aguardar a espera da Número Oito, no entanto, não esperavam que assim que ela chegasse, em um Mustang preto, veriam ao seu lado o Número Nove.

Elisabeth desceu do carro com uma jaqueta de couro e um visual extremamente diferente para eles. Era algo um tanto selvagem, quase que no estilo do falecido Número Três. Ela era esbelta e aparentava ser bem treinada, seus cabelos eram de um tom loiro-escuro.

Logo ao seu lado veio o Número Nove, que rapidamente foi reconhecido por Erik, que sorriu abertamente.

– Chang! Não é possível, como você cresceu, rapaz – diz se aproximando dele, que mantinha uma expressão de tédio no rosto.

– Isso é bem chato, mas, quem é você?

Tal pergunta faz Erik retesar e coçar a nuca um tanto nervoso.

– Ah, claro, você era tão pequeno, não é? Não vai se lembrar de mim.

– Claro que não vai, Arannis, você o conheceu com apenas três anos de idade, antes de Shinden cair. – Um homem moreno, com o semblante descontraído, se aproxima com um cigarro na boca. – É pedir demais.

– Claro, claro! Conheci seus pais, eram boas pessoas – Erik responde tocando o ombro de Chang, que dá de ombros. – Beiro, quanto tempo!

– Digo o mesmo! Agora é Erik, não é? – indaga o mentor do Número Nove, vendo o outro confirmar. – Eu ainda não consegui me acostumar, mas uso o nome de Kun.

– Podemos entrar? – murmura Chang.

Todos concordam, seguindo em direção à porta da pequena cabana no mirante. Helena estreita os olhos em direção da tal Número Oito e se alivia ao perceber que ela não era como Dylan, nenhum dos dois, na verdade.

– Como se encontraram? – Alejandra se adiantou se sentando em um banco perto da janela. – Achei que estivesse sozinha.

Elisabeth sorri de canto, anuindo.

– Após perder meu mentor, tive que me virar por um tempo sozinha. Viajando e fugindo dos Zekens. Achávamos que eles estavam caçando um número por vez, mas a verdade não era essa, eles estavam primeiramente visando matar nossos mentores para conseguirem chegar a nós – ela suspira mordendo o lábio. – Meu mentor lutou bravamente, eu aprendi muitas coisas com ele. Foi então que, pela primeira vez, Kun me achou, já que eu não tinha contato com nenhum dos demais Números e, graças a ele, estamos juntos, seguindo e colhendo informações e alianças contra Kaguyan.

– Aliança? – Robert curva seu corpo para frente dando maior atenção. – Explique melhor, por favor.

– Os humanos não são tão ignorantes assim – Chang comenta, estralando o pescoço, e logo caminhando pela sala até se acomodar ao lado de Elisabeth e segurar sua mão delicadamente. – Vários eventos dos ataques de Kaguyan contra nós chamou a atenção dos líderes deste mundo. Eles, há anos, e assim como nós shindenianos, também pesquisam sobre vidas em outros planetas. Sendo assim, entramos em contato com eles e os alertamos sobre a Rainha Vermelha.

– E eles acreditaram? – Helena pergunta com um grande ponto de esperança surgindo em seu peito.

– A princípio, não. – Elisabeth sorri para ela, transmitindo calma com o olhar. – Mas depois de mostrar nossos poderes e comprovarmos a existência dos Zekens como seres inumanos, eles se convenceram.

– Isso quer dizer que... – William trava o maxilar tamanha euforia em seu peito.

– Kaguyan tem um exército de Zekens ao seu lado e nós... temos o exército e o armamento dos humanos a nosso favor.

– Então, de fato, vamos entrar em uma guerra. – James cicia olhando para Chang, que retribui o olhar.

– Sim, mas, desta vez, não vamos cometer o mesmo erro de nossos familiares – ele suspira esboçando um sorriso confiante. – Vamos derrotar aquela maldita de uma vez por todas.

O ânimo do grupo parece melhorar, enquanto o Número Nove continua a falar sobre suas recentes descobertas.

Helena observa o garoto Chang continuar a falar, porém seu pensamento estava muito longe dali. Com esses novos aliados ao seu lado, sabia que tinha mais chances de encontrá-la.

"Eu vou te achar... E quando o fizer, você vai implorar perdão pelo que fez a ele, Rainha Vermelha."

Para saber mais sobre os títulos e autores do GRUPO EDITORIAL COERÊNCIA, visite o site **WWW.EDITORACOERENCIA.COM.BR** e curta as nossas redes sociais.

Além de informações sobre os próximos lançamentos, você terá acesso a conteúdos exclusivos e poderá participar de sorteios, promoções e eventos.

@GRUPOEDITORIALCOERENCIA

@EDITORALIVROSPRONTOS

AV. PAULISTA, 326, CJ 84
BELA VISTA - SÃO PAULO - SP - 01.310-902

LILIAN@EDITORACOERENCIA.COM.BR

(11) 3287-1614

NÃO PERCA A OPORTUNIDADE DE REALIZAR O SONHO DE SE TORNAR UM ESCRITOR.
ENVIE SEU ORIGINAL PARA O NOSSO E-MAIL E PUBLIQUE CONOSCO.

Grupo Editorial
coerência

Esta obra foi composta na fonte ITC Legacy Serif,
tamanho 11,5 pt, e impressa em papel pólen soft 70g/m².
São Paulo, fevereiro de 2021